谨以此书献给中国铀矿创业者们

纪念中国核工业创建 70 周年

核铀国魂

揭开中国铀矿采冶神秘面纱

杨勤良　著

中国原子能出版社

图书在版编目（CIP）数据

核铀国魂 : 揭开中国铀矿采冶神秘面纱 / 杨勤良著.
北京 : 中国原子能出版社, 2025. 4. -- ISBN 978-7
-5221-3710-0（2025. 12 重印）

Ⅰ. I25

中国国家版本馆 CIP 数据核字第 2025JZ1643 号

核铀国魂：揭开中国铀矿采冶神秘面纱

出版发行	中国原子能出版社（北京市海淀区阜成路 43 号　100048）
策划编辑	刘东鹏
责任编辑	董　晗
装帧设计	邢　锐
责任校对	刘　铭
责任印制	赵　明
印　　刷	北京厚诚则铭印刷科技有限公司
经　　销	全国新华书店
开　　本	787 mm×1092 mm　1/16
印　　张	17.75
字　　数	246 千字
版　　次	2025 年 4 月第 1 版　2025 年 12 月第 4 次印刷
书　　号	ISBN 978-7-5221-3710-0　　**定　价　68.00 元**

发行电话：010-88828678　

题 记

神州大地，英雄辈出。二十世纪五十年代末至八十年代中期，在湖南的中部、南部，广东的北部，江西的西北部、东北部、中部、南部等地以及其他地区的大山里，有着一群革命理想高于天的奋斗者，他们响应国家的召唤，勇敢地投身原子能事业，献了青春献终身，献了终身献子孙，演绎了激情燃烧的岁月芳华，把一切都献给了祖国伟大的铀矿采冶事业。干惊天动地事，做隐姓埋名人，这些淡泊名利、默默无闻的幕后英雄，鲜为外界所知晓。尘封半个世纪的铀矿秘密，现在该是揭开神秘面纱的时候了。

峥嵘岁月稠，壮志入云霄。这些抱负不凡、勇于拼搏的铀矿人，是核事业的探路先锋、拓荒牛、铁人；他们是共和国的脊梁，是中华民族伟大复兴事业的重要建设者。愚公移山的神话传说，在第一代铀矿人手中变成了现实，一座座大山被他们所征服，一条条巷道游走在井下深处。他们挖山不止，给后人留下一座座精神富矿。他们无私无畏、坚毅顽强，用忠诚书写着中国核工业的无限荣耀。这支具有钢铁般意志的队伍，经受了恶劣环境的严峻考验，这些祖国的英雄儿女崇高而又伟岸，他们中的每一个人都可以骄傲地说：我无怨无悔，因为我们的一切，都和祖国壮丽的铀矿事业相关联；因为我们——第一代铀矿战线的指战员，始终把国家利益看得高于一切。

目　录

1. 石破天惊　零的起步……1
2. 勇者身躯　点亮荒原……5
3. 五朵金花　一枝独秀……9
4. 重整旗鼓　东山再起……15
5. 北京受命　幕阜建功……21
6. 承前启后　继往开来……29
7. 调兵遣将　综合布局……34
8. 隐姓埋名　献身国防……40
9. 大战将至　勇士云集……45
10. 人民战士　听党指挥……54
11. 平凡创业　铸就辉煌……61
12. 事业神圣　信仰崇高……65
13. 山下山上　风景如画……69
14. 凝心铸魂　百炼成钢……74
15. 挥之不去　源在心头……79
16. 紧锣密鼓　淬炼“黄饼”……90
17. 劳动竞赛　热火朝天……98
18. 辛勤劳作　开花结果……105
19. 一穷二白　白手起家……112
20. 鼓足干劲　力争上游……117
21. 矿石外运　情满修江……124

22. 大国重器　定海神针 …… 130
23. 曲折前进　人间正道 …… 137
24. 英雄集体　先进个人 …… 146
25. 积少成多　聚沙成塔 …… 157
26. 革新改造　增产节约 …… 167
27. 安全生产　情系生命 …… 170
28. 青春热血　丰碑永在 …… 177
29. 英雄风采　军人本色 …… 186
30. 相互协作　齐心奋斗 …… 191
31. 关怀备至　温暖人心 …… 200
32. 探索前进　成功之道 …… 205
33. 工艺革新　硕果累累 …… 216
34. 志存高远　战天斗地 …… 224
35. 无缝衔接　正确决策 …… 228
36. 科学春天　鸟语花香 …… 233
37. 开矿先锋　成绩斐然 …… 237
38. 心系矿山　着眼未来 …… 245
39. 群英谱曲　流金岁月 …… 251
尾声 …… 266
后记 …… 270
参考资料 …… 274

1. 石破天惊　零的起步

中华人民共和国成立五周年前夕，毛泽东主席在听取时任地质部副部长刘杰汇报工作时指出：

我们的矿石还有很多没有被发现嘛！我们很有希望，要找！一定会发现大量铀矿。

我们有丰富的矿物资源，我们国家也要发展原子能。

随后，毛泽东主席于 1955 年 1 月 15 日，在中共中央书记处扩大会议上又谈到进一步勘探铀矿，谈到发展原子能事业：

我们国家，现在已经知道有铀矿，进一步勘探一定会找出更多的铀矿来。解放以来，我们也训练了一些人，科学研究也有了一定的基础，创造了一定的条件。过去几年其他事情很多，还来不及抓这件事。这件事总是要抓起来。

现在苏联对我们援助，我们一定要搞好！我们自己干，也一定能干好！我们只要有了人，又有资源，什么人间奇迹都可以创造出来！

1956 年 4 月 25 日，毛泽东主席在《论十大关系》一文中就原子能事业的发展，做了重要论述：

我们现在已经比过去强，以后还要比现在强，不但要有更多的飞机和大炮，而且还要有原子弹。在今天的世界上，我们要不受人家欺负，就不能没有这个东西。

毛泽东主席根据纷繁复杂的国际形势以及国内建设的实际情况，高瞻远瞩，审时度势，从建设强大的社会主义新中国的需要出发，从增强国防力量、反对核战争、打破美帝国主义的核垄断和核讹诈、保卫祖国

安全和世界和平出发，从掌握核科学技术、利用核能和核技术为国民经济服务出发，毅然作出了发展原子能事业及核武器的战略决策。要发展原子能事业，就是要制造出原子弹，那首先必须要拥有足够多的铀矿石，然后对铀矿石进行提炼，通过水冶的方式提取铀-235、铀-238。有了铀原料，才能开展原子能的各项事业，才能制造原子弹。所以说，铀原料是核一切工作的基础。

人民领袖绘蓝图，万众一心勇向前。这一时期，国家建设百废待兴，各项事业都在稳步发展，国际大环境及国内小环境催生了原子能事业的诞生，催生铸造大国重器的宏大工程。新中国拉开了开发原子能事业的序幕，举一国之力，大力发展伟大而又神圣的铀矿事业，迫在眉睫。

1957 年的春天，中华人民共和国第三机械工业部（1958 年更名为第二机械工业部，以下简称二机部）三局中南 309 地质队航空普查队在航空探矿中，航测员通过航空伽马测量的方法，发现湘鄂赣交界处幕阜山脉江西一侧修水县的崇山峻岭出现三个异常点，科学推测这一地区地质储备达到铀矿开采标准，随即选中这三个异常点的中心位置分别投下一个信号包，作为地质队员的找矿目标。

不久，江西省地质局 999 队 902 分队奉命进驻江西省修水县寻找这三个信号包。地质队员在渣津、东港、司前、马坳、程坊、西港、上杭、杭口、新湾、溪口等地反复寻找，最终只找到两个信号包，分别位于杭口乡的宝峰源和马坳乡的梧坪村。经过对两地的地质构造进行分析，得出结论：梧坪村储量大，地表浅；宝峰源地表深，矿石似在修河的河床之下，开采难度大，而且储量相对梧坪村小很多。于是，地质队员对马坳乡的东津、白土、梧坪、金岭村一带，再次实地勘探测量，最后确定了准确的主要位置。梧坪村一个叫横窝里的方圆五平方公里面积的山林，确定为铀矿源中心，该区域后来被国家命名为 1 号金属矿区。这个看似平平无奇的丘陵山地，很快成为中国第一代铀矿采冶战士奋战的主战场、主阵地。

902 分队的地质队员自己动手，在梧坪村道士源里的小溪边修建了一栋简易平房，作为宿舍及食堂，这就是探索者最早的家园，也是 1 号金属矿区的第一栋房子。地质队员编制宏伟计划，为祖国强盛夜以继日地工作。1 号金属矿区铀储量丰富，有 3 条露天矿带，每条 50 多米长，面积约 5 000 平方米，薄厚不一，呈绿、黄、灰三种颜色，用测量仪测出它的含铀量达百分之一，为优质矿带。

1958 年 10 月，经中共江西省委批准，省县两级合力成立修水铀矿，进行试产，对 1 号金属矿床进行土法采炼。省里由江西省原子能和平利用委员会（以下简称原子能委员会）领导，修水县由县委工业交通工作部部长、县人民委员会副县长孙仁忠为分管负责人。次年 12 月，江西省矿务管理局成立，办公地址在南昌市阳明路 161 号，与省原子能委员会合署办公，两块牌子一套人马，负责全省铀矿冶工业的管理，原子能委员会主任由省委组织部部长、省委工业交通工作部部长吴允中担任。这座铀矿起初代号为修水四二〇矿，建设者来到修水铀矿 1 号金属矿区，与 902 地质队进行交接，原子能铀矿开采就在这样的环境下拉开了序幕，沉寂数万年的幕阜山，从此开始书写中国铀矿核事业恢宏的篇章。

因为“四二〇”与“斯大林”三个字谐音，当地百姓称之为“斯大林”矿，只要一说起“斯大林”矿，老乡们都竖起大拇指，表示非常了不起，都引以为荣，显得很自豪。特别是矿区成立后，自行发电，附近老乡第一次看到电灯，感觉十分神奇，加深了对“斯大林”矿的神秘印象。后来苏联专家两次进矿指导，老百姓深信这座矿山与伟大的苏联一定有着密切的关系。尽管没多久，该矿更名为江西六矿（以下简称六矿），但老百姓照旧称它为“斯大林”矿。

由于各级党委政府坚强有力的领导，组织严密，保卫保密工作不留死角，防止泄密工作做得到位，附近的村民并不知道眼前这些进入山里的人从事铀原料生产，是为了造原子弹。神秘的大山，神圣的事业，铸造大国重器，历史的责任落在第一代铀矿人的肩上。朱美华、廖延林、

朱凡昌、沈祖明、杨朝、路宽、王友等人先后担任矿区的党政领导职务，他们吃苦在前，甘当人民的老黄牛，带领工人、技术人员和干部，在极其艰苦的环境下，意气风发，斗志昂扬，掀开了第一代中国铀矿核建设史的第一页。

崇高的使命，神圣的事业。

副矿长朱凡昌，江西修水人，老红军的后代、烈士遗孤，是湘鄂赣省苏维埃著名的列宁小学学生。他把满腔的热情扑到工作上，参加生产劳动，成为工人的贴心人。

党委副书记王友，内蒙古人，东北南下干部。他以身作则，待人真诚热情，联系群众，与工人同志们打成一片。六矿下马后，他回到修水县城工作，后在县人大副主任的岗位上离职休养。

采矿工程师官高富，湖南祁东人，早年在资本家矿山当徒工，受尽苦难，为了生存，在实际工作中摸索出一套过硬的采矿技术。新中国成立后，他当上了矿山的主人，加入了中国共产党，成为一名工人出身的采矿工程师。后来从广西调到了江西赣南一家矿山工作，来到修水铀矿后，他知道自己从事的采矿事业的重要性，由此开启了自己人生新的一页。他每天第一个到采矿场，亲自选定采矿点，兢兢业业，起到一名共产党员的先锋模范作用。

技术员熊履端，湖南益阳人，出生于 1935 年 2 月，1960 年 7 月毕业于中南矿冶学院，起初分配到丰城五矿，很快那里下马，他来到修水铀矿。他用所学专业知识与同事们攻克一个个技术难关，他一生的铀矿情怀是从修水铀矿 1 号金属矿区开始的，在这里埋下了人生厚重的基石。修水铀矿下马后，熊履端被组织上安排去了抚州铀矿，在那里工作的三十多年间，他从一名技术员，一步一个脚印，成长为高级工程师，又是亚洲最大铀矿矿长、党委书记，成为正厅级技术型领导干部，为铀矿采冶事业做出了积极的贡献。退休后在广东肇庆安享晚年，2024 年 7 月去世。

2. 勇者身躯　点亮荒原

修水铀矿300多人风餐露宿，自己动手建土坯搭的房屋，俗称：“干打垒”。矿党政领导分三班轮流参加生产，与工人同吃同住、同劳动。大家住在土屋里，夏不避暑，冬不挡寒，每天定量吃糙米和野菜，却激情满怀，干劲十足。在没有设备的情况下，干部、科技人员、工人因陋就简，采取土法上马。他们用锄头、洋镐挖矿石，挖出矿石用土箕装、扁担挑；他们用碓臼破石，用竹筛子手工筛选矿，大块的再用铁锤打碎；打碎的矿石装在能容纳两吨矿石的大木桶里，倒进硫酸泡三天，变成溶液，也有在缸罐中泡浸、渗滤、浸出；他们用木框加帆布过滤，过滤后装进大锅里，人工搅拌，木柴加温，排出二氧化碳，打出溶液放在木桶里降温加氨水沉淀变成固体，烘干，最后装在木箱里，外面捆上白布加固，装上汽车，由公安局派人押送至南昌向塘上火车，运到位于湖南衡阳的国营二七二厂（以下简称衡阳水冶厂）。

修水铀矿建设者们采用的流程为容器碱法泡浸—铸铁锅酸化煮沸—氨水沉淀—过滤—重铀酸铵初级产品，年处理矿石 1 000～3 000 吨。运用这近似原始的土办法，生产出重铀酸铵。现在看来，仿佛天方夜谭。世人很难把这群玩儿命的人所做的这些事与神秘的原子弹联系起来，可是无可争辩的事实摆在眼前，铀矿建设者在1号金属矿区创造了人间奇迹。

令建设者特别难忘的是，在储量评价、编制技术经济报告书、拟定建设方案等方面矿区得到苏联专家的援助，两位苏联工程师先后两次到1号金属矿区指导工作，给出了许多好的建议。在修水县委招待所会议室，苏联专家对在现场发现的问题逐一进行分析，并给出改进的建议。在工人人身安全防护方面，苏联专家指出了诸多问题：普通口罩要由防毒面具取代，棉手套要由胶手套取代，普通工作服要由隔离服取代。苏联专家对修水铀矿时下的安全生产状态，表示了忧虑。医生陈福堂参加了会议，他全程做着记录，铭记苏联专家的教诲。职工安全防护工作，也是他们医务所职责范围内的事，所以，陈福堂很重视这次会议，回去后就向相关领导建议购买重点防护用品。

然而，一线的干部职工万万没有想到，苏联政府背信弃义撕毁协议，于 1960 年 8 月撤回全部专家。六矿的奋斗者依靠自身的力量，继续艰苦奋斗，攻克多项技术难关，呈现出无畏的胆识和无惧辛苦的豪迈精神。

开矿生产的每个环节都浸透了建设者们的心血和汗水。劳动强度之大、风险之高，是不言而喻的。铀矿本身有三种射线，过量照射对人体造血机能是有严重危害的。在没有防护措施的条件下，谁也没有把危害放在心上，只有一个念头：为祖国造出自己的原子弹，再苦再累心也甘，再难再险也要上。矿里的干部工人如此，省矿务局的干部也是如此。在生产过程中，省局派生产处的胡仲权、崔铭等同志到修水铀矿蹲点，参加生产，指导生产。省矿务局技术员陈家禧两次来修水铀矿指导技术革新工作，帮助解决水冶生产中的实际问题，他每次到修水铀矿都被工人们拼命的干劲所感动，在他心中这些人是朴实、热情、具有顽强战斗精神的最可爱的人。

江西省原子能研究所在修水铀矿建起了简易实验室，所里的解兰芳、廖安权、熊怡正、邓巧云、肖鸿尧、谭万昌、胡海泉、郭松涛等技术人员常驻修水铀矿，结合生产开展技术练兵，及时帮助解决生产中出现的技术问题，为矿山培养技术人才，使矿山生产得以顺利进行。

汽车驾驶员胡才金，共产党员、退役军人，是原南京军区汽车第 31 团汽车班班长，服役五年，汽车驾驶技术过硬，思想觉悟高，责任心强。他曾参加著名的“八二三”炮战，在战火中，给厦门同安前线大嶝岛、小嶝岛、角屿岛的“英雄三岛”上的炮兵部队运送炮弹和军用物资，是一名坚强的解放军战士。他退伍重返家乡来到矿山，努力工作，爱惜车辆，汽车故障和保养都是自己动手完成，受到领导高度赞扬。

有一次，胡才金执行运输产品的任务。他驾驶的是一台旧式苏联吉斯 150 型平板车，每行驶一段路后，他都要停车检查一下是否完好无损。当行驶完一段路况特别坏的地段后，他担心的事发生了，由于剧烈的颠簸，装产品的木桶盖密封不严实，渗出了少许产品。他在没有任何防护措施的情况下，用双手拾起比生命还贵重的“宝贝”放入木桶内，再与押运员卢赣道一起加固木桶，确定万无一失，才继续驾驶汽车向南昌驶去。二机部在南昌市向塘有个铁路转运站，产品送到那里后，江西矿务局会派专人护送到衡阳水冶厂。

在采矿场，有一个年轻的采矿工人，格外引人注目，他身高 1 米 8，身材魁梧，浓眉大眼，堪称彪形大汉，还力大无比，干活最卖劲儿，哪里有需要，他就出现在哪里。他就是农民出身的熊巨才，他珍惜来之不易的好时机，愿为国家多采矿、出大力。

1 号金属矿区，不单单属于男人，巾帼也在此大显身手。花季青年刘学群是化学分析员，进矿早，什么苦都吃了，什么罪都遭了，像她一样的女性还有不少。

经过艰苦环境的摔打和锤炼，崔思育、梁玉山、郑炳唤、廖达胜、马骏、时荣畔、王鸿亮、陈福堂、万宝生、熊象离、祝永远、李文达、王虎、王利、曾存蓝、查静华等人都成为矿山建设者团队的骨干成员。

1959 年 9 月，从赣南医学院毕业的 19 岁学生陈福堂，拿着没有单位名称只有地址的毕业分配通知书去省城南昌市，费了好大的劲儿来到阳明路一间简单的铺面，站在门口。他终于在门框上贴着的蓝色小门牌上看到了：5 号。难道这就是自己苦苦找寻的上班的地方吗？他心里纳闷儿。接待他的一位三十岁的女同志，似乎看出了年轻人的心思，对他说：“你跟我走。”于是，把他领到不远处三经路 10 号一个大院里。为了保密起见，大门没有单位牌子，只有门牌号码。原来，陈福堂进入了保密单位，这里是原子能委员会的大院。首先，他要接受保密教育，对于《保密三大纪律八项注意》，必须倒背如流，并签署保密誓词。随后，陈福堂被安排在院子里的招待所住下，接待人员告诉他被分配到矿山医务所工作，还对他说第三天会有汽车来省城拉物资，让他再跟车进矿。

陈福堂感觉这种接头的场景，在电影中看过，他意识到自己将要从事的工作有多么重要、多么神秘。顷刻间，他觉得自己是幸运的，也是光荣的，心里默默念叨：努力奋斗，书写最美青春！

陈福堂到修水铀矿后，约莫过了十天半个月，从湖南省冶金工业专科学校毕业的万宝生也到了六矿，陈福堂问他："是不是先到阳明路接头的？"

万宝生点了点头，两人一对眼，不禁笑了起来。

3. 五朵金花　一枝独秀

从 1958 年 9 月至 1959 年底，江西省先后组建广丰、宁都、丰城、修水、东乡五座铀矿，掀起了全民办铀矿的热潮。后来，这五座小铀矿被统一任命为江西二、四、五、六、七矿，实行省县两级联合开发体制，省里由原子能委员会具体领导。其中，六矿是省里抓的重点企业。五家矿山被业内人士俗称为“五朵金花”，随着生产的深入，四家矿山均存在各种各样的问题，不久都陆续下马，只有修水的六矿（原名：修水四二〇矿）生产出来了产品，堪称一枝独秀。该矿于 1960 年移交二机部十二局管辖。国家第一批建设位于赣中的抚州铀矿、位于赣东北的上饶铀矿，分别称为江西一矿、三矿（这两座铀矿在 1963 年下半年，二机部统一全国铀矿企业编号时分别被命名为七二一矿、七一三矿），这样一来，江西全省范围内就形成了序号从一到七的七座铀矿。

国家第一批建设并在第一颗原子弹爆炸前投产的铀矿和水冶厂，被称为“三矿五厂”，其中“三矿”为：江西上饶铀矿、湖南郴县铀矿、湖南衡南铀矿，全部在南方；衡阳水冶厂为“五厂”之一，这些功勋厂矿为重要的铀矿生产及冶炼基地。

1960 年 6 月 2 日，江西省地质局 999 队提交江西省 1 号金属矿床（修水）地质储量报告，这为修水铀矿进一步开展生产提供了可遵循的科学依据。

原二机部副部长苏华在《奋斗，为了新中国——苏华回忆录》[①]一书

---

① 本书已由原子能出版社于 2004 年 9 月出版。

里这样写道：

1959 年 3 月在第二次和平利用原子能座谈会期间，本着把小铀矿办好的精神，经与各地商议，把小铀矿精简压缩为 31 个。以后又提出小铀矿应具备下列条件：1. 矿石品位高于 0.1%；2. 有小型动力和破碎设备；3. 有一定的技术力量；4. 酸碱等原材料有保证、交通便利。这就只有湖南等省 16 个小铀矿有条件继续生产。1960 年我曾到江西修水小铀矿考察过，他们设备简陋，手工操作，防护条件很差，铀回收率低，但职工生产热情很高。我们从物资和技术上对他们进行了帮助。到 1962 年各小铀矿共生产有浓缩物产品折合金属铀 73 吨。随着大型铀厂矿的投产，1964 年小铀矿就只有 9 个了，年产折合金属铀 10 吨。

从苏华回忆录里的记载不难看出，修水铀矿当年在全国小铀矿里是出类拔萃的，取得的成绩有目共睹。省县合办的修水铀矿在管理上有着明确的分工，省里以负责生产计划、任务下达、财务管理、技术领导为主，结合做好政治思想工作；县里以负责政治思想领导为主，结合做好企业经营管理工作，在干部调度或任免方面，省局主要负责副矿级以上干部，县主要负责党委委员以下干部，但在干部需要变动以前都会事先和省局取得联系。生产资料，如机械设备、五金器材、水泥、硫酸、氨水、纯碱、漂白水等均由省局负责供应。

1961 年 2 月 19 日，修水县委第一书记傅文仪、书记侯德林主持座谈会，对修水铀矿生产过程中存在的问题，组织召集六矿、工交部、组织部、财贸部、商业局等部门负责人会议，对修水铀矿有关几个问题进行研究，如管理问题、生产资料问题、运输问题、副食品供应问题等。对几个具体问题做了研究决定，其中生产方面地方上解决了木材使用的问题，生活上的猪源问题也做了妥善处理，特别考虑到职工从事放射性特殊工作，对身体有所影响，县里决定从三月份对一线车间职工每三人每月供应两斤猪肉、三两白糖，对全矿职工每人每月供应三斤黄豆、一斤面粉、五两糕点，除黄豆按照副食品供应不计用粮指标外，面粉、糕点均纳入用粮指标内，其他非营养品由县酌情供应。会议对修水铀矿成立两年来对国家的贡献，给予了高度评价，希望各有关部门继续积极加以支持，修水铀矿必须充分发挥主观能动性，大力挖掘企业潜力，提高劳动生产率，改善经营管理，严格节约用材，降低成本，为国家生产质高量多的产品，要求各相关部门对上述各点必须遵照执行。

修水铀矿从 1958 年 10 月到 1961 年 10 月，历经不平凡的三年奋斗历程，共生产若干吨重铀酸铵，在大矿未投产的情况下，争取了时间，率先为我国研制第一颗原子弹提供了核原料。《江西省军事工业志》在第四篇核工业的第二章（铀矿开采）第一节（铀矿建设）记载了修水铀矿为第一颗原子弹爆炸做出的巨大贡献，这一具有重大历史意义的伟大壮举，彪炳史册。

曾在修水铀矿蹲点并指导技术工作的崔铭、张允升，他们把青春的汗水洒在了 1 号金属矿区。四十多年以后，他俩发表在 2004 年《老友》杂志第 11 期史海钩沉栏目的《一段历史的回忆——江西为我国制造原子弹所作的贡献》一文，对这段鲜为人知的历史记述如下：

1975 年吴允中同志出差去北京，二机部刘伟部长特意去看望他。刘部长对吴允中说："第一颗原子弹的原料中，江西提供了三分之一，贡献很大。"对江西为我国研制第一颗原子弹所作的重要贡献给予了充分的肯定。

时任二机部部长的刘伟，其所说的江西提供了三分之一的原料，就是指三矿、六矿提供了第一颗原子弹试爆的核原料，三矿即赣东北的上饶铀矿，六矿即赣西北的修水铀矿。

江西是个好地方，这里山美水美，人更美。江西红土地，是中国革命的摇篮，井冈山是毛泽东创建的中国革命的第一个根据地，瑞金是中华苏维埃共和国的首都，江西在新民主主义革命时期为革命献身的有名有姓的烈士近二十六万人，江西人民对中国革命的成功付出了巨大贡献。曾参加毛泽东领导的湘赣边著名的秋收起义并跟随其上了井冈山的开国上将、二机部首任部长宋任穷在任期间，五次来江西考察和指导核工业建设，并与一线工人同吃、同住、同劳动，与他们建立了深厚的友情。1958 年 9 月，他在抚州铀矿视察时深情地说：“这个地区是我部事业的掌上明珠，世界少有，中国第一。”同年 11 月，他带领著名科学家、二机部副部长钱三强来赣考察，对江西原子能事业作出了重要指示，要大力开发江西铀矿资源，巩固国防事业，保卫新生的人民共和国。

1959 年 4 月 11 日，宋任穷身穿粗布衣服脚蹬布鞋来到江西 608 队第 1 队视察，他拒绝住在苏联专家楼，与工人一起住工棚，吃大食堂。中午，宋任穷到食堂买饭，他问炊事员：“今天什么菜？”炊事员回答：“萝卜烧肉。”他又问：“多少钱一份？”炊事员又答：“一毛钱。”他说：“我买五分钱行不行，一份太多了，我吃不完。”炊事员说：“不行。”宋任穷微笑着说：“好，一毛就一毛吧。”于是，宋任穷给了一毛钱菜票买了一份萝卜烧肉。最后，宋任穷就食堂管理工作给予了肯定，勉励管理人员要把职工的伙食搞好。

1960 年 8 月，宋任穷到江西检查工作。他在抚州铀矿参加露天采矿现场劳动，亲自挑矿石。他的行动极大激励了抚州铀矿人，老部长给全国铀矿职工上了一堂生动的党课。国家的崇高使命，要由每一个铀矿人去践行。《部长和我们在一起劳动》的新闻稿，很快在广播站播出，时至今日，当年与宋任穷一同参加劳动的抚州铀矿老工人还记得老部长的殷切希望。宋任穷在江西矿务局机关全体职工大会上，发表了热情洋溢的讲话，他在讲话中强调要发扬“穷棒子”精神，艰苦创业，搞好铀矿建设。

没有多久，宋任穷在上饶铀矿视察工作时，对一线干部职工说：“我代表党中央、毛主席、周总理来看望大家，你们辛苦了！”工人们热泪盈眶，纷纷握着宋任穷的手，感谢党的信任，感谢人民领袖的关怀。他又说：“要自力更生，过技术关，质量第一，安全第一。要走领导干部、工人、技术人员三结合的道路，把水冶厂安装搞上去、搞好。”这个时候，上饶铀矿正处在建设的关键时刻，铀矿建设者坚持独立自主、自力更生的发展道路，被实践证明是无比正确的。十个月后，上饶铀矿水冶厂试生产成功，拿出了产品。

宋任穷，湖南浏阳人，1926 年 6 月加入新民主主义青年团，同年 2 月转入中国共产党。参加井冈山根据地艰苦卓绝的战斗，率部参加了中央苏区一至五次反“围剿”，参加了长征、抗日战争和解放战争。在长达二十多年的革命战争中，他舍生忘死，南征北战，为新民主主义革命的胜利，为中国人民的解放事业，建立了不可磨灭的历史功勋。1955 年 9 月，宋任穷荣获一级八一勋章、一级独立自由勋章、一级解放勋章，被授予上将军衔。

核工业初期的建设倾注了宋任穷的大量心血和汗水，他坚决贯彻落实毛泽东主席关于发展核武器的一系列重要指示，高效率、精准地开展工作。他对一线铀矿人的鼓励和鞭策，化为了巨大的动力。在修水铀矿就有像郑阶兰、刘炳丁等不少职工，当年分别在抚州铀矿和上饶铀矿工作，亲眼见过宋任穷部长，有的人还同他一起劳动，有的人还听他做过报告。铀矿建设者们，只有一个目的，多挖矿；多产铀，早日看到自己国家的核武器试制成功，早日进入军事工业强大国家行列。

五十年代末六十年代初，国家面临着三年自然灾害，存在巨大的困难，由于粮食减产，粮食问题尤为突出，修水铀矿的相关人员从本单位小集体利益角度出发，采取非正常的方式积蓄了一千多斤粮票，后来修水县委、县人委组织工作组来修水铀矿盘点清查，追回了这部分属于国家的粮食。对矿山的主要领导进行了批评教育，帮助他们提高了思想认识，类似事情后续未再发生。

因为国家经济困难，“五朵金花”独放异彩的六矿被迫停产，一时间在矿山建设者心中产生了不小的遗憾，但他们忘我奋斗的牺牲精神留在了 1 号金属矿区，镌刻在中国铀矿核的历史丰碑上。善后工作进行得很顺利，省里分配来的人员大部分去了部属江西一矿（以下称抚州铀矿）和南昌矿山机械厂，去抚州铀矿的有王虎、万宝生、马峻、卢才金、刘学群、时荣泮、陈福堂、黎素民、刘年秀、曾存兰、曾矮古、熊履端等二十余人，去南昌矿山机械厂的有况扫帮等人；县里负责安排的人员，一部分去了县属企业，官高富、胡才金、熊巨才等人去了位于本县白岭区白桥公社的冶金系统江西六二四矿，该矿生产绿柱石。

修水县人民委员会受江西省矿务管理局授权，对修水铀矿原有房产及土地做了妥善安排，所有房屋（除一栋宿舍拨给养路段职工居住外）、土地，全部移交给马坳区公所使用和保管，要求其在使用期间，必须加强保护，不得任意拆毁。如果今后奉命复办或国家有其他需要时，马坳区公所应交还修水铀矿或交由国家使用。

4. 重整旗鼓　东山再起

才沉寂的矿区，又被呼唤。1962 年 12 月，距离修水铀矿下马一年零两个月。

北京、南昌、修水——

一个紧急电话从北京打到了南昌，接电话的王治平没想到电话那头是第二机械工业部副部长刘伟，半年前在南昌江西饭店向刘伟汇报工作的情景浮现在眼前，电话那头刘伟要他立即赴京参加重要会议，具体任务进京后面叙。此时的王治平是二机部十二局南昌矿山机械厂党委书记，正在负责企业下马的善后工作，接到部里的紧急召唤，他第二天就乘飞机赴京。当天夜里，苏华到招待所看望王治平，对他说："明天部里要开矿冶工作会议，你参加会议，准备受领新的任务。"二机部矿冶工作会议由刘伟主持，刘杰部长作重要讲话。二机部十二局局长苏华传达了中共中央书记处关于组建第二批铀矿企业的决定。会议有一项重要内容，即在江西省修水县原六矿 1 号金属矿区的原址上，重建一座采冶联合的综合型铀矿，王治平被指派为党委书记，二机部南昌办事处副主任于生龙拟任矿长。这次被重建的修水铀矿，被命名为四二四矿，简称江西四矿。几个月后二机部统一编号时更名为：国营七二四矿（以下续称修水铀矿）。

苏华对王治平说："王书记，你同铀矿打了多年交道，这个东西有一个认识过程。对于第二批建设的铀矿企业，中央决定实行边勘探、边设计、边施工适当交替进行的'三边'政策，不要等地质勘探最终结束，只要有一定可靠储量，就可以开始施工建设。修水铀矿还有不少储备，你们先动手，至于在江西省地质局那里有关六矿的地质资料，部里会出

面协调给你们要过来。水冶厂也可以边设计边施工，尽管没有等到完全设计完就施工了，可能会出现返工或浪费工时，可是节约了时间，我们现在需要争分夺秒，你明白吧？”

“请苏局长放心，我一定执行好上级的指示，抓紧前期的准备工作，保证完成任务。”王治平胸有成竹地回答道。

争分夺秒，与时间赛跑。帝国主义实行的对新中国的全面封锁和核讹诈、核威胁，造成的危险与日俱增，被逼无奈的铀矿建设者抓紧、抓紧、再抓紧地为铸造大国重器多采矿多提炼铀原料，以捍卫祖国的独立和人民的幸福生活。

苏华，山西翼城人，1918 年 6 月 22 日出生。1936 年 10 月参加山西牺牲救国同盟会，1938 年 2 月加入中国共产党，为民族独立、人民自由解放事业建立了不朽的功勋。1955 年 9 月他被授予上校军衔，荣获二级独立自由勋章、二级解放勋章。1959 年 11 月转业到二机部，先后任十二局局长、二机部副部长，为铀矿建设及原子能事业做出了突出贡献。

苏华的叮嘱，王治平牢记在心。对于眼前的这位直接领导，王治平是十分熟悉的，早在宁都四矿，他担任党委书记的时候就接待过苏华来考察指导工作。这一时期，全国许多地方都在大办铀矿，可是成功的却是少数，王治平在宁都四矿下马后，来到东乡七矿，可是好景不长，七矿也下马。这些省县合办铀矿，除了修水六矿拿出了产品，办成功了，其他四家都是半途而废，后来他听说因为国家经济困难六矿在 1961 年 10 月也下马了。王治平思考着，现在国家要在原六矿的基础上建设一个新的铀矿，这正是一个大好的机会，组织上派自己去当一把手，这是极大的信任，必须好好干，绝不辜负组织上的厚望。

王治平了解到这一时期，二机部十二局总结了执行“三边”政策的经验，认为由于铀矿床具有复杂多变的特点，彻底探明一个矿区，需要一定的时间。为了早拿矿石，地质部门分期分批提交储量报告，只要有一定可靠的储量，对于一个矿区分期分批、由小到大的建设步骤是可行的。他认识到在即将重建修水铀矿的初期，就要求在建设规模和建设标准等方面，考虑适当的方案，既要从现实条件出发，又要照顾发展前景，留有余地；既要争取时间，又要尽量地避免返工浪费的现象发生。在遵循建设程序的基础上，勘探、设计、施工适当交替进行。

就在一个多月前的 11 月 13 日，上饶铀矿举行了竣工验收仪式。国家验收委员会颁发《上饶铀矿工程竣工验收批准书》，二机部副部长刘淇生莅临竣工验收，江西省人民委员会邵式平省长为竣工验收投产剪彩。上饶铀矿水冶厂的技术工人刘炳丁、周具生、宋建山、蔡昌鸣、杨忠元、陈连、孙文章、杨伯清、单新方、张木生、魏细崽等人直接参与了第一批产品的试制工作，见证了为第一颗原子弹提供原料的全过程，这是多么的神圣和光荣啊！崇高的使命，历史的担当，他们这一批技术工人，多数是 1956 年我国实行义务兵制度时入伍的第一批兵，在 1960 年，经周恩来总理批准，从南京军区、北京军区、广州军区、福州军区退伍到核工业铀矿企业工作。上述这些人，在不久后陆续都到重建后的修水铀矿工作了，都是水冶厂车间的骨干力量。

上饶铀矿的竣工验收，具有里程碑意义，这是 1962 年 11 月我国核工业发展的一件大事。也就是在这个月的 3 日，由国家主席刘少奇建议，中共中央主席毛泽东批准成立了以周恩来总理为主任的中央专门委员会，简称中央专委，成员有十五人。主要任务是：加强对原子能工业生产、建设和核武器研究、试验工作的领导；组织各有关方面大力协同，密切配合；督促检查原子能工业发展规划的制定和执行情况；根据需要，在人力、物力、财力等方面及时进行调度。

一个月里，两件大事，镌刻在共和国核建设史册。多么鼓舞人心，多么催人奋进。江西、湖南的铀矿事业进入到一个全新的时代，带着无比兴奋的心情，王治平回到了南昌，即将带领他的团队开始新的奋斗历程。

1963 年，扬帆再起航。

春节刚一过，王治平、于生龙奉命来到北京，具体受领重建修水铀矿的任务。没想到，二机部领导要他们在北京就拿出修水铀矿重建的设计方案。于是，王治平、于生龙给在南昌矿山机械厂的科长彭奇智打电话，要他立即乘飞机进京。彭奇智到京后与王治平、于生龙住在三里河十二局招待所，开始编写设计方案，并且不断讨论方案，最后由彭奇智起草了有计划投资额、人员编制、材料及设备等内容的计划书。这期间，他们多次到第一设计院和第六研究所请教专家，寻求技术方面的指导，他们排除万难，扫除重重障碍，克服各种困难，多次向十二局苏华局长、郭士民副局长汇报、请示。请他们对具体事项进行拍板。在很短的时间里，迅速拿出了成熟可行的方案。

王治平，生于 1929 年，辽宁省阜新人，1947 年 10 月参加革命，1949 年加入中国共产党，同年随大军南下江西。1954 年调工业战线担任党的领导工作，行政 14 级。他是修水铀矿重建的“三功臣”之一，第一任党委书记，1969 年 6 月调离修水铀矿，先后在江西省委教育组、省汽车配件公司、省医药管理局等单位工作，1981 年离职休养，2008 年去世，享年 79 岁。

于生龙，生于 1928 年，辽宁省大连人，1946 年参加革命，1948 年入党，1949 年随大军南下江西，在工矿企业担任领导工作，行政 15 级。他是修水铀矿重建的“三功臣”之一，第一任矿长，1966 年 5 月调辽宁兴城铀矿任矿长，1969 年 9 月调回修水铀矿担任领导，1973 年 5 月调往本系统南昌矿冶机械制造厂工作，1988 年离职休养，2002 年去世，享年 74 岁。

彭奇智，生于 1929 年，湖南常宁人，1949 年 8 月参加革命，1950 年 2 月调江西省兴国画眉坳钨矿工作，1954 年入党。1958 年他任科长的第三科从事铀矿开采。宁都成立江西四矿时，他调到那里工作，与时任党委书记王治平一同共事，他的工作能力得到王治平的认可和赏识。三个多月后，宁都四矿下马，他随王治平一道调到东乡七矿工作，在那里他与时任矿长于生龙熟悉。不久，东乡七矿下马，于生龙矿长调往省矿务管理局，彭奇智又跟随王治平到了南昌矿山机械厂，他成为王治平的好助手。这位只有初中一年级文化的科长，在十多年的矿山建设中成为业务骨干，行政 18 级。他是修水铀矿重建“三功臣”中唯一没有离开修水铀矿的人，一直在中层干部的岗位工作至退休，现在南昌市新建县国家核工业安置区安享晚年。

王治平、于生龙、彭奇智在离开北京的前一天，由苏华局长陪同，向刘伟副部长告别。刘伟询问了一些具体事宜，他们一一做了汇报。

刘伟副部长语重心长地说道：“你们去后要依靠群众创建一个简易的、花钱少的、上马快的采冶联合企业，办成典范。”

听了刘副部长的嘱托，王治平、于生龙、彭奇智在频频点头的同时，也感觉到肩上的担子很重。

最后，刘伟又说道：“尽快拿出‘黄饼’，到那时候，我去给你们庆功。”

他又对苏华说：“苏局长，你作证。”

王治平等三人异口同声：“一言为定，保证完成任务。”

苏华说道：“修水那座矿，我去过，地质条件很好，相信你们不会辜负组织上的重托。”

“我们回去后，立即前往 1 号金属矿点，迅速开展前期工作。”王治平充满信心地回答。

……

“黄饼”即代号“111”产品，为铀化合物浓度极高的半成品。

当天晚上，彭奇智躺在床上，心情格外激动。此次被紧急召唤到首都北京，从首长们斩钉截铁的话语及殷切的希望中，他看到了任务的艰巨，也看到了这项工作的长期性。他自 1958 年在赣南画眉坳钨矿第三科从事铀矿采矿工作起，到宁都四矿下马，再到东乡七矿下马，最后南昌矿山机械厂下马，参与建设的都是虎头蛇尾的半拉子工程项目。那会儿，才上马的南昌矿山机械厂，有的房子才建到一半就被迫停了下来，真是令人心疼啊！1962 年四五月间刘伟副部长来江西视察铀矿建设工作，参加上饶铀矿水冶厂试生产，这次试产一次成功，拿出了合格产品向“五一”献礼。刘伟结束上饶铀矿的考察活动后来到南昌，住在江西饭店，把王治平、彭奇智等四人找去问厂子里下马的事。彭奇智恳请上级，可否将南昌矿山机械厂纳入缓建项目。刘伟对他说：“我理解你们的心情，上级已经决定你们厂下马了，你们做好善后工作，还会有新的任务。”

那段时间里，刘伟副部长说的“新任务”点燃了彭奇智心中的希望之光，他和南昌矿山机械厂的留守人员正等待着，好展开拳脚大干一场。真没想到，才过去十个月，现在机会终于来了，真是皇天不负有心人。想着，想着，他进入了梦乡……

5. 北京受命　幕阜建功

古有刘关张桃园三结义，看今朝，王于彭北京受命，南下建功幕阜山。重建修水铀矿的王治平、于生龙、彭奇智，他们成为建矿初期的著名三功臣。肩负神圣使命的王治平、于生龙、彭奇智等三人回到南昌后，顾不上一路上的舟车劳顿，第二天就动身去修水。

钱祖庆是南昌矿山机械厂的小车司机，他把心爱的华沙牌轿车擦得干干净净，加满汽油，更换了发动机里的机油，给水箱加满冷却水，一切准备就绪，准备向新的岗位进发。王治平、于生龙、彭奇智、钱祖庆踏上了中国铀矿工人再次奋战修水 1 号金属矿区的征程，修水铀矿迎来了新的发展机遇。

钱祖庆，江苏无锡人，从部队退役后在南昌矿山机械厂开车，待人真诚友善，技术精湛。

开拓者不怕千辛万苦，向修水的深山老林进军。这一次，王治平等四人是最早到达修水铀矿 1 号矿区的人。刚刚平静一年半的大山，又一次被唤醒，呼啸而来的将是创业者嘹亮的进军号角。他们入住修水饭店，包了一间有四张床位的房间，既是寝室又是办公室。白天一早外出调研，忙碌一天，晚上很晚才回来，拖着疲惫不堪的身体还要为第二天的工作做准备。有时研究讨论问题到深夜，多次通宵达旦地工作。

俗话说“万事开头难”，真是一点不假。王治平他们跑中共修水县委、县人民委员会解决实际困难，选厂址，选生活区，征用土地。他们请修水气象站技术人员到现场考察，进行风向测试，经过多方论证，选择梧坪村窑坳作为工人村。他们还实地考察生产、生活的配套设施安置的地

点等。同时，他们凭着二机部出具的公函和介绍信，在修水县公安局顺利刻制一枚江西四矿的公章。拿到了“官印”，对外联系行文就畅通了，于是彭奇智执笔给修水县邮电管理局、江西省邮电管理局写公函，申请开办邮电分所。5 月 29 日修水邮电局复函，同意为修水铀矿设立第一邮电分所，编制一人，待省邮电管理局批准后即行设立。到当年 11 月，修水铀矿收到省邮电局的批准复函，设立工作进入到实质性阶段。有关请修水地方上在修水铀矿设立人民银行分理处、粮油供应站、商店、食品供应站等配套单位的申请事宜也在紧锣密鼓进行中。

生产方面，六矿原有的位于生产区的砖木或木架建筑，如水冶车间、简易仓库、加工实验室、破碎车间、简易水冶车间、矿房、化验室、简易仓库、浸矿车间、炸药库，除 177.6 平方米的加工实验室只缺门窗外，其他建筑物都倒塌或废弃了；生产区外的洗澡堂、物资仓库、医务室、工人宿舍、厨房、办公室、后续宿舍、副业队、四栋宿舍、招待所、俱乐部、厕所基本完好，这些建筑物多为砖木、土木、木板、土质等架构，稍加维修即可使用。两层办公大楼面积有 630 多平方米，一些土坯平房依然完好无损，大多缺门窗玻璃，三栋合计 750 平方米的宿舍，里面住着附近的老乡，均可以利用，发挥作用。

就在王治平一行为修水铀矿重建繁忙奔走的时候，中共江西省委对修水铀矿重建工作高度重视，并给予了大力支持。4 月 26 日，中共江西省委生产委员会给中共九江地委发出《关于新建江西四矿的通知》，全文如下：

根据国防需要，二机部决定在修水县新建一个矿山（原江西六矿），该矿名称为江西四矿（代号为四二四矿）。今年编制 250 人，基建、生产任务已列入 1963 年的国家计划。因此，请你们在该矿建矿过程中给予领导和支持。对于该矿在二机部系统内先行调整的一部分职工，请准予落户。在基建、生产、生活物资供应上除国家物资由中央统一计划分配外，属于地方解决的物资，如三类物资、劳保和营养用品等应按省规定二机部所属在矿各单位的标准给予安排解决。

此通知抄报了二机部、省计委、省商业厅、省建工局、江西四矿、省军区、省委公交部、省编委、省粮食厅、省公安厅、省劳动局、修水县委、二机部江西办事处。

这种组织形式的确定，为修水铀矿开展后续工作提供了及时的帮助。修水铀矿重建的各项工作，都在紧锣密鼓地进行中。7 月 13 日，省粮食厅通知修水粮食局，根据上级文件批准，给江西四矿入户人员供应粮油。

4 月 26 日，王治平一行从修水回到南昌。此时此刻，南昌矿山机械厂成为修水铀矿的临时指挥中枢，一切工作都是围绕修水铀矿的重建。指挥部里指挥员运筹帷幄，决胜千里之外。照图索骥，说干就干，先从人事入手，王治平拟定了一份人事名单：宁都四矿下马后去了抚州铀矿的党务工作者刘宪庭任组织科长，因下马从南昌矿山机械厂回原单位南昌柴油机厂的老柴油机工杜福生任工会主席，东乡七矿下马后去了抚州铀矿的建筑行家胡明亮任基建科副科长，从画眉坳钨矿调抚州铀矿的八级柴油机发电老师傅莫桂华任机修车间副主任……

这些骨干人员，都曾经与王治平、于生龙、彭奇智一起共过事，并且建立了深厚的革命友谊，又都能独当一面，正是新矿山建设急需的人才、干才。

刚刚从修水返回南昌的王治平，第二天来到抚州铀矿点将。原本他以为刘宪庭、胡明亮还在抚州铀矿，一打听才知道他们在不久前调到 105 建筑安装公司了。原来，为集中优势“兵力”，二机部决定将十二局所属各厂矿的建筑安装队整编为一个县团级的建筑安装公司，刘宪庭和胡明亮都在抚州铀矿基建部门工作，因此整编到了新组建的 105 公司。好在，人没走远，还在抚州铀矿矿区工作，王治平找到他俩，要他们立即做好准备去修水铀矿工作，调令很快就到。求贤若渴，礼贤下士。王治平寄希望于每一个参加重建修水铀矿的建设者，早日建成国家急需的采冶一体的典范企业，早日拿出产品。

王治平知道修水六矿下马后，省里负责善后安排的那批人到了抚州铀矿，他要从这些人里挑选几位熟悉修水那边情况的人，有利于开展工作。就这样，人事干部黎素民、医生陈福堂、采矿技术员万宝生、化学分析员刘学群、炊事员刘年秀等人被选中重返修水铀矿。

王治平对陈福堂说："你做好思想准备，到了修水还要做许多与医生无关的工作，因为你对那边的情况熟悉。"

陈福堂连忙点头，并表示一定好好干。

王治平还对修水铀矿急需的地质、物探、化学分析等技术人员及风钻工、井下支柱工、汽车驾驶员等技术工人提出具体需要的人数，抚州铀矿相关接待人员满口答应，表示尽快落实，大力支持。

1963 年五一国际劳动节是一个有意义的节日。

五一节前夜，在南昌矿山机械厂从事物资供应的大学生孙长银，受命前往北京，负责修水铀矿物资调配的统筹工作。五一节这天，他将自己简单的行李交给即将去修水的同事帮他带过去，自己一个人登上了南昌开往北京的列车。这个毕业于合肥工业大学的高个子年轻人，怀着对国防事业的执着追求，忘我工作。保障物资源源不断地运往一线，受到了大伙的高度赞扬。尽管孙长银较早成为重建修水铀矿的一员，却在五个多月以后才踏上幕阜山下这片建设的热土。映入他眼帘的是：采矿场、水冶厂开工建设的热闹场面，人人都精神饱满，使他增添了工作的激情和主动性。

五一节那天，距离南昌矿山机械厂二百多公里外的抚州铀矿矿区上空，太阳高照，晴空万里。全矿人都沉浸在欢度工人阶级自己节日的氛围里。然而，陈福堂、万宝生除了与大家一样，欢度劳动人民的盛大节日外，他们还将重返故地，心情无比激动。他们即将启程回到昔日晒下汗水的赣西北，作为第一批参加修水铀矿重建的人。

祖国在召唤，他们就行动。几天后，陈福堂、万宝生这两位年轻人来到南昌矿山机械厂，在此汇集了刘宪庭及从抚州铀矿来的地质测量技术员曾林杞、劳资干部黎素民、炊事员刘年秀。其中，黎素民、刘年秀是夫妻，黎素民、刘年秀成为修水铀矿重建时最早进矿的双职工家庭。门卫况扫帮老师傅也是六矿的老职工，他看到陈福堂、万宝生两位年轻人，立即认出来了，当得知他们马山要去修水重建铀矿的时候，况扫帮很激动，并告诉他们，王治平书记也将带他去。两位年轻人向况老师傅投去敬仰的目光，为这位花甲老人的工作精神所感动。

在南昌矿山机械厂会议室，王治平主持召开了重建修水铀矿的第一次工作会议，即将赴修水铀矿的所有人都参加了会议。王治平、于生龙分别作了讲话，给每一个人都下达了具体任务，特别是对黎素民、刘年秀、陈福堂、万宝生等修水铀矿的老职工，寄予了厚望，希望他们发挥对当地情况熟悉的优势多做工作。与会者都很兴奋，每个人都发了言，表示一定不辜负上级的信任，努力工作。他们热血奔涌，要回到昔日洒下辛勤汗水的幕阜山，又可以看到那熟悉的山山水水了。

齐心协力、众志成城。在南昌矿山机械厂召开的第一次会议，标志着修水铀矿重建工作全面展开。会后的第二天，王治平、于生龙、彭奇智等三人坐上钱祖庆驾驶的华沙牌小轿车先走了，这一次去安家立业。第三天，刘宪庭、曾林杞、黎素民、刘年秀、陈福堂、万宝生坐上邱运华驾驶的平板车去修水，这是修水铀矿重建后最早一批进矿的人员，陈福堂在他那本印有毛主席手书“中国青年”字样的笔记本上记下了这个极具意义的日子：*1963 年 5 月 15 日进修水四矿*。南昌矿山机械厂汽车驾驶员邱运华与他驾驶的 CA-10 平板车一并划归了修水铀矿，厂里的一些设备也划拨给了修水铀矿。

修水铀矿重建初期，一台平板车、一台小轿车，成了全矿人心中的宝贝疙瘩。就邱运华、钱祖庆两个驾驶员，邱运华每天天刚蒙蒙亮就起床，开着平板车一直忙到天黑才收车回家，天天如此，吃的都是冷饭，不叫苦，不叫累，任劳任怨，大伙都说他是闷声干活的老黄牛。钱祖庆也一样，他驾驶的华沙牌小轿车既是领导的工作用车，也是卫生所的救护车，也是天天要出车，不是修水县城，就是南昌、九江等地跑。邱运华、钱祖庆两人是最早进矿的汽车司机，都工作到七十年代初离开修水铀矿，邱运华调赣南地方上工作，钱祖庆调陕西蓝田铀矿工作。

又过了些天，留守在南昌矿山机械厂的罗正相、沈宝发、乔永莲、陈洪刚、鲍世雅、况扫帮等人，也来到修水铀矿。曾在南昌矿山机械厂工作过的梁洁芳等人，也从上饶铀矿调来修水铀矿工作。彭奇智逐一安排他们的工作，每个人都是满负荷运转。南昌矿山机械厂的孙长银则在北京负责物资调运和编制计划工作，几个月后他才来到修水铀矿。

罗正相被安排在供应科工作，负责物资、设备采购计划，后受命组建德安铁路转运站，并出任第一任站长，后又负责将转运站转移至永修县杨家岭，并在那里修筑铁路专线，1966 年 9 月 1 日修水铀矿开始“101”产品外运，杨家岭铁路转运站开启了新篇章。不久，组织上调他回总部，他与军队转业干部傅主池做了交接。罗正相，江西上犹人，家境贫寒，只上过三年学，一直在家务农，后在本县做工，1950 年元月在大余荡平钨矿参加革命工作，先当工人后提升为行政干部，并且在实践中锻炼成长，加入中国共产党，1960 年调东乡七矿做采购工作，七矿下马后调到南昌矿山机械厂工作。这一次，他来到修水铀矿，一直工作到退休，正科级。

莫桂华从抚州铀矿来修水铀矿报到，带来了一份特殊的“礼物”。5 月下旬的一天傍晚，矿山迎来了划时代的飞跃。

莫桂华随身带来的这份特殊“礼物”是一台 50 千瓦、型号为 4235 的旧柴油发电机，经过检修安装于矿区大门口水溪旁边的一栋竹编墙发电房里，一切准备就绪，等待启动时，却发现电瓶内存电力不足，柴油机无法启动，到哪里去给电瓶充电呢？此刻，夜幕已经降临，蜡烛光下，莫桂华沉着思考，突然灵机一动，决定用麻绳直接拉动柴油机飞轮的办法，组织人员拉动飞轮。几经拉动，费了九牛二虎之力，终于“轰隆”一声响起，排气管冒出了浓浓的黑烟。成功了，人们欢呼雀跃，呐喊声响彻夜空，沉寂了一年半的大山，再一次亮起了夜明珠。

时年 45 岁的莫桂华，是由工人成长为中层干部的。他是广西贺县人，八级老柴油机工，共产党员。他中等身材，永远把乐观开朗写在脸上，他的笑容是真诚和灿烂的，他的善良，就像一盏明灯，照亮了周围的人，同时也温暖了人。他和蔼可亲，对待每一个人都是热情的，对待每件事都是认真负责的。水、电、风，号称矿山建设的三把利剑，莫桂华就是锻造这三把利剑的总指挥。那会儿，他是矿水冶厂试生产三位副总指挥之一，他像年轻人一样，干劲十足。他所在的机修车间，职工们一谈到莫桂华，都竖起大拇指，纷纷表示莫主任是他们的贴心人。

修水铀矿重建初期，莫桂华与彭奇智工作交往较多，主要是大型机电设备的需求、采购、到货、安装等一系列的协调，两人配合默契。五十年代在西华山钨矿，莫桂华就同彭奇智熟悉，如今又在修水铀矿共事，两人都很高兴。

彭奇智自从西华山钨矿调宁都四矿后，就与莫桂华分开了。而莫桂华没想到自己也调到核工业系统来工作了。那时候正好遇到抚州铀矿建设初期，国家需要在抚州铀矿边上的金石山配套建设一座发电厂，该发电厂被命名为金石山电厂。负责这家电厂建设的一位领导同志在一份江西省表彰的劳动模范名单上看到了莫桂华的名字，就点名把他调来了。不久，二机部和江西省委根据实际情况的需要，将这座电厂纳入抚州铀矿建制，就这样莫桂华成了抚州铀矿早期建设者。

抚州铀矿，是我国建设的第一批铀矿重点工程项目，是一个大型采选冶联合企业。1958 年 10 月，二机部抽调人员开始筹建，刘兴涛为负责人，1959 年 2 月 1 日正式成立抚州铀矿，1960 年 2 月横涧露天揭开了矿山建设的序幕，1966 年矿山部分投产，1968 年 1 月放射性预选厂建成投产，1971 年 1 月水冶厂一期工程建成投产。抚州铀矿为修水铀矿重建提供了技术、人员、物资方面的帮助。

1963 年 5 月，王治平、于生龙、彭奇智计上心来，一拍即合，在六

矿办公楼斜对面 200 米外的半山腰那栋土墙平房的基础上加盖了一层，作为办公楼，竣工的两层新办公楼，是指挥中心，被称为“土楼”。这栋名副其实的土楼，完全用泥土建成。原来六矿的两层砖木结构办公楼作为仓库，命名为 6 号仓库；原来 902 队留下来的那栋平房做食堂和招待所，并做了扩建。“土楼”成为继这两栋房子后的第三个标志性建筑。

6. 承前启后　继往开来

陈福堂、万宝生重返修水铀矿没几天，况扫帮老前辈就出现在南昌矿山机械厂来的那批人中，况老师傅被分在供应科做油料保管员，依旧是那样忘我工作。没多久，刘学群也出现在抚州铀矿支援修水铀矿的人群里，她年轻漂亮，充满青春活力。深秋和初冬的时候，从本县白岭乡白桥的冶金系统六二四矿调来不少人，陈福堂、万宝生在这批人里看到了官高富、胡才金、熊巨才，他们相互问候，拉起家常。加上黎素民、刘年秀夫妇，他们这些老同事又在 1 号金属矿区重聚了。故人相逢在故地格外兴奋和激动，他们每个人都在用自己的力量续写着修水铀矿的辉煌。

在他们的心中，眼前热火朝天的建设场景，与往日真是不可同日而语。此刻，地点、环境依旧，时间不同了，人员陆续从祖国的四面八方而来，云集在此，一副大决战的架势已经展开，令他们感慨万千，无不欢欣鼓舞！

官高富，又回到了他熟悉的矿场，每天还是很早到现场，亲自上山选择作业点，把全部的精力投入到火红的时代潮流中。后来组织上考虑到他年纪大、身体又不太好，就安排他在取样组取样。做取样工作他也是一丝不苟，深得工友赞扬。没多久组织上又安排他到采矿场当生产资料保管员，他认真负责，发放物资和工具，从无差错。后因积劳成疾患上重病而休养，组织上无微不至关心着他，派人陪同赴省城大医院住院治疗，终因病情恶化于 1972 年去世，终年 60 岁。组织上在他追悼会上给予了高度评价，颂扬他为社会主义建设事业、为国家的国防事业贡献

了力量。50 多年后，昔日同一战壕的战友回忆起他，都是赞不绝口。当年从郴县铀矿调到修水铀矿不到 20 岁的青工肖贵山深情地说道：“官高富是一位在实际工作中由工人成长起来的工程师，他身上有大庆油田‘铁人'王进喜的影子，玩命地工作，很受人敬重。”

万宝生，湖南涟源人，生于 1930 年 7 月，湖南省冶金专科学校毕业。他深深热爱这片土地，在技术岗位攻克多项技术难关，连续多年当选矿劳动模范，曾出席省局“工业学大庆”先进大会，被评为先进工作者，一直在修水铀矿工作到退休，退休后在湖南省长沙市生活，2022 年 12 月因病去世。

陈福堂，江西崇义人，生于 1938 年，为中医世家之后。除 1968 年 9 月至 1972 年 10 月下放修水县马坳公社联盟大队做赤脚医生外，均在修水铀矿医院工作。他兢兢业业工作，直至退休，现在南昌市新建县国家核工业安置区生活，安享晚年。

胡才金，江西修水人，生于 1935 年 2 月。修水铀矿重建后先后在汽车修理、汽车司机和警卫等岗位工作，直到退休，现在南昌市新建县国家核工业安置区生活，安享晚年。

刘学群，江西修水人，生于 1938 年，修水第一中学高中毕业。实验室化学分析员，修水铀矿重建后工作不久，被调二机部三所工作，再后来调抚州铀矿工作，直至退休，后随子女在北京生活，2023 年因病去世。

熊巨才，江西修水人，生于 1941 年 9 月，井下采矿工，后在工业浴室工作，直至退休，退休后回乡安享晚年，2023 年 8 月因病去世。

黎素民是人事干部，业务较为熟练。他的妻子刘年秀是一名炊事员，她忠厚老实，食堂工作做得踏实，服务态度好，深受同事们好评。黎素民、刘年秀夫妇的结局不甚理想，黎素民对妻子缺乏应有的信任，实施家庭暴力，黎素民不断激化矛盾。1967 年 6 月 26 日，刘年秀丢下年幼的孩子，带着屈辱和委屈投入修水河自尽，时年 31 岁。工友们对于刘年秀的遭遇极为同情，也备感惋惜。刘年秀是江西省南康县人，出身于农民家庭，初小文化，17 岁入团，1960 年 5 月被招工进宁都四矿工作，任炊事员，工作任劳任怨。宁都四矿下马后她同丈夫黎素民调修水铀矿，修水铀矿下马后调抚州铀矿，修水铀矿重建后再次来到这块曾经洒下汗水的热土，修水铀矿重建初期就她一名炊事员，她起早贪黑地工作，有时候半夜有人来就餐也得起来做饭接待，她是一名尽心尽职的好职工，不曾想到却因人祸殒命于此。对于刘年秀的死，黎素民负有完全责任，本来组织上要对他进行刑事处理，考虑到他老母亲年迈、孩子年幼，后从轻处理，将他下放到三连的工业浴室劳动改造，不久又调回了机关工作。四年后的 1971 年，在“一打三反”运动中，民愤极大的刘年秀投江一事被群众提了出来，组织上对黎素民作出了开除党籍、矿籍的处理决定，并将他清退回原籍南康县务农。七十年代末八十年代初，拨乱反正时期，黎素民多次到江西省委组织部上访希望落实政策，组织上十分重视，经过慎重复查，维持了原有的处理决定。

从南昌矿山机械厂来的沈宝发、乔永莲夫妇，陈洪刚、鲍世雅夫妇是继黎素民、刘年秀夫妇之后来的两对双职工家庭，那会儿双职工家庭较少。沈宝发八十年代初期走上领导岗位，担任车间主任，八十年代末他和妻子调上海崇明岛工作。陈洪刚是财务科主办会计，七十年代初期在复原公社下放劳动，长达五年之久，落实政策后回矿在财务岗位工作，退休后回浙江老家安度晚年。

6 月中旬间，抚州铀矿根据修水铀矿王治平书记 4 月底来联系要人时提出的请求，将汽车司机郑占法、文洪庆、王玉坤，支柱工卢同模，风钻工郑阶兰等人调往了修水铀矿。6 月 25 日，即农历五月初五，是端午节，他们第一次到新的地方过节，家属们纷纷上山采摘粽叶包粽子，开始新的生活。这里的生活条件极为艰苦，没有住房，全部住在农村老乡家，没有自来水，要到小溪去挑水。

在王治平去抚州铀矿“搬兵”的同时，于生龙风尘仆仆去了赣东北部的上饶铀矿，他挑选了一批精兵强将。其中他选中了陈家禧、舒培玉、李广智、徐霖身等二十余人。陈家禧 1962 年调上饶铀矿，担任水冶厂技术员。于生龙这次到上饶铀矿，点名要陈家禧去修水铀矿，在他心中这个曾经的部下是一个埋头苦干的人。他对陈家禧说，赶紧做准备跟我去修水，没有任何商量的余地，他和妻子梁洁芳成了第四对进矿的双职工家庭。与陈家禧夫妇一同来的还有李爱南、龙凤文夫妇及老工人刘名堂，他们是上饶铀矿这一批人中最早支援修水铀矿重建的人，一二十天后李广智等人也陆续前来报到。随后两年间，又有四五批人从上饶铀矿调往修水铀矿。

李广智来修水铀矿的时候，把回家探亲的物探工徐霖身的行李也带了过来，徐霖身结束探亲后前来矿里报到，于生龙问他怎么才来报到，徐霖身回答没有超假。于生龙要他回上饶铀矿去出差，先到南昌江西办事处开介绍信，凭着介绍信去上饶铀矿取仪器和标准源。徐霖身 7 月 2 日动身，三天后圆满完成任务返回。徐霖身，浙江杭州人，1961 年夏秋 16 岁高中毕业，被分配到 608 队，与王来宾、马世昌在一个队工作，后来调上饶铀矿。十多年后，徐霖身在修水先后见到来这里担任领导职务的王来宾、马世昌。

修水铀矿，对于水冶技术员陈家禧来说并不陌生，他在省矿务局工作期间曾两次去那里出差，目睹了艰苦环境下，工人们热火朝天的干劲儿，深受感动。1961 年 2 月，陈家禧从赣南大余县漂塘钨矿调江西矿务局，1962 年 2 月调上饶铀矿，1963 年 6 月调到修水铀矿，在铀矿战线一干就是二十多年。八十年代中期，陈家禧夫妇调广东茂名石油化工厂工作。

修水铀矿早期的这几位建设者，人生态度不同，归宿也不同。在人生的长河中，每个生命时刻都是珍贵的，有限的生命可以做出无限价值，走好人生的每一步至关重要。

唯有岁月的冲洗，洗去尘埃，净化心灵，让真善美在精神世界里得到升华。

……

他们经历不同，岗位不同，但是他们都有一颗火热的心，战斗在放射性高、辐射强的岗位，不畏惧、不退缩。正是这一代人难能可贵精神，开创了铀矿的新局面。

这一时期的彭奇智，可谓“大权”在握，供应、财务、计划、生产四副担子一身挑。王治平风趣地说：“彭奇智待过的企业不少，哪门他都摸得着点道道，是位能干的人。”领导的信任，同志们的支持，使彭奇智开展工作起来得心应手。

7. 调兵遣将　综合布局

1963 年 12 月，二机部十二局批准了修水铀矿两个月前上报给 19 名工人、4 名中层干部、4 名一般干部、8 名技术员加薪的报告，这次薪资的调整极大调动了工程技术人员的积极性，达到了凝心聚力的目的。8 名技术员分别是沈宝发、陈家禧、曾林杞、邵志敏、袁华奎、邱泽元、刘交成、龚广彬，技术人员在修水铀矿重建的初期发挥了重要作用。

1963 年，对于这不到两百人的建设队伍来说，是令人难忘和留恋的，这一年他们铆足了干劲儿，达到了预期的目标。矿山的所有工作有条不紊地开展着，许多亟待解决的问题都将迎刃而解，王治平、于生龙感到欣慰的同时，也感觉到压力是巨大的，只有依靠全体职工，相信上级的正确领导。干部方面，矿级领导干部只有王治平、于生龙两人，分管的矿领导、中层干部等岗位的缺口都很大。

修水铀矿重建初期，工人工种配备参照二机部 1962 年 11 月颁布的《第二机械工业部工人工种名称、编号（草案）》执行，到了 1964 年 1 月二机部颁发《关于修订工人工种名称和目录的通知》，于生龙拿到通知后对照修水铀矿实际，到此时修水铀矿尚需要的工人工种名称、编号多达 20 类、107 个工种，比如十三类地质勘探：13-4 录样工，13-5 磨片工，13-8 矿岩鉴定工，13-10 碎样工，13-11 物探工，13-16 测量工，13-17 安曼工，13-18 水文工，13-20 找矿工，13-22 取样工，13-25 压风机工，13-26 通风机工，13-27 风钻工，13-28 氡气测量；十四类矿山开采：14-1 风钻工，14-2 支柱工，14-3 轨道工，14-6 制钎工，14-9 卷扬机司机，14-10 电耙司机，14-17 瓦斯工，14-18 鼓风工；十五类选矿：15-1 破碎工，15-2

输送机工，15-10 给矿机工，15-11 振动筛工，15-12 磁选机工，15-滤过机工，15-28 皮带工。劳资科的同志，按照矿领导的批示，分头落实，尽快补足缺额。

上饶铀矿，是新中国建设的首批铀矿之一，属于国家“二五”计划的重点工程之一，全国建设投产最早的铀矿冶联合企业。该矿 1958 年开始筹建，1962 年建成投产。为我国第一颗原子弹爆炸提供部分原料，是功勋矿山。随着生产的发展，1966 年对水冶厂进行扩建，1970 年开工建设贵溪 65 号矿点，这两项工程均于 1972 年建成投产。

抚州铀矿的桑任广、廖义钟、刘交成、杨国瑞、邱泽元、郑阶兰、文洪庆、郑占法、王玉坤、卢同模、王冬子等人是继陈福堂、万宝生、曾林杞、黎素民、刘年秀后，在 1963 年 6 月前后调进修水铀矿的人，随后的两年间抚州铀矿又有不少骨干调到修水铀矿工作，参加到赣西北如火如荼的建设中，发挥骨干作用。

邱泽元，四川人，1930 年出生，1949 年 12 月参加中国人民解放军，朝鲜战争爆发后随部队赴朝参战，经受战火洗礼。1956 年考入太谷地质学校，1958 年毕业，1959 年进入核工业系统，在抚州铀矿从事地质工作，修水铀矿重建后王治平去抚州铀矿要人，邱泽元是作为重点技术骨干被要来的。邱泽元，皮肤黑，满脸胡子，性格较为内向，对待工作极端负责，对待同志极其热情。到了三十五六岁还没成家，这个时候经人介绍，他与四川一个女青年谈上了对象，当女方来到修水铀矿工人村见面准备结婚时，一看人，又老又黑，心里凉了半截，想打退堂鼓。热心的同事，特别是四川的老乡，都来做工作，俗话说，钟不打不鸣，人不劝不明。经过大家介绍，邱泽元好的一方面被放大了，比如年纪大的男人疼爱老婆呀，资格老工资高啊，经大伙齐声赞美，打消了女方的顾虑。邱泽元抱得美人归，这件事成为一段趣闻。五十多年后，黄代宽回忆起这段成人之美的好事时，发出了无限的感慨，岁月如梭，光阴似箭，他想象中邱泽元的儿子早已经当上爷爷了吧。

原来六矿下马时，善后负责人除了对在附近农村临时招聘的季节工做了妥善处理外，还表示将来矿山上马，优先录用他们，并给每人发了一张承诺书。重建修水铀矿后，这批人中的有些人拿着当年的证明前来要求工作，王治平让陈福堂来给这些人做解释工作，把党的政策讲给他们听，这是在老六矿基础上再建设，修水铀矿上马了，可是已经不是过去省县合办的小型铀矿，而是由中央直接指挥建设的采冶联合企业，规模是过去数倍。尤其是对人员的要求特别高，经过解释，这些人都表示理解，不给国家添麻烦。

科学规划，建设新矿山。部局组织力量对修水铀矿重建开展实地调查，1963 年 7 月 17 日，十二局副局长郭士民在北京主持召开了有第一设计院、第六研究所、修水铀矿相关人员参加的专题会议，会上就修水铀矿建设的原则和主要问题进行了仔细翔实的研究和讨论。会议结束后，修水铀矿参加会议的王治平等领导同志即行返回；万宝生、陈家禧等技术人员则在北京参加十二局即将启程赴江西修水铀矿对选址等一系列问题进行实地调查研究，为此，十二局特地成立了工作小组。

这个工作小组由十二局计划处高军副处长带队，成员有十二局设计管理处干部裘唐龙，第一设计院矿山设计总负责人陈范宏工程师、厂址设计总负责人陈星煌、采矿专业卿永吉和刘叙古、地质专业员王丕勇、矿山机电专业林光中、地质专业林金水、尾矿水道刘树金、电力专业卢祥弟、总图运输唐金才、技术经济邹志武、测量喻家安、勘探汤福南，第六研究所水冶王正元等人。

工作组于 7 月 27 日离京，到达南昌后，高军等人首先向中共江西省委生产委员会王主任做了汇报，王主任给予调查组大力支持，取得了去修水、武宁等地县委、县人委的介绍信。同时，工作组增加了两人，分别是江西办事处副主任郑义文，江西省卫生厅工业卫生研究所医生胥志卿。随后，工作组走访了江西地质局，对前期地质勘探的技术资料做了交接，听取了南昌研究所解兰芳介绍土法水冶工艺试验的情况，并借阅了试验资料，还听取了该所曾负责修水铀矿勘探工作的林工程师对修水矿点情况的介绍；在南昌期间，他们还去省计委、供电局了解到修水地区电力规划，由于当地缺乏电力，需自备电源；去省煤炭厅了解到修水地区三都煤矿已经下马，煤炭资源可在武宁县供给；去省交通厅、气象局等单位收集了有关南昌至修水间运输资料和修水县十年来的气象资料。

工作组于 7 月 31 日到达修水铀矿进行实地调研。修水铀矿党委书记王治平、矿长于生龙及技术人员袁华奎、杜吉开、万宝生、陈家禧、舒培玉、万德昭、曾林杞、陈春林、邱泽元、杨国瑞参加了这次调查活动，并积极配合调查组的工作。高军一行人到修水铀矿的第二天，王治平陪同高军到修水县委汇报工作并且征求意见，县委同意并表示大力支援，关于土地征用问题涉及公粮征购任务，需报经省委批准，对污水排放等其他问题也做了交流。调查组在现场进行了厂址选择工作，各种技术方案的比较，实地了解居民情况、占用农田亩数，并与修水铀矿就总体规划、大小厂结合等问题交换了意见，取得了一致意见。

修水铀矿地处湘鄂赣三省九县交会处的大山里，与外界的交通主要通过公路，调查组做了细致的调研。根据在江西省交通厅了解和提供的资料，修水地区有德安-渣津公路（省级干线）贯穿矿区，并与南昌-箬溪的南箬线与九江-箬溪的九箬线相交。从矿区可通至上述南昌、德安、九江等地，距南浔铁路最近的火车站德安 194 公里，外部物资可由此转运，可在德安设立转运站。德渣线，自德安至武宁，因交通较繁，公路及桥涵比较多，可以通行重型车辆，自武宁至修水段，路面为泥渣碎石，有养路队维修保养，载重不超过 7.5 吨，运输以粮食、农产品、生活用品等为主。由于地方运力少，该路段也负责九江、南昌间的客车运输，此段在三都有一条大河，名为修江，无桥，河面宽 100 米以上，人们靠渡船过江，由修水县城至修水铀矿 27 公里，路面泥渣碎石，暂时无维修计划，省级干线可以通行 CA-40 载重汽车运输，唯桥涵多且破损，特别是距离

修水铀矿 15 公里的姜家渡口，河面宽，未修桥，需靠人力渡船过江。据了解，1962 年因洪水、雨季影响，姜家渡口一次停渡 20 多天，每年平均影响通行一个月左右，停渡后，矿区无粮食及生活用品供应，影响甚大。眼下，交通厅对德渣线已有改造计划，1958 年在修河武宁下游的柘林修建水电站，水库如储水后，则将淹没公路，原拟在水库建成后进行改线绕道通行，因水库下马暂停建设，仍用该线。根据矿山具体条件和外部运输情况，只能采用公路运输较为合理，运输量不算大，亦较单纯，由德安转运站一次转运后便可运进矿山。根据新的货运量计算，需要 24 台（不包括基建运输），其中 CA-10 平板车 20 台，CA-40 自卸车 3 台，小吉普 1 台。

这一次，第一设计院出动了强大有力的阵容，从技术专业上发挥了对本次调查的指导作用，调查组很快形成《修水铀矿建设调查报告》，调查组完成任务后，按照中共江西省委生产委员会的指示去九江向中共九江地委做了汇报，随后去南昌向中共江西省委生产委员会汇报调查结果，王治平全程陪同了汇报。省、市均对工作组努力工作取得的成绩给予了肯定，并表示将一如既往地支持修水铀矿的工作。

8 月下旬第一设计院编制了《修水铀矿工程厂址选择调查报告》，报告分为序言、新设计工厂企业说明、工厂企业配置地区的自然条件、企业配置地区的经济特征、厂区的配置方案、厂区企业配置方案的比较、结论及建议等七个部分。这个报告是纲领性的指导文件，使修水铀矿后续工作有了积极有效的参考遵循。

修水铀矿处在湘鄂赣三省交会处，交通不畅通。修水铀矿重建，多方都在为修水铀矿与外界的运输线谋划着最优方案：曾考虑把转运站设在昌浔铁路上的永修段，利用修河把物资通过机帆船运进去；经过向省里相关部门核实，永修至修水的水路因为修建柘林水库已建大坝，机帆船早已不通，故而建转运站方案选定德安转运站，德安转运站计划将在 1964 年第一季度完成基建任务，第二季度开始运行。公路运输成为唯一进出的选择，对汽车的需求量以及汽车驾驶员，有关部门一并做了周密的计划。

1963 年底，修水铀矿有 173 人，计划 1964 年增加 705 人，主要充实采矿车间、水冶车间、机修车间等一线岗位。1963 年 12 月 3 日，修水铀矿给二机部刘伟副部长写了《关于基本建设存在的问题的报告》，一方面将半年来的基本建设情况做了汇报，另一方面将面临的困难也做了相应的说明，人员上采矿车间缺风钻工、爆破工、装运工、管道工、风钻修理工、水泵工、电工、柴油压风机工、锻钎工、物探工、地质工、取样工、其他人员等 266 人；水冶车间缺颚式破碎工、对辊机工、振动筛工、皮带机工、浸出工、沉（浸）工、过滤工、各种泵工、取样工、管道工、卫生检查、其他人员等 133 人；机修车间缺柴油机工、机修工、电工、车工、刨工、铣工、钳工、锻工、木模工、造型工、其他人员等 24 人，供应部门和仓库缺汽车司机、汽车修理工、仓库看守工、材料工等 19 人，实验室和保卫部门缺化验、警卫、其他人员等 68 人。同时，修水铀矿还提出了对设备、车辆的急切需求。对需要部局出面协调解决的问题列了出来，比如急需一名党委副书记兼政治处主任及一名副矿长。

刘伟副部长接到报告后，做了批示，并与中共江西省委联系协商解决具体问题，二机部领导了解到修水铀矿在矿党委领导下，上下齐心，高效、快速运转，1963 年的工作达到了预期目标，表示满意。

这一时期，修水铀矿大凡遇到困难，需要上级出面协调的，一经上报都会得到及时解决。最高决策层统筹领导原子能事业，中央专委都会以特事特办的方式处理基层上报上来的问题，党中央高效领导全国的核工业建设。

8. 隐姓埋名　献身国防

陈福堂从1959年毕业分配报到的第一天就牢记保密六项规定，至今六十多年过去了，他还记得保密条例要求的：多做事，少说话，不该看的机密不看，不该说的机密不说，不该问的机密不问……

修水铀矿重建后，陈福堂又学习了1963年3月26日二机部党组颁发的《关于颁布保密誓词和保密三大纪律和八项注意的决定》，这个决定要求各单位严格执行，任何人都必须签订保密誓词，并履行保密三大纪律和八项注意，这是关系到党和国家重要机密安全的大事，各级领导要高度重视，每个人要自觉遵守。

这一次，陈福堂又一次签订了保密承诺书，他反复背诵，熟记了新的《保密誓词》及《保密三大纪律八项注意》，这两项重要的规定扎根在他的心里：

保密誓词：我参加党和国家重要机密单位的工作，这是党和国家对我的信任，我感到极大的光荣。保守党和国家的机密是我的职责和应尽的义务。愿在今后的工作中，不断提高阶级觉悟，经常保持高度的革命警惕性，严格遵守保密制度和保密三大纪律、八项注意，坚决同敌人的窃密和一切失泄密现象作斗争，维护党和国家机密的安全，决不辜负党和国家对我的信任。

保密三大纪律八项注意。三大纪律：一、提高革命警惕，保守国家机密；二、遵守保密制度，养成保密习惯；三、一切言论行动，服从保密要求。八项注意：一、不该说的机密不说；二、不该知道的机密不问；三、私人交往不谈论机密；四、不私自摘记机密事项；五、不擅自携带机密文件外出；六、不擅自与外国人交往；七、不擅自同在外国的人联系；八、同敌人的窃密和一切失密现象作斗争。

陈福堂遵守保密纪律遵守得好，还得益于他曾经历过的一件终生难忘的事。有天夜里，他突然接到通知去参加全矿干部大会，一到会场从党委书记一脸严肃的表情来看，预示着这不是一般会议。会上通报了一位王姓采购员严重泄密事件，王姓采购员在会上做了深刻检讨，表示再也不犯类似错误。事情经过是：王姓采购员去修水县城办事，在修江南岸等摆渡船，迟迟不见摆渡船开过来，心里十分焦急，这会儿等船进县城的人越来越多，当船靠到南岸时，上船的人你推我挤，王姓采购员大声喊道："你们都给我让开，先让我上船，老子是搞原子弹的。"语出惊人，把正要上船的群众吓呆了，也蒙住了不少人。王姓采购员如愿登上了摆渡船，可是人群中立即有警惕性高的人，跟踪了这名"神秘"的人。很快修水县委书记下达指示，查明了此人的真实身份。六矿党委接到修水县委的情况通报，极为震惊，党委抓住这个典型案例，开展了一次保守机密的教育活动。

看到沮丧地低着头的王某，陈福堂想自己可不能像他那样啊，绝不能在泄露国家机密问题上犯错误。陈福堂自 1959 年 9 月从学校出来，走上社会就在保密单位铀矿工作，他脑海里始终绷紧保密这根弦，熟记保密条例。他的亲戚朋友均不知道他所在单位是做啥的，写信都是谈及家庭琐事，从不涉及工作上的事。他的父亲、母亲、叔叔及兄弟姐妹多次问他单位是生产什么产品的，他说是煤矿挖煤的。他从来没有泄露半点企业的性质及隶属关系，通信都是写邮政多少号信箱，不暴露具体地点，对任何人都是严格保守机密。

铀矿在创建初期，就得到国家公安部的高度重视和指导帮助。公安部为了加强对江西境内铀矿的保卫保密安全工作，多次派人深入一线检查工作。他们发现在保密保卫方面，各单位都不同程度存在这样和那样的问题。1963 年 8 月 2 日，公安部二局二办对江西上饶铀矿、抚州铀矿、修水铀矿三家国家重点保密单位的保密工作检查情况以内部简报的形式予以通报，肯定了各铀矿领导对保卫保密工作逐渐重视起来，并采取了一些相应的措施；但是，还存在许多措施未完全落实。为加强安全保密工作，江西省公安厅决定向各矿调派干部，以充实保密干部队伍的力量。调到修水铀矿的是一名解放战争参加革命的行政十九级干部袁守宽，还有一名一般干部，他们的到来十分及时。修水铀矿迅速配备了保卫保密干部，加强了专业队伍的建设，把保卫保密工作列入正常工作的议事日程，确保安全生产和防止机密泄露。

袁守宽，1931 年 2 月出生于江苏省兴化县一个农民家庭，1947 年 9 月参军，1949 年 3 月入党，历任战士、副班长、班长、副排长，参加了淮海战役、渡江战役，荣立二、三、四等功各一次，荣获集体模范班、学习模范荣誉各一次；1950 年 6 月他转业到南昌铁路公安处，历任侦保员、助理保卫干事、保卫干事、主任干事，1956 年被授予江西省社会主义建设积极分子荣誉称号，邵式平省长为他颁发了奖状，他三次被评为先进工作者；由于工作表现好，能力强，1960 年 8 月他被调到省公安厅二处（政保处），任主任科员，被评为五好干部一次。为了加强铀矿保卫保密工作，袁守宽受命来到修水铀矿，任保卫科副科长，他在省公安厅同科室一位保卫干事与他一同到修水铀矿工作，任保卫科一般干部，这个时候保卫科有一位从浙江法院系统调来的部队转业干部任科长。

1963 年 11 月 3 日，修水铀矿一名工作人员用明码给二机部十二局发电报，涉及机密内容，暴露隶属关系及产品的污染等问题，属于重大泄密事件。十二局高度重视，抓住这一典型案例，举一反三，多渠道进行宣传教育，警钟长鸣。当事人受到严厉批评，相关责任人写出了书面检查。为了提高警惕，防止泄密事件再次发生，保卫科开展了一次全矿范围的保卫保密工作大检查。发现的安全隐患及时得到纠正。

1964 年三四月间，军人出身的保卫干部陈尧水从浙江省宁波港务局保卫处调来修水铀矿；同一时间，部队转业的连级干部黄盘根，从福建闽南前线来到湘鄂赣的大山里，进矿初期他们都成为保卫科专职保卫干事。

有一次，一名在水冶车间从事生产工作的喻姓退伍兵违反保密纪律，擅自将参加生产会议记有生产数据等保密内容的笔记本带回租住的坑口村民房，第二天一早在去工人村开会的路上不慎将笔记本遗失，发现后他按照原路返回寻找未果。他知道出大事了，再急忙到保卫科报案。保卫科立即在职工出入的三个食堂、厂区大门口等主要几个地方张贴寻物告示，告示中不仅描述了笔记本的样式、大小、颜色，还绘制了图样，其中封面有天安门华表图案。保卫科正副科长、四名干事紧急出动，走访、调查，寻找破案线索，全体人员忙碌了整整一天，午饭也没顾得上吃，科里晚上开了一个会，决定扩大调查范围，发动群众。第二天，一食堂邹永友、梁振业两位炊事员去坑口村找裁缝周良金缝被子，在周良金家看到了这个本，原来是这名裁缝在回家的路上捡到的。于是，邹永友、梁振业两人把这个本要了回来，立即赶往保卫科上交。组织上对丢失保密记录本的当事人喻某给予了行政记过处分，对拾物者周良金表示了感谢，对邹永友、梁振业两名炊事员进行了通报表扬。

一波刚平一波又起，保密记录本失而复得没几天，又发生了放射性标准源丢失的事件。放射性标准源是一种性质和活度在某一确定的时间内均为已知，能作为对比标准用的放射性核素。放射性标准源是矿山开展生产的核心部件，是核心基础件，没有它生产就将停滞不前。放射性标准源的外观十分漂亮，金属颗粒状，闪闪发光，平时放在一个铅套里保存起来，需要用的时候要把标准源取出来拿到校正场，由于具有强大的辐射作用，校正场通常设在室外，工作人员都会采取相应的防护措施，最短接触距离都在两米以上，确保对人身的伤害降到最低程度。有一次，工作人员离开了一会儿，正好一位在附近打猪草的中年妇女看到架子上挂着一个漂亮的宝贝，认为一定很值钱，就拿回家了。当工作人员回到校正场，发现标准源不翼而飞，吓出了一身冷汗，立即报告保卫科。于

是，工作人员背上仪器，拿着物探杆子在保卫干事和驻地生产大队干部的协助下，挨家挨户去寻找，当走到白土村一户农舍前仪器发生了反应，走进这户人家，仪器反应更大，最后在衣柜里找到了标准源。从这事发生后，修水铀矿制定了严格的标准源管理制度，使用标准源时绝对不允许离开人的视线，并制作了一个盒子专门存放标准源。防微杜渐，警钟长鸣，后来再也没有发生过类似事件。

类似放射性标准源丢失的事件，在修水铀矿的六矿时期，也发生过一起。也是在校正物探仪器的时候，放射性标准源被一位职工注意到了，趁两位调试的人短暂离开时，他把它拿回宿舍放在木箱子里。随即，技术人员带上仪器，拿着物探杆子把标准源找了回来，矿里对这位擅自拿走标准源的职工进行了批评教育。这位工人对自己的行为很后悔，他不知道拿的是什么东西，就是觉得不可思议，仪器怎么这么厉害，能确定东西放在箱子里。他对身边的人说，公家的东西再也不能拿了，矿里有神秘仪器可以找到被偷的物品，从那以后小偷小摸的现象果然少了不少。

修水铀矿于 1964 年 12 月开展了一次全矿人员政治复合审查工作，每个人都进行了一次登记。由组织上向原籍进行函调，收到函调后，有重大问题的再进行外调。经过组织甄别后，对不宜在核保密单位工作的人员，做了调出处理。

9. 大战将至　勇士云集

献身者，向修水铀矿云集。一场没有硝烟的大会战，在幕阜山下打响了。四面八方的建设者，纷至沓来。

有了人才，有了知识，就有了建设矿山的本钱。于生龙求贤若渴，他希望组织上多给他分配些“才子”。他亲自跑到上饶铀矿“挖人才”，在他心里惦记着陈家禧，见到陈家禧后，他说道：“你赶紧做好准备，跟我去修水铀矿，你对那里情况很熟悉，正好需要你这样的人。”陈家禧二话没说，坚决服从组织上的安排。

二机部将化学精矿统一称为“111”产品，矿石代号统一称为“101”产品。

简易的窝棚、简易的水冶厂，铸造“黄饼”。万德昭、陈家禧两位技术员分别承担设计大任，他们日夜加班、废寝忘食地工作，希望早日生产出“111”产品。

水冶厂土建方案由土建技术员万德昭负责，技术方案由水冶技术员陈家禧负责。厂房采用简易砖木、竹编结构。万德昭与当医生的妻子吴棣华都是进矿较早的建设者，他在科长胡明亮的指导下很快拿出了设计方案。方案按照部局要求，建筑方案报抚州铀矿审核后，予以实施。

“土楼”里那个高大的身影，进进出出胳肢窝里夹着图纸的人，名叫陈家禧。这位由上饶铀矿调来的水冶技术员，负责简易水冶厂技术方案的设计。他主要参考江西省地质局999队于1960年6月30日编制的《江西1号金属矿区地质勘探总结报告》与二机部1963年4月6日下达的《新建修水铀矿任务书》，再借鉴江西六矿1958—1961年生产的工艺流程和

工艺参数，采用三段开路剥离、碱法常温渗滤浸出、清液、酸化、氨水沉淀流程。浸出采用十个钢筋混凝土池，分组逆流浸出。浸出前后的伪装矿出渣，全部依靠手工作业。浸出后，通过酸化氨水沉淀，经过滤得出化学浓缩物产品。陈家禧的妻子梁洁芳，也是修水铀矿重建初期的老职工，在生产区外50米处的小溪边的水泵房开水泵，目睹了自己丈夫日夜加班加点的工作，知道万事开头难。有一次，梁洁芳在厂区见到了以前在南昌矿山机械厂工作的同事孙长银，孙长银对她说："你家老陈真了不起，设计这么大一个水冶厂，主要靠他完成，令人敬佩。"看到同事赞美自己的丈夫，她心里不知有多开心，美滋滋的。

陈福堂、万宝生两位曾经在 1 号金属矿区工作过的年轻人，自然比其他新来的人，工作起来更加得心应手。两个月下来，工作局面打开了，困难也克服了不少。原来厂房里住着的老乡，经过他们的努力大部分人都愉快地搬走了，只有一对孤寡老人迟迟未搬走，陈福堂请来梧坪村的书记余百骈协助做劝解工作，最终如愿解决了这一难题。医生陈福堂，在做好本职工作的同时，还要负责食堂的管理及对外联系、处理与地方的关系。

陈福堂下乡收购活猪，75 块钱能买到一头一百多斤重的肥猪，赶回来后自己宰杀。炊事员刘年秀厨艺好，一碗香喷喷的红烧肉，看了都馋人，满满的一碗，才五分钱，干部职工吃了乐哈哈。

王治平勉励陈福堂："要多动脑子，想方设法搞好伙食，职工吃得好，干起活来就有力气。"陈福堂心里美滋滋的，得到一把手党委书记的支持，他干起工作劲头更足了。于生龙也很关心大伙的生活，还让陈福堂跟着邱运华，开着大货车到邻县湖南的平江县和湖北的通城县，去采买价廉物美的瓜果蔬菜。

这一时期的陈福堂，还带着一些任务去县里有关单位联系工作，矿部机构还不健全，人员不到位，王治平有时直接找到他布置任务，比如二机部和省里下发的有关修水铀矿重建的文件，拿到县印刷厂印制，然后送到县里的相关部门，因为他之前在这里工作过，认识的人多，联系起来便利多了。

万宝生做着水冶厂前期建设的准备工作，整天忙个不停。因为对 1 号金属矿区的情况熟悉，他接受了不少工作任务，不仅不觉得辛苦，反而认为这是组织对他的重视。

两个月后，又有两位年轻人向着修水铀矿 1 号金属矿区奔来。他们从湖南省衡阳火车站上车，第一站到南昌。前往三经路十号二机部江西办事处报到，办手续，接受保密教育，签署保密协议。两位年轻人的行囊极为简单，肩上斜挎着满是教材和书籍的书包，扛着的洋面袋里装着换洗的衣服，彬彬有礼、朴实无华，给接待的人留下极为深刻的印象。他们就是日后成为修水铀矿技术骨干的杨开泉、周兴弟。他俩是衡阳矿冶工程学院地质系采矿专业的本科应届毕业生。两人都是四川农家子弟，同班同学，家境贫寒，刻苦读书，一同立志，报效国家。他俩在以后的实际工作中，相互学习，相互帮助，将同学友谊，演变成同事、战友情义。正值大会战，他们用火热的青春之躯投身到一线，怀着多为国防建设做贡献的初心，努力工作。他们还参与到外地接收进矿人员政治审查。不久，杨开泉、周兴弟双双加入了中国共产党，先后都当上了生产科长。杨开泉日后成为矿级领导干部，为矿山建设贡献了力量。

几乎在杨开泉、周兴弟两人进矿的同时，两位学物探专业的应届本科毕业生刘挥训、宋光浩也到了修水铀矿，他俩分别毕业于抚州地质学院和北京地质学院，成为物探领域的开路先锋。这一年，还有应届大学毕业的化工专业的明邦华、医学专业赵良、物理专业陈洪贵、采矿专业李峰、李英棣、朱建初。

1963 年 9 月 1 日，在江西六矿基础上，为了矿山“早建矿、快拿产品”，修水铀矿的建设者未等完全拿出设计方案，就组织了 100 多人的突击队来到采矿场破土动工了。矿党委为了提高工效，作出了“缩短战线、保证重点、集中兵力、打歼灭战”的决策，将剥离重点集中在北采矿场

的开发。此时，北采场是280水平，南采场是260水平。经过大家的齐心奋战，终于在第七天采到了矿，霎时间山头上沸腾起来，欢呼声响彻云霄。技术人员精选了第一批大样，用28个木箱装着，包装得严严实实，用数辆平板汽车运到了南昌，再送往北京五所检测。在南昌火车站货物托运处办理托运手续时，工作人员告知：15类军用保密物资，必须有专人押运。于是，在现场的于生龙、孙长银等人商量，让也在现场的徐霖身承担押送任务。徐霖身一路上高度负责，安全将大样送到了北京通州的目的地。这是修水铀矿重建后的第一批"101"产品，品位高。随后，第二批、第三批大样也参照前面的方法陆续送往北京。这些经过修水铀矿矿工千辛万苦采集到的大样，在五所完成工艺试验后，被送往西北某水冶厂进行提炼处理，成为第一颗原子弹爆炸的部分原料。

山上采矿场的开山炮声，催促着山下水冶厂动工的步伐。15天后，全矿动员，所有人投入建设，在六矿原水冶厂的旧址上建设10个20吨级钢筋混凝土浸出池。施工中，上至矿党、政一把手，下至炊事员、警卫员、司机，男女老少齐上阵。于生龙把大伙分成四个支队，轮番作业。挑沙子、担水、背水泥、拌砂浆、钉模板，自力更生，自己动手加工"土设备"，连续奋战两昼夜，提前八天完成水冶厂最大土建工程的建设，给全矿职工极大鼓舞。

时间短，任务重，倍感力不从心，于是王治平与于生龙合计，决定给二机部刘伟副部长写了一份汇报材料，请求首长出面解决缺少人员及加强矿级领导力量等若干问题。信发出后，很快就收到了刘副部长的回复，所有问题都得到及时解决。

像陈福堂、万宝生、杨开泉、周兴娣、刘辉训、宋光浩、明邦华这样怀揣报国志的莘莘学子，还有许多。他们在艰苦恶劣的环境里，逐渐脱去学生味儿，变得坚强和勇敢，成为工人阶级中的一员，有些人还光荣地加入了中国共产党。

1963年7月，上级为修水铀矿调来了两名中层干部，分别是李信章、蔡元虎。李信章，1930 年 6 月出生于江西省广丰县一个农民家庭，1951 年 4 月参加中国人民解放军县大队，成为一名解放军战士，1952 年 11 月入党，后参加土改工作队，后任乡长、县财税局局长，1960 年 2 月调江西二矿工作，1961 年 4 月调江西省矿务局工作，1961 年 9 月调抚州铀矿财务处任副科长，在修水铀矿工作十多年，后调地方工作。蔡元虎，1926 年出生于上海一个小商贩之家，1952 年 8 月参加革命工作，1960 年 12 月加入中国共产党，南昌铁路局计财科副科长，在修水铀矿工作十多年，后调江西二机局工作。

距离梧坪村三十多公里外的六二四矿，是冶金系统从事航空器材所需的绿柱石矿生产的小型企业，正面临下马，工人正在等待分配。江西省委接到二机部为修水铀矿向他们要人的工作函后，决定让这部分人整体转到修水铀矿，袁守宽、李信章、彭奇智等人受命参与了这项接受工作。

江西省委、省人委 6 月 7 日批转省计委党组、省计委《关于进一步调整工业企业的报告》中确定，冶金厅所属修水六二四矿关闭后人员调给修水铀矿。省劳动局在 7 月 25 日以文函的形式分别通知省冶金厅和修水铀矿进行人员调出、调入对接工作，双方在调配工作中做了大量工作。按照调入中央企业的安全保密要求，每个人都要进行外调，大量的外调工作致使进展较慢。

为此，9 月 2 日，由省劳动局王天红局长在省劳动局主持召开了有修水铀矿王治平、李信章，有省冶金厅易科长、李宏，有二机部驻江西办事处副主任郑义文、省公安厅罗科长，有省劳动局廖副处长、胡副科长等参加的协调会，会议就双方提出的若干具体问题进行了研究，取得了一致意见：调入人员的政治条件按照中央的规定办理，在具体审查被调人员的政治条件时，应实事求是，正确掌握中央规定的条件，防止随意提高或降低政治条件要求的倾向。调入人员的政治历史审查由省公安厅通知修水公安局负责审查，凡经修水公安局审查认可且身体条件合格的

人员，修水铀矿应予接受。被调人员如现有档案材料不全，必须取得旁证材料。其中，家在修水境内的人员，由修水县公安局负责调查；家在赣南地区的，由修水铀矿和六二四矿各抽调两名干部从事外调工作，并由省公安厅通知赣南行署公安处协助工作。

为了抓紧进行对被调人员的政治审查工作，及早完成审查任务，被调人员的政治审查和外调旁证材料统一由修水县公安局负责，上述由修水铀矿和六二四矿抽调的 4 名干部，由修水县公安局统一领导，部署工作。身体条件方面，六二四矿的现有人员中老弱病残人员，不得调入修水铀矿，其余人员原则上应予接受。对被调人员的体质调入单位可以目测，不进行体格检查，如个别人在目测中确有疑难者，可经调出、调入单位双方协商进行体检决定。从现在起，凡经过审查认为合格人员，修水铀矿即予接受。采取审核好一批接受一批、审核多少就接受多少，边审边接受的办法；但六二四矿人员中所有政治、身体合格的人，修水铀矿必须全部接受，不得接受一部分不接受一部分。此项调配任务，限 10 月 10 日前全部完成，力争提前，不得延后。在省劳动局坚强有力的领导下，后续工作进展较为顺利，最后经修水县公安局严格的政治审查，符合条件的人在深秋和初冬时节陆续进矿。

这是 1963 年从同一个单位接收职工最多的一批人，名单如下：丁添升、王芳林、王芳松、王拔升、卢作金、卢洪友、李大富、李少金、吴文康、冷天成、冷文华、冷如球、冷振华、冷朵生、冷清友、冷清生、冷清淼、冷国开、余益清、汤友文、易罗生、匡俊忠、俞方培、杨烈金、肖文山、邹永友、邹同伦、周先服、梁振业、袁章柱、曾兴茂、曾排福、黄希治、谢文标、晏济云、晏治石、胡久国、胡才金、胡训元、官高富、熊巨才、彭安亨、赖庆喜；这批人以 1957 年赣南石灰厂和信丰煤矿调六二四矿的赣南籍人及六二四矿建矿时征用土地后接收的当地农民修水人为最多。这批人中汤友文、胡才金、吴文康、曾兴茂、晏济云、官高富、赖庆喜等人是共产党员，他们都是积极带头工作的好职工。

汤友文是本地人，又是干部，领导把他安排在后勤岗位，与地方上打交道的事，他处理起来有更多的便利。汤友文，1923 年 10 月出生，江西省修水县何市镇人，1950 年参加革命工作，同年入党，曾任田浦乡干部、乡长，1956 年调修水县水利系统电站工作，1958 年调六二四矿工作。进修水铀矿后主要从事行政后勤工作，担任过副科长、农场副厂长、党支部书记等职务。1982 年退休，2010 年 11 月在南昌去世，享年 87 岁。

晏济云，1926 年出生，新中国成立后参加革命工作，曾在乡政府当过通信员，在乡政府工作期间表现出色，1955 年 3 月光荣参加了中国共产党，后在六二四矿从事采矿工作，调修水铀矿后，先后在很多岗位工作过，干一行爱一行，1986 年退休，1990 年 12 月去世，享年 64 岁。

易罗生，1932 年出生在于都县一个贫苦农民家庭，1956 年 3 月在本县盘古山钨矿参加革命工作，同年 12 月调信丰县煤矿工作，1957 年调修水六二四矿。1963 年 10 月调修水铀矿，一直在供应科工作至退休，先后任搬运工、保管员、仓库副主任，于 1971 年 11 月，经王承州、郑基石介绍光荣加入中国共产党，几十年如一日，兢兢业业工作，大公无私，多次被评为五好职工、先进生产者。

共产党员、老工人赖庆喜对彭奇智说：“把我分配到采矿场去，我对采矿在行，干起来得心应手。”

赖庆喜被安排在采矿场当组长，也有好几个老工友分在了他组里。这批人被分配到搬运、采矿、后勤等岗位。这些岗位劳动强度大，危险性大。可是，工人阶级的政治觉悟高，使命崇高，将个人安危置之度外。周先服有管理炸药的经验，被派往位于赣南一家炸药生产厂驻点。共产党员曾兴茂被分配到水冶厂，很快成为技术骨干。

国庆节后，上海科学技术学校分配到江西铀矿系统的二十多名三年制中专毕业生来到江西，分别到上饶铀矿、抚州铀矿、修水铀矿工作。其中，三女二男共五人分配到条件最为艰苦的修水铀矿，也是当年进矿的大中专学生来自同一所学校人数最多的一批。可是，到矿里的只有何

爱云、袁晓红、周兰英、严根宝四人。怎么少了一个男学生？原来有一位学生嫌大山沟条件艰苦，留在了大城市。于生龙问明了情况，皱了皱眉头，稍加思索后对劳资科黎素民说：“想办法，再要一个人来，我们这里需要人才呀！”一个月后，被学校调配的瞿承铭同学来报到了。于矿长见到他，夸奖他觉悟高，勉励他努力工作。

为了给修水铀矿增添新鲜血液，江西省劳动局委托九江市劳动局在全市范围内以内部招工的形式，征召 40 名男性社会青年，年龄在 17 周岁至 30 周岁之间，文化程度在高小毕业以上，政治和身体条件按中央有关规定办理，要求在 12 月 20 日前完成。招工的情况十分理想，报名很踊跃，女性报名积极性特别高。省劳动局将原来指标全部为男性调整为男性 30 人、女性 10 人。1963 年 12 月，经过审核通过的九江社会青年 40 人来到修水铀矿，他们中大部分是高中毕业生，极个别是初中生，走上社会就来到国防企业。他们热情奔放，富有活力，走到哪里把欢声笑语带到哪里。他们中文艺青年众多，以此为基础，修水铀矿成立了文工团，后改称文艺演出宣传队。宣传队丰富活跃了职工生活，及时宣传了党的路线、方针、政策，密切工农关系。他们还到九江参加文艺汇演，在修水县城、各公社都有巡回演出，受到热烈欢迎。这支活跃在幕阜山的文艺轻骑兵，自编自导了很多歌颂矿工、歌颂工农联盟的好节目。

1963 年 12 月，由江西省人事局统一调配，修水铀矿又从九江赛城湖军垦农场接收了一批工人，他们是：王清平、刘金波、何润根、陈芳云、吴文凯、汪桃香、赵立杰、赵恒普、傅稠水、胡星自、周荣生，周加珍、周宾堂等十多人，每个人都经过九江县公安局严格的政治审核，符合从事核工业战线工作的要求。这批人中有锻工、木工、汽车修理工、泥水匠等技术工人，一到矿山就独当一面。

不久，这批人迎来了 1964 年春节，春节那天，风华正茂的汪桃香、赵恒普、袁晓红、瞿承铭、严根宝等五位年轻人与老干部袁守宽在稻田地的田埂上合影留念，背后就是他们居住的农舍，这是走上新生活的开端。袁守宽与青年人交朋友，做他们的贴心人，指引正确的方向。正月里尽管大山寒气袭人，可是明媚的阳光照在身上暖洋洋的，大年初一吃过午饭，正值豆蔻年华的周兰英、何爱云、袁晓红结伴登上他们住的后山，坐在大树底下，拉起了家常。她们想家了，想念千里之外的亲人，聊着聊着，何爱云哭了，袁晓红眼眶也湿润了，一会儿三人相互鼓励，打气。这时候周兰英唱起了欢乐悠扬的歌曲，何爱云看到周兰英脸上充满乐观的表情，有些好奇地问道："这么苦，你不怕吗？"周兰英笑着回答："我开心着呢，现在吃点苦，对我们将来的人生是会有帮助的。"袁晓红表示认同，点了点头。太阳要落山了，她们才下山。在以后的工作中，从上海来的这五位年轻人经受住了恶劣环境的考验，默默地在各自的岗位上工作，实现了当年立志献身国防重点工程的誓言。

有了人，什么人间奇迹都可以创造。

10. 人民战士　听党指挥

二机部于 1963 年 12 月 19 日向部属驻江西的抚州铀矿、上饶铀矿、修水铀矿、105 建筑安装公司、608 地质队发出《关于接收退伍兵的通知》，经周恩来总理批准，将由福州军区提供 4 788 名退伍兵，其中上饶铀矿 250 名，抚州铀矿 1 720 名，修水铀矿 500 名，105 建筑安装公司 948 名，608 地质队 1 370 名。这近五千人，被民间俗称为“五千兵”。

各单位收到这份通知，都格外高兴，这是一批后备军、主力军，将使未来的工作局面发生根本性的变化。为此，修水铀矿接到通知后立即召开专题会议，研究和部署相关工作。12 月 22 日，修水铀矿派出工作组前往福州军区联系退伍兵的接收工作。但因部队尚未做好准备，决定春节后进行此项工作，故而返回。

二机部工作组研究决定修水铀矿于 1964 年 2 月 17 日再次前往福州军区正式办理审查、接待工作。在矿党委领导下，由矿长于生龙主管退伍兵接收工作，抽调 26 名干部（其中矿长 1 名、科级干部 6 名），成立退伍军人接待办公室，下设政审体检动员组、中转接待组、行政福利组、宣传教育组、组织人事组，各组的主要工作任务是：政审体检动员组，由袁守宽、李信章两同志负责，共计 8 人组成，组员有陈明亮、宋光浩、陈福堂等人，其主要任务是对被接收的退伍军人进行严格的政治历史审查和体格检查，并对他们进行思想动员工作等，在来矿的旅途中实行有效的管理，并准备指派专人领队；中转接待组，由杜福生同志负责，共计 4 人组成，该组主要是负责南昌转车、住宿、膳食等工作，尽量让退伍军人在赴修水铀矿旅途中减少麻烦，保证他们安全、舒适、顺利地到达目的地；宣传教育组，由彭奇智同志负责，共计 4 人组成，其主要任务是使退伍军人进矿时进行政治思想、保卫保密教育和宣传接待工作；行政福利组，由胡明亮同志负责，共计 5 人组成，其主要任务是负责退伍军人进矿后的住宿、膳食等生活福利工作；组织人事组，由刘宪庭同志负责，共计 4 人组成，其主要任务是负责人员到矿后的工作分配和培训等有关工作。

当时面临的主要困难是宿舍、膳食。建矿初期，房屋缺乏，全部依靠本矿房屋安排退伍军人的住宿有极大困难，矿领导与当地公社、大队联系，经协商后在附近的新联、白土两大队的农民家中租用房子，大小共计 41 间，经过加工修整可以住上 300 人，自己搭建的临时茅棚 5 间，已经完工，可以住上 200 人左右。有关所需的家具均已订货，炊具正在购买，并基本落实。膳食方面，修水铀矿原有一个职工食堂，现新增加三个食堂，坑口准备住 150 人，此地离矿部 1.5 公里，设一个食堂；窑坳工人村临时茅棚可住 200 余人，此地离矿部 1.5 公里，设一个食堂；白土坳准备住 120 人左右，此地离矿部 1 公里，设一个食堂。其余增加的人员在现有食堂用餐。以上食堂正在修理及起灶台，现有食堂的扩建工作也在进行。

1964 年春节过后，为了接收军委分配的退役军人，保卫科副科长袁守宽、劳动工资科副科长李信章带领一个 8 人组成的接收工作小组持二机部介绍信前往福州军区，于 2 月 18 日到达福州军区，军区政治部给予他们大力支持和配合。2 月 22 日，接收组转到这批退伍兵的调出单位闽北指挥部，进行实际工作。闽北指挥部于 1962 年 6 月在福建省连江县白莲成立，指挥部设在连江丹阳镇，执行福鼎至闽江口北侧的海防和机动作战任务。在闽北指挥部党委统一领导和大力支持下，按有关规定从其下属的守备第 7 师、步兵第 84 师提名的 874 名退伍兵中挑选了 500 名。同时，根据福州军区的统一安排，接收了福州军区炮兵司令部直属队的林道杰、陈零波等 12 人。这样一来，共计接收 512 人。退伍兵们积极报名，投身国防重点工程建设的意愿极为强烈。这批人，被修水铀矿俗称为“五百兵”。

陈福堂也是接收组成员，他到部队后的主要任务就是对接接收的“五百兵”，逐一阅读每个人的健康档案，在身体健康方面部队已经对他们做了全面的体检，因此这些人均符合要求。遵照接收组领导安排，他完成任务后提前坐火车返回。五十八年后，他回忆起这段难忘的经历，内心充满了对人民子弟兵的深厚情谊，他说道：“部队的同志对二机部来的同志极为尊重，所办之事高度重视，热情周到地接待，力争把最优秀的战士送到国防重点建设工程上，为铸造大国重器出力。”

这批 512 名退伍军人中有：中共党员 359 名，共青团员 152 名，群众 1 名；他们中五好战士 350 名，立三等功者 109 名。就地区划分，福建省 236 名，江西省 160 名，江苏、陕西、山东、甘肃、安徽、浙江、河北、广东、四川、湖南等十省计 116 名。这些退伍兵，全部是超期服役，一般服役期为四至七年，以服役五年者居多，其中还有一位解放战争入伍的老兵，不少人参加了著名的“八二三”炮战和 1959 年对大小金门岛的炮战，在 1962 年紧急战备中经受住了恶劣环境的考验，堪称钢铁战士。

就在接收组在福建北侧沿海各地紧锣密鼓进行接收退伍军人工作的时候，江西省人民委员会于 1964 年 3 月 11 日向抚州铀矿、上饶铀矿、修水铀矿、105 建筑安装公司、608 地质队五家单位所在地的上饶市、乐安县、修水县、兴国县、瑞金县、赣县、贵溪县、抚州镇人民委员会发出《省人民委员会关于二机部驻我省 721 矿等五个单位接收退伍军人问题的通知》，请做好准予调入的工作。同时，也向劳动部、二机部、省公安厅、省粮食局、省商业厅、省人民银行做了通报。地方配套工作的落实到位，为接收工作提供了多方面的支持。

守备第 7 师的退伍兵乘坐军用卡车早上从霞浦出发，下午到达福州，在这里等待上火车，其中有“五朵金花”中的郑成金、张石助，还有黄世镯、王树林、连长赞等人，他们心潮起伏，新的征程在等待着他们。步兵第 84 师的退伍兵乘坐军用卡车从连江出发到达福州，这里面有来自同一个连队的三个人，他们是江立弟、范少燕、许泾阳，他们的心情都很激动，就要离开军营，告别朝夕相处 6 年的战友。两个师的 500 人及炮兵直属队的 12 人在福州汇集，等待统一命令，转战新的岗位。

3 月 21 日，徐徐海风吹在身上还有些寒意，离开军营的退伍老兵怀揣对未来美好生活的憧憬，登上了从福州开往南昌的专列，这趟专列上还有去抚州铀矿的退伍兵。列车经过一天一夜的奔驰，于 22 日上午九时许到达南昌。专列是铁皮车，俗称闷罐车。修水铀矿接收组的李信章、袁守宽等人先期乘坐火车从福州到达南昌，在南昌等待“五百兵”的到来。

专列到达南昌后，“五百兵”分别住服务大楼和江西饭店，一时间南昌城大街小巷都是穿着没有领章帽徽黄军装的人。二机部江西办事处赖振才主任代表组织上前往看望大家，送去了组织上的关心和温暖。修水铀矿工会主席杜福生带领的中转组在南昌做好了大量前期工作，把住宿、膳食等前期接待工作做到位，联系了南昌市公交公司和省运输公司去修水铀矿的公交车和一部分平板车，按时到达指定地点，准备启程。袁守宽、李信章两位接收组的领导前往他们的住处慰问，向老兵们表示欢迎。

到达南昌后，退伍兵们还是不知道目的地在哪里，接待组的人说，目的地不算远，在南昌附近，从南昌拐一个大弯就到了。去抚州铀矿的退伍兵提前一天于 25 日离开南昌，动身去了安乐县。

26 日，准备去修水铀矿的退伍兵们一大早吃过早餐，出发了。经过这一路的长途颠簸，每个人都累了，汽车进入修水县境内，在一个名叫三都的地方，要搭乘轮渡过江，由于只有一艘摆渡轮船，一次只能上四部客车，摆渡就用了两三个小时。他们到达修水县郊的党校时，已是傍晚时分，天慢慢黑了下来。这会儿，他们才明白过来，这个弯有这么大、

这么长，三百多公里的一个特大级别的弯，四周环绕的大山、偏远的山区，这一切刻进了他们的脑海。接下来，护送退伍兵的部队干部完成了任务，返回福建各自的部队。退伍兵们集中在中共修水县委党校学习，实行军事化管理，早上出操，白天上课、听报告、学习、讨论，晚上点名。

退伍兵在中共修水县委党校集训期间，修水铀矿专门抽调一位副矿长负责集训工作，配备了多名工作人员，调来烹饪技术好的炊事员做饭。制定了培训大纲，有专人抓培训工作。主要是政治、安全、保卫、保密条例学习，岗前培训。培训期间，他们不仅保持着部队的作息规律，也发扬部队的工作作风，成立了临时党小组、党支部，小队、中队、大队，选出了负责人，一切井然有序。

在这些穿着黄军装却没有领章、帽徽的人群中，有位中等身材，清瘦、皮肤黯黑、年纪稍大的人，无论是早上出操，还是上课学习、听报告、分组讨论，他都极为认真，此人举止大方，沉稳少言，做事有分寸。他极为特殊，尽管是士兵身份，却带着家属和两个孩子，到修水党校学习时，家眷先进矿安顿，领导在刚竣工不久的干部宿舍区给了他家两间平房。他每周可以回去休假一次。此人就是解放战争入伍的老兵周立柯，有着 15 年兵龄。

周立柯，1931 年 6 月出生于江苏省响水县一个贫苦农民家庭，1948 年秋天在家乡区政府做通信员，为淮海战役做过积极贡献，1949 年 1 月 11 日参军入伍，1951 年入党，历任战士、汽车学员、汽车副驾驶员、汽车驾驶员、小车司机，长期给师首长开车，参加了渡江战役、上海战役、福州战役，多次立功受奖。服役期间，因为没有读过书，他多次拒绝组织上准备提干的决定。在他退伍时，谢绝了组织将他的身份转为干部及将他的家属转为职工，他接受了再介绍，到修水铀矿去，他不想给组织添麻烦，他觉得自己现在很好，不愁吃不愁穿，很满足，加上自己没有文化，当一名工人就很满足了。退伍后他在修水铀矿工作至退休，长期在车间工作，开了十多年车，后来身体不太好，年纪也大了，就改做核算汽修工时和领料的审批工作，并长期兼任车间工会主席，投身基层工会组织建设，做职工的贴心人。1984 年他被授予全国优秀工会积极分子荣誉称号，1985 年退休，2015 年在南昌市新建县核工业安置区因病去世，享年 84 岁。

学习结束了，如何进矿区？由于条件限制，没有这么多车辆一次把他们运回去。经过讨论，大多数人提议步行进矿。4 月 30 日，这批退伍兵结束了一个月零四天的党校培训学习，他们挑着各自的行李步行进矿。步行到达姜家渡渡口时，分了多批上渡船过江，体现了人民战士的坚强和勇敢。进矿的第二天，就是五一国际劳动节，矿上组织了文艺演出，欢迎“五百兵”的到来，一片欢乐景象。随着“五百兵”到达修水铀矿，1 号金属矿区从此掀开了新的一页。这批毛泽东思想大学校走出来的解放军战士，具有吃苦耐劳、连续作战的优良作风，成为矿山建设的中坚力量！

“五百兵”河沟里洗澡，住在简易的工棚和农舍里，没有电、没有自来水，这些困难都难不倒他们。条件极差，交通不便，星期天，要想进县城买点东西，很多人都是步行，一个来回 60 公里。

“五百兵”的到来，正可谓雪中送炭，久旱逢甘露，来得及时。此刻，正是矿山建设的关键时候，如火如荼的建设热潮，沸腾在群山峻岭之中。

俗话说，是金子在哪里都会发光。1964 年 9 月 13 日，修水铀矿政治处向各党总支下发一份通知，经过五个多月的考察及反复酝酿，最后在“五百兵”中任命了十四人的兼职：

曲振胜，兼任采矿车间工会主席；曾观盛，兼任采矿车间团总支书记；陈茂耀，兼任水冶车间工会主席；刘大贵，兼任水冶车间团总支书记；吴振泽，兼任基建队指导员；陈宏信、刘升贤、陈家銮，兼任采矿车间大班指导员；丁修沐、李昌汉、邱细基、邓国珍，兼任水冶车间大班指导员；孙宝贵、吴捷来，兼任机修车间大班指导员。

一石激起千层浪。这份兼职任命书，在“五百兵”群体产生了巨大的反响，被任命者都是他们熟悉的人，是在各自工作岗位默默做出贡献的人，也是敢于担当、敢于拼命的勇士。被信任、被重用，这给广大的退伍兵带来极大的鼓舞和鞭策。艰苦的环境，艰巨的任务，考验着这批毛泽东思想大学校的学生，他们用行动在未来证明了自己是坚强的人民战士，是党和人民可以完全信赖的人。

11. 平凡创业　铸就辉煌

老工人赖庆喜，1963 年 10 月进矿，是修水县白岭六二四矿那批 57 人中的一员。他是修水铀矿重建初期著名的省部级劳动模范，是 1964 年度江西省先进生产者、1965 年度江西省“五好”职工。他用实际行动践行了一名共产党员在入党宣誓的誓言——为共产主义事业奋斗终身。

赖庆喜 1925 年出生于江西省赣县蟠龙乡蟠龙村一个贫苦农民家庭，5 岁父亲病逝，与母亲相依为命，不久母亲由于劳累过度也病死，他成了一名孤儿，9 岁给地主家放牛，长大后给地主当长工，尝尽人世间的苦难。新中国成立后，他参加了革命工作，1959 年 12 月光荣加入了中国共产党，从赣南石灰厂调到修水绿柱石矿工作，多次被评为县、厂先进。来到修水铀矿，时年 38 岁的赖庆喜，焕发着青春的活力，他当上生产组组长。1963 年 11 月，在参加水冶车间厂房挑砖头的劳动时，年轻力壮的小伙子半小时只挑了五担，在同样的条件下，他一次一担挑四十多块砖，半小时就挑了九担。在他的积极带领下，大伙儿三天就完成了一个星期的任务。再如 1964 年 3 月底，矿调来一批转业军人在修水县委党校集训，当时领导派他去完成一个任务，是去做饭，做饭对他来说是个外行活儿，但是他知道这是党交办的光荣任务，不懂就向老炊事员请教，和大家一起搞好伙食。由于他的勤学善问，结果出色完成了艰巨任务，得到群众的好评。

1964 年 12 月的一天，修水铀矿有一辆汽车掉到姜家渡渡口的桥下去了，副驾驶员没有按照带车主驾驶员文洪庆的建议，遇到紧急情况没有采取正确的措施，汽车碰坏了桥的护栏，发生了重大事故，堵住了来往车辆。赖庆喜听说后，就立即请求领导把任务交给他们，领导同意后，他带领全组同志立即赶到现场，苦干实干了一天，将木桥修好，但是汽车还未拉上来。眼看天就要黑下来了，他让组里的同志们回矿休息，而他自己却留下来看守汽车，冬季的严寒冻得他发抖，他想，这是国家的财产，我一定要看好不出纰漏，绝不能离开岗位和有人为的疏忽大意。党的信任激发他的责任感，使他忘记了冬夜的严寒，看守了整整一个通宵。第二天领导派人换他回矿，让他好好休息一天，他哪里肯休息，在食堂吃完早饭又上班去了。有一次，突然下大雨，全矿露天作业的同志都停下来避雨去了，只有赖庆喜带领几位工友冒着雨，仍然坚持在抢修水池。他意识到水池是生产关键，水池修不好就会影响正常的生产，衣服湿了不要紧，等会儿太阳一出来就干了。大伙儿都劝说他去避雨，可他一直坚持着，直到把水池修好。赖庆喜身材稍瘦小，年纪较大，但是他处处以主人翁的姿态忘我地劳动，在采矿场的工地上推着矿车来回飞快奔跑着。1965 年 3 月初的一次，他用两部矿车挨着推，一个人就推了五十车矿石，别的工友两人加起来才推了五十车。全组同志在他忘我劳动的精神鼓舞下，干劲儿倍增，超额完成了当天任务的 80%。

有一天下班，赖庆喜发现道岔没有衔接好，而轨道工刘同志已经准备下班了，他想到今晚不接好道岔，明天早班就通不了车，整个流水线上的生产都要停止，这怎么行呀？他征得领导同意把他和刘同志留下来，把道岔接好后再下班。起初刘同志还有些不乐意，但赖庆喜却已经动手干起来了，刘同志在他这种高度负责的精神鼓舞下，也有点过意不去，于是也就留下来跟着赖庆喜一起迎接着月光，一直干到晚上十点钟把道岔接好。尽管两人此时疲惫不堪，但是他们心里特别开心，明天的生产不会受到影响了。

1964 年有一天，二组有一部矿车不慎翻到山沟里了，本组力量小拉不上来。当赖庆喜看到后，他想，这是哪组的矿车呀，翻下去怎么也不拉上来？多有一辆运行就能多完成一些生产任务。何况这部车还能用，现在不及时拉上来，任凭风吹雨打，这部车很快就会报废了。于是他主动到二组了解具体情况，立即带领全组人协助二组，用了两个小时把这部车拉了上来。

有一天赖庆喜下班回来，他发现有人将风钻扔在外面，心痛地想：国家的财产，这样不爱护，乱丢乱放会影响风钻的使用寿命，致使生产受到影响。他把三部风钻一一收到工具房里去。次日风钻工刘师傅上班时，发现自己丢在外面的风钻被人拿到工具房里了。这是谁干的呀？后来他才知道是赖庆喜做的，很是感动，称赞他是一心为公的好榜样，从此以后风钻被乱丢乱放的现象再没有发生过。赖庆喜家属和孩子都在老家，他每月都要给他们寄钱，有一次他像往常一样准备寄钱回家时，听说工友杨士生家里经济困难，来信要钱，没有钱寄回去，正在犯愁的时候，他主动找上门与杨士生交心，把准备寄回去的钱放到老杨手上，杨士生激动地说道："赖师傅，你自己也很困难呀！我怎么好意思呀？"赖庆喜回答道："老杨，我们都是阶级兄弟，你的困难就是我的困难，钱你收下，往后有啥困难尽管跟我说，即使我做不到，我可以尽力想办法帮助你。"被真情感动的杨士生紧紧握着赖庆喜的手，久久说不出话。

1964 年，赖庆喜被调到另一个组去工作，担任组长，这个组人员乱，思想比较复杂，同时也有不少实际问题。组里有位同志平时有些计较个人得失，家里有生活没有安排好，有些困难，当问题没有得到解决时，思想有些消极，对领导有意见，工作不安心。赖庆喜也多次找他谈心，但效果不大。为此他也有了畏难情绪，要求上级把这位同志调到其他组去工作。但是后来他又感到这样做不妥当，遇到困难不是积极想办法去解决，而是消极对待，把困难推给别人，于是他又主动与这位同志交心，从内心深处去了解他，走进他的精神世界。经过赖庆喜的努力，这位同志被他的真诚感动了，工作和思想发生了较大的变化，工作也主动起来，人也乐观向上起来。赖庆喜连续两年成为省级先进模范，不居功自傲，继续努力。

1964 年冬季的一天，天寒地冻，赖庆喜在县城办事，看到矿里的平板汽车上站着一位准备回矿的工人，衣服穿得单薄，如果不添点衣服就这样回到矿里，说不定要受凉生病的，眼看车就要开了，他迅速脱下自己的棉袄跑过去对那人说：“你是矿里的吧，穿这么一点衣服，会冻病的，把我的棉衣穿上。”那人怎么也不肯，穿上这位老同志的棉衣，那他自己怎么办呀？赖庆喜亲切地说：“傻气，穿上吧，病了怎么办，我今天不回去。”他还打趣儿说自己年纪大，不怕冷，那位工友很感动。赖庆喜就是这样热情对待阶级兄弟，把阶级兄弟的困难当作自己的困难。只要有利于人民的事他无一不做，如打扫卫生，他所在的地方，卫生环境他全包下来，每天打扫得干干净净，还给职工搭晒衣服的架子，给集体卫生间倒尿桶。修桥、修道路等工作，都是他抢在最前面。他就是这样一个毫不利己专门利人的人，热情爱护阶级兄弟，也赢得了全矿干部工人的爱戴。

后来组织上考虑到赖庆喜年纪大了，在采矿一线工作太辛苦，加上他身体又不太好，就把他调到食堂当班长。他到食堂后，依旧像在山上一样工作不分班次，休息日也在食堂忙活着，为搞好职工的伙食，想方设法变换花样。永远不知疲倦，永远把心放在工作上。

1969、1970、1971 年度，赖庆喜都被评为五好职工和先进生产者。不久，组织上考虑他年纪大了，身体状况一天天差下来，身边无家人照顾，就把他调回赣南老家，他被安排在一家地方国营企业做后勤服务工作。从此，赖庆喜离开了修水这片洒下他青春汗水的热土，也给这里的人留下了他积极奋斗的精彩故事。

12. 事业神圣　信仰崇高

东方巨响，诞生一个人间奇迹！

1964 年 10 月 16 日下午三时。新疆罗布泊核试验基地上空惊天动地的巨雷响彻云霄，蘑菇云腾空而起！

两个小时后，毛泽东主席、周恩来总理等党和国家领导人来到人民大会堂接见参加大型音乐史诗《东方红》创作和演出的全体人员。毛主席让周总理把原子弹爆炸成功的消息告诉大家，中国人用自己的智慧和力量掌握了核技术，这让在场的人们兴奋不已。

当天，《人民日报》号外版报头及标题套红，标题为：我国第一颗原子弹爆炸成功。副标题为：加强国防建设的重大成就，对保卫世界和平的重要贡献。我国政府发表声明，郑重建议召开世界各国首脑会议，讨论全面禁止和彻底销毁核武器问题。

新华社通过中央人民广播电台，向全世界传递了这一具有重大历史意义的爆炸性新闻。

那一刻，神州大地沸腾起来了，亿万中华儿女扬眉吐气，欢呼雀跃。中国人民在中国共产党的坚强领导下，自力更生、奋发图强，打破了核垄断、核讹诈的被动格局。

那一刻，赣西北幕阜山下，无论是曾在 1 号金属矿区战斗过的人，还是正在这里继续默默奋斗的人，或者即将到来的人，他们只有一个目标：为中华民族富强而继续奋斗！

那一刻，赣东北怀玉山下的上饶铀矿整个矿区，干部职工无不欢欣鼓舞，热血奔涌，经过六年多的浴血奋战，终于看到了第一颗原子弹爆

炸成功，这里面凝聚着他们的心血和智慧。

那一刻，在湖南的衡南铀矿、郴县铀矿，铀矿职工们喜气洋洋，手舞足蹈，讴歌和赞美伟大的时代，发誓将神圣的事业奋斗到底！

1964 年，从事核工业铀矿事业的每个人都倍感自豪和难忘，因为自己从事的工作事关国家强盛及安危。花甲之年的况扫帮也不例外，他为自己在核工业战线工作、发挥余热并见证核工业的起步而感到荣幸。

况扫帮，出生于 1901 年，江西省上高县敖阳镇人，身高 1 米 71，清瘦，大伙亲切称呼他况老师傅，也有人称他况老头。况扫帮经历了清朝、民国、中华人民共和国三个历史时期，人生经历丰富，对新中国无限热爱，时常抒发出人民翻身得解放的豪迈情怀。他在 1959 年参加革命工作后离开老家，来到修水铀矿担任生产物资保管员，经历了四二〇矿和六矿两个阶段，当时就是年纪最大的职工，六矿下马后组织上安排他去南昌矿山机械厂，担任门卫兼传达员。修水铀矿重建，他又服从组织安排来到熟悉的 1 号金属矿区，他又成为全矿年纪最大的职工。可是他老当益壮，烈士暮年壮心不已。在 1964 年第二、三季度连续两次被评为“五好职工”，并得到矿部的物质奖励。

组织上考虑到况扫帮年事已高，希望他退休回家安度晚年，可是他却坚持要为核工业多做贡献。在日常工作中，他真正做到以矿为家，叫什么时候加油，他就什么时候到，不但坚持原则，而且与汽车司机的关系处理得很好，工作责任心很强，账物台账清楚，库内墙上地上看不到油迹。他从不计较个人得失，工作从不讲价钱，工资低收入少，但从未向组织伸手，生活艰苦朴素。他对同志讲阶级友爱，真诚和蔼可亲，尊敬上级，团结同事，热情待人，是一位受人敬重的老同志。

供应科党支部在 1964 年年度工作总结中对况老师傅的评价如下：像况扫帮这样的好同志，党支部经常大力向大家宣扬，他实际上成为我科“比、学、赶、帮、超”的对象，成了大家学习的榜样。1966 年 6 月，况老师傅年满 65 岁，办理了退职手续，回原籍安享晚年。

知识分子出身的张世海是在第一颗原子弹试爆成功的一周后，从山东一路舟车劳顿到达修水铀矿的副总工程师，从此开启了他二十五年分管生产技术的工作。张世海，辽宁省金县人，于1955年毕业于东北地质学院，分配到山东淄博矿务局寨里煤矿，先后任技术员、工程师、副总工程师，有着丰富的矿山开采管理经验。

一到修水铀矿，张世海就把工作重点放在采矿场，他被分配到采矿车间直属队，做技术指导。一个多月的时间里，他在生产第一线，到南北两个采场反复观察，与工人交朋友，了解情况，每天上报的采矿量都要亲自过目。他在生产实践中发现原设计集中堆放废石料的现象随着产量数倍增长，需要改进。根据采矿场山沟多、容积大、无稻田等特点，他提出“五指分开，齐头并进，就地排土，四面开花”的采剥方案。经过采矿工人、技术人员、干部多次“诸葛亮”会议论证，一致认为可行，最后矿党委会批准了这一方案。付诸实施后，果然工效大大提高，采矿能力提高到设计能力的179%，为此，他也赢得了工人们的尊敬。1965年12月21日二机部政治部批准张世海任修水铀矿副总工程师，由此开启了张世海在修水铀矿长达二十多年的计划、生产、科研方面的管理工作。他在党的坚强领导下，紧紧依靠各级技术人员及一线职工，出色完成了时代赋予的使命。

水冶厂建设用了数千吨混凝土，没有一台搅拌机，全靠人工操起铁铲搅拌。有一次，于生龙来到施工现场，见一身单力薄的工人在和另一位大汉一铲对一铲地搅拌时，他大声对这位工人说道：“干这样的体力活，你这样的体力跟不上。”于是他接过这人手中的铁铲，和那个大汉一铲对一铲干起来。由于于生龙太胖，没干多久，汗流浃背，浑身衣服湿透了，但他还是坚持着。后来，值班长邓国珍发现了，强行夺下于生龙手中的铁铲，这才算罢休。由此足见当时工人劳动强度之大，可是干群同心同德，心往一处想，劲儿往一处使。1964年奖金发放，矿长、副矿长、党委书记、副书记，机关科室正副职、车间书记、主任，均不参加评选，有条件的工人全部参加评选，受奖范围超过 75%，极大调动了生产建设的积极性。

北京，1958 年 6 月 21 日。毛泽东主席在中央军委扩大会议上讲话谈到什么时候造出原子弹，曾预言：

搞一点原子弹、氢弹、洲际导弹，我看有十年功夫完全可能。

广大核战线的勇士们，没有辜负人民领袖的殷切希望，经过几年的不懈努力，他们克服重重困难，将毛泽东主席的预言全部兑现。自毛主席预言到 1964 年 10 月 16 日第一颗原子弹爆炸成功只有六年多，自毛主席预言到 1967 年 6 月 17 日第一颗氢弹爆炸成功只有九年。

13. 山下山上　风景如画

南北采矿场上，劳动的号子声、风钻声、放炮声、机器轰鸣声，此起彼伏，尽显一派战天斗地的景象。矿工们在这个特殊的战场争分夺秒地多产矿石。

南采场+185 水平以上剥离量达 14 万多立方米，全部是靠人工推车运送的，各梯段运输距离都在 400 米以上，工人体力消耗很大，运输工效低达每工班 3 立方米。就是在这样的高强度体力消耗的情况下，矿工们敢于挑战，敢于拼搏。修水铀矿的同志们为了抢时间、赶进度，未等装岩机、卷扬机等机械设备到达就已经开始作业，困难面前不低头，体现了共产党员、革命战士的顽强作风。同时，上级加快机械设备的订货和调拨，以便早日实现机械化。

作业班俗称大班。第一作业班班长是王永远、副班长是陈桂务、指导员为陈宏信。第一作业班辖七个组，党员 35 人，团员 15 人，群众 13 人，共计 63 人。其中，第四组组长为赖庆喜，组员有黄居达、庄金良、陈桂务、吴九弟、冷如球、何其锦、林作光、卢作兴。组长赖庆喜于 1964 年、1965 年连续两年被江西省工业交通“五好”代表会议授予“五好职工”荣誉称号，他所带领的班组多次受到矿党委的表彰；第一组组长是郑阶兰，组员有陈家銮、兰秀芳、吴永丁、刘居太、马成金、吴庭光、余信友、何家良、张启生。组长郑阶兰是参加过抗美援朝的老兵，组里的成员清一色都是退伍老兵，战斗力极强。

第二作业班班长邱志敏、副班长黄世镯、指导员刘升贤，下辖七个组，党员 37 人，团员 15 人，群众 12 人，共计 64 人。其中，第六组组

长是王树林，组员有李凤、陈诗生、罗昌唐、刘升贤、曹天恩、涂三芳。王树林于1965年被江西省工业交通“五好”代表会议授予“五好职工”荣誉称号，他是修水铀矿继赖庆喜后，第二位获得省部级劳动模范称号的人，也是铀矿战线先进标兵。

直属人员分为技术干部张世海，采矿杜洁开、李英棣、王永远、邹志敏，测量曾林杞，地质邱泽元、杨国瑞、杨开泉、廖义钟，物探刘挥训、宋光浩、刘交成，政工干部傅凤宝。直属人员还包括地质组、取样组、地勘组、仪表修理组、锻钎组、物探组、测量组、伙房、内线电工、材料工、水泵工、病号，党员33人、团员19人、群众15人，合计67人。

取样组组长张石助，组员高文俊、游龙茂、邓万智、吴让高、官高富、蔡文金，组长张石助于1966年被江西省工业交通“五好”代表会议授予“五好职工”荣誉称号，成为修水铀矿继赖庆喜、王树林后第三位省部级劳动模范。张石助在部队有“五朵金花”之美称，他是修水铀矿重建初期的先进人物之一。

大班的正副班长及指导员既是指挥员也是战斗员，比如第一作业班班长王永远，他是采矿工，像赖庆喜带领的第四组就有第一作业班副班长陈桂务，像王树林带领的第六组就有第二作业班指导员刘升贤。这些骨干都是“干”字当先，服从命令最坚决，工作向高标准看齐，生活向低标准看齐，处处以身作则，起带头作用，成为生产一线中坚力量。

1964年9月8日，修水铀矿党委会研究决定：黎素民同志暂负责劳动工资科全面工作；龚广彬同志暂负责安全科全面工作；陈福堂同志暂负责卫生所全面工作；廖义钟同志暂负责计划生产科全面工作；孙长银同志暂负责机动科全面工作；袁华奎同志暂负责一车间全面行政工作；陈家禧同志暂负责二车间全面行政工作；李榜文同志暂负责实验室全面工作。这些同志，都是在实际工作中锻炼成长起来的，有一定的组织能力，在修水铀矿重建初期，发挥了积极的作用，经受了考验。

1964 年，修水县粮食局经省粮食局批准增加人员编制，在修水铀矿正式设立粮油供应站（以下简称粮站），首任站长宋加仁，职工彭观连、孙思英，共三人。这是众多驻矿单位中第一家进驻粮站的。民以食为天。粮站的成立，拉开了地方支援国防重点工程的序幕。同年，11 月修水县人民委员会应修水铀矿请求，帮助协调棉絮问题，由于当年新增加 700 多人，需求量大，最后经省人民委员会批准解决了这个问题。赣东北山区的冬天特别冷，新职工有了过冬御寒的大棉被，可谓雪中送炭，温暖人心。

召之即来，来之能战。1963 年 5 月至 1965 年 9 月，抚州铀矿、上饶铀矿、贵州开阳铀矿、湖南郴县铀矿、湖南衡南铀矿先后分多批向修水铀矿有针对性支援骨干人员一百多人。修水县属企业也抽调一批技术工人，如樊任生、冷迅雷等也陆续到矿。

1964 年 4 月，修水铀矿的周兴弟受命到湖南衡南铀矿接收一批急需的地质、水文、物探、采矿专业的人才，每个专业都有两至三人，王竹初、文典三、朱维初、帅江山、肖文龙、欧阳纪玳、林文明、李寿喜等十余人被选中，这些人都是 1962 年毕业的长沙地质学校四年制中专生。

1964 年，二机部十二局及时掌握着修水铀矿水冶厂的建设进度，提前为修水铀矿在全国矿山系统物色水冶工人，向上饶铀矿要耐酸泵工 2 人，搅拌工 2 人，管道工 1 人，钳工 1 人，电工 1 人；向广东翁源铀矿要渗滤浸出工 2 人，老虎口对辊机破碎工 1 人；向贵州开阳铀矿要渗滤浸出工 2 人，振动筛工 1 人；合计 13 人。上述人员必须身体健康，政治思想好，技术水平较高，经动员后于 11 月 20 日前直接到修水铀矿报到。接到十二局通知后，于生龙决定让曾在上饶铀矿工作过的陈家禧去上饶铀矿，利用去选人的机会将卸滤装置的相关操作学习和了解一下，然后把需要的人带回来；同时，劳资科派技术员李治国前往贵州开阳铀矿选人。贵州开阳铀矿水冶厂（四车间）那会儿正值下马，修水铀矿接到二机部十二局通知，派技术员李治国前去接收人员，开阳铀矿水冶厂的人

陆续调到修水铀矿，有技术干部、技术员、技术工人，其中有技术干部有郭笔川、技术员黄代宽、技术工人刘高明等五十多人。贵州开阳铀矿1959年开始建设，先为露天开采，后改为井下开采，1965年建成投产。陈家禧完成了上饶铀矿的任务后，于生龙矿长又派陈家禧前往广东翁源铀矿选人，从那里调来三位水冶工人。广东翁源铀矿是国家在广东最早建成的一个铀矿冶联合企业，1959年3月开始筹建，大帽峰矿井首先建成投产，为第一颗原子弹提供了原料。这几批水冶工人的加入，为修水铀矿水冶厂增加了技术力量，也为来年水冶厂试产奠定了基础。

上饶铀矿支援修水铀矿，主要输送水冶方面的技术员和技术工人，技术工人来了以后都是当班组长，有的直接担任值班长。这批人主要是国家在1956年首批实行义务兵制度的时候入伍的老兵，来自北京军区、福州军区、南京军区等野战部队，有不少人是预备役军官，他们在1960年前后进入上饶铀矿，在水冶厂工作了四五年，积累了较为丰富的实际工作经验。其中，刘炳丁、周具生、宋建山等人是代表人物，他们都在各自岗位上发挥了骨干作用。刘炳丁，江西省玉山县人，1956年入伍，在福州军区部队服役，1959年退伍到上饶铀矿后在水冶厂做技术工人，在浸出、萃取、压滤等多个岗位工作过，1963年被评为先进生产者。1964年调修水铀矿后长期在水冶厂当班长、值班长，且长期担任党支部委员。

根据二机部十二局郭副局长和局工作组1964年10月份来修水铀矿时，对水冶厂于明年第二季度初投产的指示和一些具体要求，特提出水冶工人、安全防护工人等培训计划报告，请予解决。11月30日，二机部十二局发出《关于委托上饶铀矿为修水铀矿培训水冶生产工人的通知》：

根据生产需要，要求修水铀矿水冶厂于1965年第一季度投产，目前必须立即进行技术工人的培训。为此，决定请你矿代修水铀矿培训下列技术工人，即有破碎工人10名（包括老虎口、对辊、振动筛、皮带机），试剂配制工6名，米酸泵工4名，管道工2名，污水处理工2名，搅拌机工3名，木框压滤机工2名，锅炉工3名，测尘、计量工2名，共计

33 人，培训期暂定为 2—3 个月。有关培训人员的政治条件的审查，食宿、劳动保护用品等具体事项，由修水铀矿派专人直接去你矿联系办理。

有了上级的周密安排，有兄弟矿山的大力支持，修水铀矿职工队伍专业技术水平得到快速有效的提升。

修水铀矿重建初期，部队转业干部等陆续到矿，矿级及各职能部门领导基本配齐，组织上派彭奇智到采矿车间当主任，他和傅凤宝搭起班子。

1964 年 8 月，行政科 6 名科室干部到第一食堂跟班劳动，分两班，每班有 3 人。第一食堂是全矿较大的一个食堂，有 5 名管理人员，17 名炊事员，就餐人数为 525 人，占全矿职工人数的 68%。工作出色的人有：万金保、李水生、范志和、赖女根、肖胜洪、王芳松等。

14. 凝心铸魂　百炼成钢

青春似火，朝气蓬勃。青年人，在火红的年代，用饱满的热情书写青春赞歌。1964 年夏季，修水铀矿重建后迎来了第二批大中专应届毕业生。从武汉大学、南京大学等大专院校分配来的丁恒山、王明生、李广兰、李民西、刘翠环、朱宽效、任守正、杨云章、蒋履顺、蓝胜清、管学富等 16 位风华正茂的男女学生，他们怀着远大的革命理想投身铀矿建设事业，先到生产一线参加劳动。先当工人，每个人都按照工人的工作量来考核他们。经过两三个月锻炼，进步很快，基本适应下来。

这批人于当年 10 月由修水铀矿政治处干事秦承俊带队，参加了修水县的社教工作团，他们赴宜春地区清江县，在那里深入农村田间地头，与社员同吃同住同劳动，不搞特殊，在艰苦的条件下得到锻炼。当年参加社教工作团的女队员刘翠环回忆起往事，滔滔不绝地说道："真是怀念那一年的农村锻炼，啥活也干了，啥苦也吃了，觉得值得，老乡待我们就像亲人，尽是给我们做好吃的。在社交中，懂得了许多做人做事的道理，回到修水铀矿后，做什么事都得心应手。"

一年后，丁恒山他们十六人回到熟悉的矿山，一看，到处都是热火朝天的建设景象。此刻的他们，投身到各自的岗位，俨然像老战士那样独当一面，出色地完成了任务。

真是风雨过后见彩虹，他们中的许多人日后成为具有高级职称的技术骨干，丁恒山等三人在八十年代中期先后走上矿党政一把手的领导岗位。丁恒山，江苏南京人，身高 1 米 8，身材魁梧，干起活来看不出来是个知识分子，与采矿工人打成一片，成为他们的知心朋友，他给群众的印象是忠厚实在、宽宏大量，敢于担当、顾全大局。他在采矿车间当工人，当班长，推过矿车，打过风钻，军事化建制时当过一连（采矿车间）连长，党支部副书记、书记，矿政治处副主任、主任，党委副书记，书记。1986 年，丁恒山调本系统抚州矿冶学院工作。

青年人永远是希望的象征，他们是矿山未来的主人，他们处处彰显青春的力量。仅 1964 年度，修水铀矿团员、青年有拾金不昧的 52 人，助人为乐的 189 人次，参加义务劳动的 683 人次。采矿车间团总支书记曾观盛，多次组织青年团员参加星期天义务劳动，受到上级表扬。扫帚、铁锹、水桶、抹布等工具都会被积极分子事先藏起来，等到一下班或者休息日，他们就到卫生区清洁卫生，或者到采矿场加班加点。

1964 年年底，从赛城湖军垦农场调来的青年工人赵恒普光荣参军入伍，从九江社会青年招工进矿的刘大贵光荣入团，这两件事成为修水铀矿共青团工作的大喜事。

时年 28 的团委书记刘宪庭，英俊潇洒，熟人知道他是工人出身的干部，不了解的人还以为是大知识分子。他给人第一印象：亲和、干练、知识渊博。他是青年工人的领头人，把精力全部扑在了工作上。修水铀矿重建初期他身兼数职：除了担任团委书记，他同时还是第一任组织科长、宣传科长。上衣左上侧的口袋里插着三支钢笔，这是他的鲜明特征。

团委于 1965 年 5 月 17 日创办了《青年生活》内部刊物，内容有学习园地、报刊文摘、好人好事、批评和自我批评、青年信箱、青工通讯等栏目，铅字打印，16 开本，不定期出刊。这本反映青年、团员健康成长历程的刊物，成为全矿青工的良师益友。编辑委员会委员是各车间团总支及各科室团支部负责人，他们是徐协荣、陈春林、刘大贵（退伍兵）、曾观盛、宋光浩、熊乃鑫、严根宝等人，日常工作由团委干事严根宝负责。在编委会里，熊乃鑫是机修车间团总支书记，把团的工作开展得有声有色，同时他又十分勤奋好学，不久跟着木模师傅学徒，成为一名合格的技术工人。

修水铀矿重建时的供应科是一个大科，有计划组、采购组、汽车车队、修理组、搬运队、仓库，1964 年在编制人员 86 人，其中党员 34 名、团员 21 名。搬运队的退役军人连长赞、孙照权、万德海、钟志生等人多次受到表扬，是供应科优秀群体的代表。在优秀职工中有一位较为突出，此人时年 63 岁，老当益壮，烈士暮年壮心不已，他就是油料管理员况扫帮，领导劝他退休回家安享晚年，他不愿意白拿国家给的工资，要发挥余热。况扫帮对待工作精益求精，做事十分认真，他在油库工作，总将地面打扫得干干净净，没有一丝油迹。他对人态度和蔼，同汽车驾驶员相处融洽，受到好评。供应科利用黑板报表扬先进树立典型，推动全科各项工作的顺利开展。在那个激情燃烧的岁月，黑板报被广泛应用，是主要的宣传手段之一。供应科的黑板报由退役军人、共产党员、团支部书记徐协荣负责。为了办好科里的黑板报，徐协荣在完成本职工作后，利用业余时间耕耘着这一块意识形态领域的小阵地，他既要向科里同事约稿，自己也要抽出业余时间写稿。为此，他付出了很大努力。这些黑板报内容丰富，有时事新闻、好人好事、工作进度、文化知识，形式多样，图文并茂，美观大方，每出一期，都会引来众多观看者，起到了宣传鼓动作用。“七一”建党纪念日、八一建军节、“十一”国庆节还出了专刊，全年出了 25 期。

“五百兵”的到来，充实了职工队伍，使供应科队伍的精神风貌焕然一新，这些在人民军队大熔炉淬炼的战士，带来了部队的优良传统和作风，他们做事雷厉风行，特别能战斗，具有连续作战的顽强毅力。搬运队大部分人都当过兵，面对超强的体力劳动，没有一个人叫苦叫累。无论是多重多大的机器设备，都是在没有大型起重设备（吊车）的情况下，完全靠人拉肩扛，靠智慧用土办法搬运、安装的。

供应科下属的汽车修理组、汽车队，到矿石外运时合并为汽车队。五年后实行军事化建制时汽车队编为四连，承担全矿运输和汽车修理任务，1973 年改称三车间。

至 1964 年底，机关中尚有机动科、生产计划科、安全防护科还没有党员，所以也都没有成立党小组。但是，要求进步的人很多，有不少人写了入党申请，好几位表现优秀的人纳入了入党发展对象。

从军人到矿工，依然是革命战士。退伍兵从军营到铀矿企业，是人生道路上的一次转折。他们既是英勇无畏的战士，又是普通的人，也同样有人的七情六欲。这个时候，成家了的人关心家属能不能带来，家属在农村的，也关心这个问题，一些还没找到对象的退伍兵着急了，像热锅上的蚂蚁，到处团团转转。一些党员退伍兵进矿后不安心工作，不愿意在矿山，认为工资低、收入少，离家乡又远，找老婆困难。也有一些人，进矿就背了思想包袱，原来以为退伍后能进大城市到大工厂工作，也想当干部，可现实太残酷了，十多个人住在农村老乡家泥巴垒起的土房子里，电灯和自来水都没有，洗澡要到小河沟里洗。劳动强度又大，露天作业，人晒得黑不溜秋的，平时政治学习不积极，发牢骚，说怪话，影响不好。特别是个别几个人，吃不了苦，连行李都不要了，不辞而别，回家种地了，矿籍、党籍也不要了。这种自动离职现象的发生，影响极坏。

二车间（水冶车间）共产党员林金龙是学毛主席著作的积极分子，他利用点点滴滴的时间，饭前饭后学习，晚上别人睡觉了，他还在学习，星期天别人都外出玩了，他却还在家学习。他为同志们做好事，当生产中遇到重活累活，他总是抢着去干，别人让他休息，他也不休息。当发现同志们的衣服脏了他就去洗，发现破了他就缝补。他老家在福建，父母年老体衰，经常写信给他，希望他回去种田劳动，但是他从来没有动摇过。他生活简朴，把节约下来的钱寄回家帮助家里解决困难，还写信给家里，帮助父母提高思想觉悟。林金龙父母收到儿子的回信，知道他在那边有重要的工作，认识提高了，还回信鼓励他，也不再拖后腿。长此以往，林金龙的干劲儿更足了，被评为五好职工和优秀共产党员，一直是工作学习的标杆性人物。

修水铀矿党委抓住这些典型案例，开展思想教育，学习毛主席《为人民服务》《纪念白求恩》《愚公移山》等文章，按照党委统一安排，各支部举办上党课活动。一车间讲了 6 堂课，二车间讲了 9 堂课，三车间讲了 7 堂课，机关讲了 10 堂课，供应科讲了 7 堂课，基建队讲了 7 堂课。讲党课的人，事先备好课，政治处组织干部下沉到基层，对授课内容进行讨论，以务实、形象、生动的授课模式，赢得受众的好评，使他们政治思想觉悟大大提高。

“五百兵”是一支力量强大的建设大军，他们到达矿山后，承担繁重的筑路和采石场采矿任务。本着“勤俭办矿”的原则，“五百兵”组织了自己的筑路大军，分兵筑路，多处同时动工，按照自己的设计方案，先后修建了工人村内部的道路网及从工人村到水冶厂、采矿场、汽车库、净化站、6 号仓库、尾矿坝、炸药库等主要矿区公路，全长 3.35 公里，形成了矿山的内部交通网络。

给有技术专长的退伍人员安排相应的技术岗位，李应耕、罗利吾、许秀川、陈新贵、梁文贤、陈洪金、李元凤、李士瑶、宋崇义、姜祯柏等退伍兵，在部队是汽车司机，他们被安排到了供应科汽车队开车。

在部队当卫生员的许泾阳、裘名取、吴玉庆、张顺恩、刘大贵、胡国利等人先到采场推矿车，经过一至两年到一线劳动锻炼后，再分配到职工医院，从事医务工作。

在部队枪械所、修理所从事技术工作的退伍兵，也都安排到相应的技术岗位，如郑仁坤，他在部队是枪炮修理工，到矿里当了一名钳工，他技术上很有一套，解决实际的问题能力特别强。谈永保、夏荣富在部队是电焊工，被分配到机修车间干老本行。也有的人在部队是汽车修理工，到矿里后继续干老本行。物尽其用，人尽其才。

二十世纪六十年代初一首《毛主席的战士最听党的话》，唱遍祖国大江南北，也在修水铀矿 1 号金属矿区成为经典曲目，人人会唱，个个都这样做。毛主席的战士最听党的话，哪里需要哪里去，哪里艰苦哪安家……

15. 挥之不去　源在心头

一下子来了这么多人，如何使这些退伍兵尽快融入工作，修水铀矿党委号召全矿职工开展轰轰烈烈的评功摆好运动，看谁贡献大，看谁做的好事多。通过群众性的大评大摆，评出了许多好人好事，形成“比、学、赶、帮、超”的局面，极大促进了各项工作的开展。其中，采矿工郑义国，像所有退伍兵一样，在评功摆好运动中表现出色，努力工作；在班组学习讨论中他表示要在一个全新的环境下，成长为工人阶级中优秀的成员，当一名五好职工。他对组长章阿尔流露出，过段时间准备向组织上提交入党申请的愿望。

退伍兵群体的思想状况出现了好转的势头，矿领导十分高兴。可是，接下来发生的一件事却使局面一下子糟糕起来。

1964 年 8 月 1 日，是建军 37 周年纪念日。7 月 30 日，各食堂考虑到全矿三分之二的人都是退伍老兵，为改善生活杀了猪，做了红烧肉，一毛钱一份。郑义国中午去食堂打饭，买了一份红烧肉，没吃完，留着下顿再吃，由于天太热，气温高，剩下来的红烧肉已经变质了，他却舍不得倒掉，吃晚饭的时候他去食堂打来米饭把变质的红烧肉吃下去了，很快肚子就不舒服了。炎热的夏天，烈日当空，天热食物容易变质。第二天，尽管人还是不舒服，他还坚持上了早班，下午他还去东津河游泳，回家后，就发了高烧。在部队当过卫生员的张顺恩用体温计给他测量了一下体温，38 度，随后就去医务所找医生，值班医生给了退烧药让张顺恩带回去给他服用。8 月 1 日上午，医务所吴医生去给郑义国出诊。由于退伍兵们居住在农民房里，光线太暗，吴医生看不清郑义国的面部表情

和皮肤颜色，要他来医务所打吊针。午饭后郑义国在同组组长章阿尔的搀扶下来到医务所，陈福堂一看，病人很烦躁，不愿配合治疗，甚至拒绝打针，陈福堂就让章阿尔抱住郑义国，郑义国做了少许反抗后，还是配合打针了。陈福堂清醒地意识到郑义国病情很严重了，一边给他打着吊针补液，一边联系救护车赶紧送修水人民医院。救护车到来的时候一瓶药水还没打完，大伙就把他抬上了车。汽车到县城要两次摆渡，路上耽误了一些时间，到了修水人民医院，诊断为中毒性痢疾，这时郑义国已经严重脱水、酸中毒，且昏迷不醒。修水县人民医院医护人员头尾抢救了三天，郑义国终因病情恶化，于 8 月 3 日去世。

死了人，不得了了，人命关天。退伍兵们感到委屈，怒气、怨气一起涌上心头。8 月 4 日上午郑义国遗体运回矿里，停放在医务所旁边公路上。几乎所有人都对郑义国的不幸去世不理解，他们不相信一个常见的拉痢疾就能把人拉没了，太不可思议了！他们不相信郑义国会死。可是，看到白布下躺着冰冷发硬的尸体，这些退伍老兵确信，他们群体中永远失去了郑义国这位昔日的好战友，他们都为失去昔日战友而悲痛。

当天，“五百兵”中有些人贴出了大字报，围攻了办公楼（土楼），个别不听劝阻的人冲进党委书记、矿长、副矿长、保卫科的办公室打砸，并对矿领导进行人身攻击和谩骂。甚至个别人说：郑义国临死前吐的水都是黑的，是矿石中毒。不明真相的人信以为真，情绪一时失控。聚集最高峰时的人数达六七百人，严重影响了生产正常进行。当天夜里，一部分退伍兵，带上事先准备好的绳子打算去捆绑袁守宽等人，清算他们的所谓“罪行”。

就在这个时候，党委副书记兼政治处主任杨连捷得到消息，他亲自前往制止了这些人的行径，并且严厉批评带头的几个人。时任保卫科副科长的袁守宽，是去福建接收这批退伍兵的负责人之一，袁守宽严格遵守保密制度，不泄露矿山所在的位置，完全是出于保密工作的需要，而部分退伍兵，却被片面认为自己是被骗进大山了。针对这些错误的思想，杨连捷耐心做着解释工作，由于他的政治工作细致有效，主要参与闹事的老兵逐渐恢复了冷静……

应修水铀矿领导请求，修水县人委徐水有县长前来修水铀矿协助处理，他完全支持王治平等人的意见，准备采取相应的强硬措施，修水县公安局一批干警正随时待命。

郑义国，1938 年 1 月出生于福建闽侯县一个农民家庭，高小文化，1959 年 3 月参军入伍。郑义国的二哥曾被国民党抓壮丁，在 1947 年的解放战争中二哥所在的国民党军起义加入了人民解放军，后来二哥成为人民海军，入了党，提了干，在部队服役 11 年，于 1958 年转业回家乡工作。二哥成为郑义国心中的偶像，在二哥的影响下，他接过二哥的枪，来到部队服役五年，经受了海防前哨各种艰难困苦的考验，在 1962 年紧急战备时表现出色。他历任战士、副班长、班长，被授予上士军衔，受连嘉奖 4 次，营嘉奖 1 次，被评为五好战士 1 次，遵守纪律标兵 1 次，优秀团员 1 次。

组织上出面对郑义国居住在民房的集体宿舍进行了清理，发现在他生前写的五张纸，傅凤宝提议，将这些遗物存档，并写下如下字句：郑义国同志入党申请书等五页材料，是其生前写好的，死后清点遗物在小行李袋找出来的。现存入其人事档案备考。清点人：傅凤宝、章阿尔、袁守宽。六四（年）、八（月）、四（日）。

傅凤宝时任采矿车间党总支副书记兼主任，袁守宽时任保卫科副科长，章阿尔时任采矿车间曲振胜大班生产组组长、党支部委员。郑义国与章阿尔原来同属守备第 7 师，一同退伍到修水铀矿，分配在采矿车间同一个大班同一个组，章阿尔是组长，郑义国是组员。这次郑义国生病，章阿尔尽到了战友之情，工友之谊。

事态严重，惊动了领导，公安部和二机部领导极为重视。在退伍兵闹事的定性问题上，修水铀矿领导多数人觉得超出了人民内部矛盾范围，希望公安机关对主要带头者进行刑事拘留，从严打击，控制住局面。唯

独刚刚从部队转业的杨连捷不同意，他坚持按照人民内部矛盾处理，要妥善处理郑义国的后事，安抚好退伍兵。

然而，党委会上，杨连捷是少数，他认为矿领导利用行政权力采取强行压制，如果做出过激行为，只会导致矛盾激化。杨连捷，7 月 6 日从南京军区部队团副政委任上转业到修水铀矿报到，二机部对这位从部队团级干部岗位转业来的政工干部较为重视，提前通知修水铀矿，叮嘱他们一旦杨连捷前来报到立即向部里书面汇报。杨连捷万万没有想到，来到修水铀矿工作还不到一个月，就遇到因退伍兵意外死亡而引起的群体事件，这位长期在部队带兵的政工干部，懂得思想工作的重要性，他带领政治处的人员深入到退伍兵中间去，倾听他们的心声，细致了解事情的来龙去脉，公正发声，赢得广大职工的信任和拥护。杨连捷主动找矿党委书记、矿长、副矿长三人分别谈话，说明利弊，要能换位思考，希望矿领导放弃了强硬的态度。杨连捷三次向全体退伍老兵阐述顾全大局的重要性，绝对不能使事态进一步恶化。他号召共产党员、共青团员要坚决服从命令、听从指挥，对身边的相关人员承担起教育引导的责任。

这个时候，不少退伍老兵给福州军区领导机关和军区首长写信，反映情况，倾吐心声，希望得到帮助和关注。

就在这关键时刻，北京来人了。公安部和二机部工作组很快进驻修水铀矿，控制了事态进一步发展。福州军区、江西省公安厅、中共九江地委、九江地区行署、中共修水县委、修水县人委都派人前来协助处理。上级领导机关及公安机关不认为这是一起反革命事件，而是矿领导在郑义国去世问题上处理简单化了，想通过行政手段压服人，没有设身处地为这批人着想，决定对此事做人民内部矛盾处理。上级机关还具体提出要求：教育面要大，受处理的面要小，重在思想教育，组织处理放缓，思想工作完全做通了再做组织处理。公安部、二机部工作组的领导对修水铀矿某位主要领导逼迫退伍兵陈乃登咬破手指含泪写下血书保证不再闹事的错误做法，也给予了严肃批评，指出这是简单粗暴的行为，极大伤害了退伍兵的感情。

与此同时，福州军区派出一个工作组来到修水铀矿协助处理此事，带队的领导是一位具有少将军衔的首长。这位首长在全矿职工大会上作了报告，对这批来参加国防重点工程建设的退伍老兵给予了高度赞扬。他说道："经过几天的实地调查，你们到这里来后，都在最艰苦的岗位战斗，发扬了人民军队的优良传统和作风，干得很好，个个都是好样的，没有一个是不好的士兵，我为你们感到骄傲。这次郑义国突发疾病去世是一个偶然的事情，你们不要背包袱，要鼓足干劲儿，把矿山建设好，多为国防事业做贡献。"同时，他也对修水铀矿党委提出了批评："我也给修水铀矿党委及主要领导提个意见，你们拿着手电筒光是照人家，而从来不照照自己，那是不行的。领导干部要深入到群众中去，要走群众路线，要依靠群众，要及时解决群众的困难，而且要第一时间去解决。我们共产党的干部就是为人民服务的，希望你们改进工作作风，带领同志们取得好成绩。"

"娘家人"来了，"五百兵"倍感温馨。福州军区老首长的讲话也为他们在困境中指明了方向。这位首长原是第 28 军副政委，后调福州军区政治部工作，他是老红军，1961 年晋升少将军衔。这批退伍兵中有不少人曾是这位首长的部下，如范伟双，曾在第 84 师部给师长当警卫员，与这位将军十分熟悉。在当下这样的环境里见到老首长，范伟双心情格外激动，热泪奔涌。五十八年后，当年聆听了"娘家"老首长报告的退伍老兵，不少人已经作古，健在的都是耄耋之人，他们都清楚记得首长还到他们分住的三个临时搭建起来简易宿舍去检查他们的内务，看到床上的被子叠得整整齐齐，东西摆放井井有条，像军营一样，十分高兴。柯传昌、聂炳德、张炳桃、江立弟、孙修德、李洪文、裘名取、张顺恩、赖起带等人在南昌市新建县核工业江西铀矿安置区回忆起当时的情景，很是激动，部队永远是他们的家，人民军队永远是他们的精神家园。

二机部、修水县人委认为："此事属于人民内部矛盾，闹事本身是错误的，在群众中产生不良影响。”此事件影响甚广，不仅仅在修水铀矿产生了巨大反响，对同时间从福州军区部队转业到抚州铀矿、上饶铀矿、105建筑安装公司、608队那批“五千兵”都是一个不小的震动。同时，也告诫每个人在突发事件来临的时候，一定保持清醒的头脑，要冷静，要充分相信党的领导，依靠组织，切不可有无政府主义思想和行动。

1965年8月5日，“八四”事件正好过了一周年，修水铀矿党委根据二机部政治部的关于部分退伍兵闹事只限于处理一名党员及一名团员的指示精神作出决定：对积极参与闹事的共产党员陈某某、共青团员宋某某分别给予党内、团内严重警告处分，对其他积极参加闹事的人进行批评教育，批评教育材料不进入个人档案。

同时，修水铀矿党委政治处还下发了《结合宣布闹事人员处分决定教育提纲》，提纲内容如下。一、讲清闹事性质，部政治部（65）二政组字396号文批复称：修水铀矿1964年8月4日部分职工因郑义国病故引起闹事的问题，经修水县人委调查，此事件属于人民内部矛盾性质，但闹事本身是错误的，在广大职工和当地群众中造成了很坏的影响。对事件应严肃对待，慎重处理，在问题发生后，矿党委抓住这一问题，发动群众，全面进行了教育，凡是参加闹事的同志都进行了自我检查，认识比较好，阶级觉悟有了提高。在这里应指出：闹事虽是内部矛盾性质，但闹事本身是错误的，主要表现在其影响很坏，这种行为不是解决人民内部矛盾的办法，相反会将矛盾扩大化，把事情弄坏，也极易被坏人钻空子，纠合一些人闹事，违背了民主原则。二、讲清闹事造成的严重后果，主要从当时的实际情况出发，讲清在政治上、思想上、经济和工作方面所造成的严重损失和不良影响。三、为什么要这样处分，通过宣布处分后一定要做好善后工作，可能有些人，还会产生一些误解，认为矿党委要求严，上边比较宽，等等。所以必须说明，此事虽属严重，但毕竟是人民内部矛盾的性质，参加闹事的人到矿里的时间不长，属于初犯，大部分同志事后表现较好，能够痛改前非，经过组织上一年的考察，矿党委再三讨论后报二机部批准，予以从轻处理，贯彻教育为主的精神。事后各单位应注意收集各种典型意见，及时向政治处通报。四、从闹事中应该吸取哪些教训，对闹事发生后，参与闹事的人员的具体表现给予客观的估价，主要以正面教育为主，对他们表现好的一面，要给予肯定，对他们不好的一面，也要给予恰如其分的批评教育，借以提高认识。教育他们突出政治，努力学习毛主席著作，提高政治觉悟，克服各种错误认识和不良倾向。发生闹事的主要原因是少数同志政治觉悟不高，认识问题的水平低，不能分辨是非。在闹事中，部分同志表现出无组织纪律、老乡观念高于组织观念的特点。因此，要加强组织纪律观念教育，克服宗派、老乡观念和无组织无纪律行为。作为一个革命者，任何时候、任何情况下都要有组织纪律观念，自觉地遵守纪律，正确处理个人与集体、民主与集中、自由与纪律的关系。坚持正确的批评与自我批评，树立唯物辩证思想，对待任何事物都要“一分为二”。

党委副书记兼政治部主任杨连捷为此特别批示：联系思想和工作，以思想为主；联系现在和过去，以现在为主；联系自己和别人，以自己为主；联系批评和自我批评，以自我批评为主。郑义国事件的处理，杨连捷可谓功不可没，沉着应对，抓住主要矛盾，对矛盾的主要方面采取宽严相济的处理方法，很快使事态趋于平稳，赢得了全矿干部职工的爱戴。尤其是“五百兵”群体，对这位人民军队培养出来的优秀政工干部敬仰有加，大家都亲切称呼他为杨政委。当 1966 年 6 月，杨连捷、应降仙夫妇奉命调浙江衢县铀矿工作时，欢送的队伍望不到头，工人兄弟们舍不得他们离开，依依惜别之情无法用语言来形容……

过了几个月，时任福州军区副司令员的皮定均中将来到修水铀矿，在“土楼”听取了党委书记王治平、矿长于生龙就“八四”事件来龙去脉的汇报。此时，皮定均副司令员正带着一部分人在赣西北搞社教运动，并出任赣西北社教工作团团长。他蹲点的修水县赤江人民公社距离修水铀矿所在地不远，于是他决定抽空去实地了解一下“八四”事件真实的

情况。皮定均对处理结果表示满意，并说定性为人民内部矛盾是正确的。他只在“土楼”待了三个钟头，就离开了。皮定均本来打算见见这批曾经在福建前线服役的部下们，考虑这样会影响生产，就作罢了。可是，当他离开“土楼”往山下走时，看到了一张熟悉的面容，就对那人喊道：“老战友，小孙，你好啊！没想到你也在这里工作呀？”这人就是在守备第 7 师服役时，年年跟随皮定均下海岛检查战备任务的孙修德。孙修德立即跑步前进向老首长行军礼。皮定均握着孙修德的手，嘘寒问暖，并说道：“你们不少人在郑义国去世后给军区写了信，我们也派了一个工作组来协助处理，现在事情得到圆满解决，很好，你们要努力工作，为国防重点工程建设多出力。”孙修德连连点头，表示绝不辜负首长的殷切希望。皮定均指着孙修德对王治平、于生龙说：这是一个好兵啊！谈话间，聚集了六七个与孙修德一起退伍的老兵。皮定均与他们一一握手问好，老兵们一直把老首长送上吉普车，挥泪招手送别，直到吉普车在厂区大门口左转弯消失……

皮定均走后，孙修德依旧觉得像做梦一样，短短的十几分钟与老首长的相聚，又把孙修德的思绪带到了火热的军营。守备第 7 师师部驻扎在福建省霞浦县城，孙修德在师属第 94 团通讯连当兵，是一名技术全面的无线电报务员。每一年皮定均司令员都要到守备第 7 师检查战备工作，上级就派孙修德跟着他到沿海的大屿山岛、台山岛、北霜岛、浮鹦岛等岛屿去做通信保障工作。检查组官多兵少，孙修德在出色完成本职工作之外，还要为皮定均做一些勤杂服务工作，他们相互很熟悉。皮定均是我军著名的战将，解放战争中的中原突围，皮定均率领全旅指战员转战千里成功化险为夷，成为我军战争史的奇迹。1955 年首次授衔，毛泽东主席亲自批示：“皮有功，少晋中。”在孙修德心中，他就是大英雄，他平易近人的作风，对工作一丝不苟的态度，给孙修德留下极为深刻的印象。孙修德真没想到，自己离开部队一年多，又能见到老首长，想到这里他心里暖洋洋的。这一次，老首长皮定均的再次教诲，孙修德牢记在心，在以后的日子里，他更加努力地工作。

此后，群众把因郑义国去世而引发的群体骚乱称为“八四”事件。退伍兵中的部分人，原本完全符合工资定级为三级工，因为参与了“八四”事件，而定低一级，为二级工。不少人在个人进步方面不同程度上受到影响，留下终身遗憾。“八四”事件发生两年半后，正值群众运动高峰来临，这件事又被翻出来，成为导火索；矿长、党委书记、县长等不少参与处理“八四”事件的领导干部及相关人员被批斗，共有三十多人受到人身攻击和身心伤害。从此以后，“八四”成了修水铀矿人无法回避也无法忘却的一桩令人无比痛心的公案。

对于“八四”事件，民间有多种版本流传，对一些具体事情及具体人褒贬不一。往事并不如烟，而是永留人们的记忆深处。许多当年该事件的亲历者，依然深切怀念着战友郑义国，纷纷表示要完整准确记录铀矿创业史，用唯物辩证法的思想分析“八四”事件，启发教育后人，弘扬真善美，以史明鉴。

俗话说：天有不测风云，人有旦夕祸福。郑义国不幸去世九个多月后，“五百兵”群体又走了一位。此人名叫：黄尚余。黄尚余像郑义国一样也是采矿场一名采矿工，他是福建宁德人，1958 年 3 月入伍，1960 年 8 月入党，新兵时就被授予二等优秀射手荣誉称号，被评为五好战士一次，荣立三等功一次，历任战士、副班长、班长、副排长，上士军衔。退伍到修水铀矿后，被分配在采矿车间当了一名矿工，工作吃苦耐劳。

1965 年 5 月 28 日，是个星期天，上午 9 时，黄尚余与五名福建籍同乡工友携带自制的炸药步行到 8 里外的东津河炸鱼。到了河边，他们选择了最佳位置后，点燃自制的炸药丢入水中，随着轰隆一声巨响，河水翻滚起来，一条条白花花的大鱼顺着水流滚动着，黄尚余看到这一切，掩饰不住脸上的喜悦，立即跳入水中捞鱼，不慎被急流卷走。站在岸上同去炸鱼的五位工友被眼前的景象吓坏了，赶紧下河里打捞，附近的老乡也赶来帮忙，经过近半个小时的水下搜寻，最终将黄尚余弄上了岸。

大伙赶紧给他做人工呼吸，附近老乡抬来了铁锅，工友们把他放在铁锅上排出肚子里的水，一切努力都白费了。此刻，无力回天，人已经没有气了。

到了中午 1 时许，矿领导得知黄尚余溺水后，带着医生陈福堂立即赶到了出事现场。陈福堂对躺在河滩上的黄尚余进行了全身检查，黄尚余瞳孔放大、无呼吸、心脏停止了跳动，已经没有生命体征了。陈福堂朝着他的遗体叹了一口气，随口说道："可惜、可惜……"

随后，矿领导组织人手将黄尚余的遗体运回矿里安葬。同时，矿保卫科围绕这次炸鱼所使用的雷管及炸药的来源展开了全面调查。经查，炸药是一同去炸鱼的雷姓职工利用工作上的便利，黑炮（哑炮）的炸药不上交，自己装入酒瓶里带回，自制炸药，雷管是从部队退伍时带回来的。

亡羊补牢，为时不晚。为了吸取这次事故的教训，警示全体职工，当天夜里召开了全矿职工大会。会上矿领导通报了黄尚余死亡事故的经过，对全矿安全生产情况做了报告，总结了安全生产经验和存在的问题，并指示各单位应根据具体情况，立即进行一次针对爆破危险物品的专项大检查。党委书记王治平在会上重申了上级所颁发的爆炸危险品管理规定和本矿指定的有关制度的贯彻、执行情况，并通报黄尚余同志违反上述规定，用爆炸物炸鱼被水淹死的血的教训，强调一同前往炸鱼的另外五名职工要做出深刻检查，坚决杜绝类似的死亡事件再次发生。他还反复地说明了私藏爆炸危险品的危险性，并规定全体职工将私藏的易燃易爆炸危险物品在 6 月 1 日前一律上缴到矿保卫科。在 6 月 1 日前自动上缴，不作处理，事后再发现仍私藏这类危险品者将做严肃处理。

经过细致检查，发现李姓、胡姓两名共产党员的私人物品里分别有"五四"式手枪子弹 24 发和重机枪子弹 14 发，他们利用在部队的职务私藏子弹，退伍时带到矿里。

一分为二看待黄尚余溺水身亡之事，这既是一件不幸的事，又是人为因素造成的人间悲剧，不遵守纪律酿成的大祸。可是，坏事也有它的价值，利用这件事把存在的安全隐患及时排除，矿保卫科与各车间党总支、科室各党支部，开展了地毯式安全隐患排查。累计查出和职工主动上缴的私人保管的雷管 19 只、炸药 650 克、各种子弹 229 发，涉及 23 人。黄尚余是自郑义国因病去世后，“五百兵”群体去世的第二人，美好的青春年华，由于自身的原因陨落，生命定格在了 27 岁，令人无比痛心和惋惜。

黄尚余溺亡之后，爆炸物的管理更加严格，领取和使用登记更加细致，环环相扣，检查也进入常态化，类似事件再也没有发生过。

16. 紧锣密鼓　淬炼“黄饼”

1964 年是铸造“黄饼”的关键时期。春夏间，修水地区汛期来临，生产受到影响。7 月 13 日，修水铀矿向二机部十二局汇报了防洪防汛工作情况，全文如下：

根据电示，我矿即组织人员进行检查、研究，现将汇报如下：我矿位于修江发源地，通往德安、九江、南昌的公路，途中桥梁很多，而且必经两道渡船，通往修水县城也有两道渡船和数处小木桥，春、夏雨季常被洪水冲坏桥梁和渡口河岸，有碍车辆续进。

1964 年 6 月中旬，下了几天大雨，修水—南昌，修水—九江的公路因里溪、元江、若溪、进口园处桥梁被洪水冲断，6 月 16 日至 7 月 6 日整整 20 天没有通车，我们的汽车三辆摆在南昌（除小车外），四辆摆在武宁，无法执行运输任务，只好等待天晴后桥梁修复，方可进行工作，这样直接影响了运输任务的按时完成，滞留在德安转运站的高位槽、钢制泵池酸缸、法兰盘等设备无法运回，摆在南昌的锅炉烟筒不能起运，以至影响水冶车间安装任务的完成。摆在南昌的汽油 30 吨，因不能通车，未按时提货，而受罚款，不但外地机械设备无法运回，影响生产、安装进度，九江的土建材料，因修江水位甚高，不能渡车过江耽误了 13 天，没有办法通车到修水，基建停工待料，影响基建施工。有时因修江姜家渡渡口不能渡车过河，甚至严重威胁着我矿，几乎连大米、蔬菜都运不回来，采矿场因雨水的影响，下大雨时无法进行工作。雨后又须花很多时间去排出井里的积水，增加了工作量，特别是放在露天的矿石，因雨冲洗，矿的流失量很大，浪费是无法计数的，这是值得注意的。

在雨水季节，洪水时期，我矿在矿区和周围进行了检查和对房屋、住宅的抢修，基本上没有问题，没有倒塌房屋情景的发生。漏水的地方进行了及时的维修。汽车调度方面，采取了灵活机动的办法，晴天把车辆集中起来跑长途，到南昌、德安运材料；下雨天过不了渡，就到附近拉材料和运沙子石头。食堂每逢天晴就把木柴抢运回来，适当筹备大米和蔬菜。上次的洪水，耽误了 29 天南浔不能通车，加上翁源铀矿和抚州铀矿因洪水受损的教训，更会在今后工作中提高警惕。

这次教训深刻，修水铀矿遭受了一定程度的经济损失。从那以后，每年汛期来临前，修水铀矿各级领导班子都会组织力量，做好预防工作，采取积极有效措施应对汛期到来可能出现的多种情况，变被动预防为积极预防。

雨季刚过，8 月又迎来了高温酷暑。赣西北山区烈日当空，而广大建设者依然奋战在火热的建设工地上，他们光着膀子、穿着裤衩，扛着百多斤重的建筑材料，唱着响亮的劳动号子，缓缓行走在陡峭的山间小道上。水冶厂诸多建筑物，与其说是钢筋水泥筑成的，倒不如说是建设大军的汗水和拼命精神的混合体，高耸的山脊见证了这一切。

奇迹在幕阜山不断出现，建设者在挑战自己，也在挑战这座屹立在云端的高山。二车间（水冶）尾矿工程就是一个典型的例子，这项工程矿里计划在 1965 年第一季度完成，很多人都认为完成不了，任务太重了，没有办法按时完成，不少人身上背了一个完不成任务的思想包袱。党总支书记李振德就到每个支部去，参加他们组织学习《愚公移山》一文的讨论会。大家都说，愚公能做到的事，难道我们这么多人还不能战胜尾矿坝的困难吗？通过学习，大伙放下了思想包袱，工作积极性空前高涨。

在李振德的带动下，在尾矿工程建设中，掀起了“比、学、赶、帮、超”的高潮。李振德亲自挑选水冶车间 160 名退伍军人组成突击队，发扬人民军队顽强的战斗作风，他带领突击队，出大力，流大汗，苦干快上，你追我赶。艰苦繁重的手工作业，使他们的手掌和肩膀磨起了血泡，突击队员个个精神饱满，大家干劲十足，埋头苦干，汗流浃背。12 月，赣西北进入隆冬时节，天寒地冻，天上飘舞着鹅毛大雪。可是突击队依然是越战越猛烈，李振德多次叫大家休息，大伙依旧坚持战斗，由于大家苦干、特干，完成 1 400 立方米的块石透水坝，提高工效 3.5 倍，提前 105 天完成了任务，涌现了两个先进班及郭森辉、林金龙、陈昌诗、李长芳、邓国珍、熊邦坤、邱细基、陈祖码、刘维早等 29 位先进个人。

为此，水冶车间受到了修水铀矿党政组织的高度赞扬，组织上在任务完成的当天发出通报：

在毛泽东思想指引下，在矿党委的领导下，在“五好”竞赛运动的推动下，二车间的全体职工齐心奋战，克服了各种困难，从 10 月 5 日开工起，战胜了各种天气。通过 2 个月的苦战，终于在 12 月 15 日提前完成了尾矿的整个工程任务，特此通报表扬。

组织上为了体现重视和重要程度，将通报盖上了中国共产党国营七二四矿委员会、国营七二四矿两枚公章，印发了多份，下发到班组，张贴在办公楼、食堂的墙报栏里，广播站不间断广播宣传。突击队的事迹，被广为流传和颂扬。喜讯传到北京，二机部十二局发来了嘉奖令，对修水铀矿取得的成绩表示了热烈的祝贺，期待他们如期拿出“黄饼”，向党中央、毛主席献礼！

1964 年国庆，是建国十五周年大庆，修水铀矿到处张灯结彩，干部职工都沉浸在欢乐喜庆之中。除了临时抽调专职保卫值班人员外，又组织干部、工人 300 多人次加强巡逻工作，参加人员基本上都是退伍兵。领导重视，安防保卫部门将工作落实到位。晚上在汽车库值班的警卫人员都是退伍兵，没有武器，就以扁担当武器。炸药库保管员朱正亮晚上没有轮到他值班，睡觉时警惕性也很高，保卫干部晚上 12 点后去巡逻时，一听脚步声，就迅速起床询问来人是谁。有这样的退伍兵守卫着矿山，哪有不放心的道理！

修水铀矿人数由 1964 年年初的 190 来人增至年底的 800 多人，党员 414 人，占总数的 50%以上，多数党员同志都在积极学习毛主席著作，并且能够结合本人的思想情况去学习。通过学习，思想安定了，大多数人树立了以矿为家的思想，他们都能听党的话，党指向哪里，他们就奔向哪里，干一行爱一行，工作积极，以身作则，能起到模范带头作用，任劳任怨，从不计较得失，不怕困难，能积极主动去克服困难，解决困难，并且能够经常向党小组长及支部汇报情况。

一车间党总支有党员 119 人，其中正式党员 113，预备党员 6 人，有分支部 3 个，直属支部 1 个，有党小组 20 个，表现突出的党员：陈宏信、李顺娇、林宏桐、王岸吉、杜金良、陈桂务、朱永如、陈乃顺、胡祥贤、陈家銮、余尔盛、黄世镯、王树林、刘升贤、阮树基、曲振胜、王学坤、张石助、官高富等人，有 3 个优秀党小组。

二车间党总支原有党员 84 人，其中正式党员 80 人，预备党员 4 人，年底调进党员 3 人，现有党员 87 人，有分支部 4 个，有党小组 15 个，表现突出的党员：郭森辉、王召吉、宋德炎、毛春芳、胡于南、林金龙、陈同华、陈昌诗、李长芳、熊邦坤、李洪才（江苏）、邱细基、刘范南、陈水弟、陈农信、刘维早、蔡存鸣、郑家和、傅海保、曾兴友、聂隆坚、陈祖码、刘义芳、胡亦仲、高在龙、邓国珍、张亮生等人，有 4 个优秀党小组。

二车间党总支书记李振德能结合本车间的工作任务，带领与组织党员、群众学习毛主席著作，结合实际，解决了实际工作中以及个别同志思想上存在的问题，推动了工作生产积极性。当一些同志不安心在矿山工作，怕苦，是他组织党员群众学习《为人民服务》《纪念白求恩》等文章，安定了大家的思想，使同志们工作积极了。有位姓陈的党员就是一个例子，进矿以来他就一直不安心，不愿意在矿山工作，说什么生活苦，洗澡都没地方，住老乡家，工资低，老婆找不到，等等，在工作中消极

起来，通过对上述毛主席著作的学习，他提高了思想觉悟，自己深深地认识到来矿山工作是干革命，白求恩是一个外国人，千里迢迢来中国帮助中国革命，难道我就不能自我革命吗？从此，他的思想发生了变化，向工作表现好的同事看齐，工作的积极性也大大提高。

三车间党总支有党员 43 人，其中正式党员 38 人，预备党员 5 人，有分支部 2 个，党小组 6 个，表现突出的党员：罗春林、陈芦波、杜松水、卫正刚、李爱南、吴来发等人，有 2 个优秀党小组。

机关党支部有党员 66 人，其中正式党员 63 人，预备党员 3 人，党小组 7 个，表现突出的党员：芦根生、李水生、汤友文、曹志高等人，有 3 个优秀党小组。

供应科党支部有党员 36 人，正式党员 33 人，预备党员 3 人，党小组 7 个，表现突出的党员：邓国山、文洪庆、陈鸿金、许秀川等人，有 1 个优秀党小组。

基建队表现突出的党员：江立弟、范如桂、罗新金、兰金德、郑学干等人。基建队的个别党员进矿后一直不安心工作，成天发牢骚说怪话，说什么基建队工作不好，没有出息，来到这里环境不好，生活艰苦，每天和十字镐、铁锹打交道，搬砖头，搬瓦片，挑工，挑石灰，不愿意在基建队工作，成天向领导反映要调动工作，不调动不干了。有的人还说到二车间、三车间好，学门技术；有的人说到一车间去好，工资高、钱多，出现了一些思想问题。有一位陈姓退伍兵在部队是副排长，上士军衔，他在民主生活会上坦言，自己思想上也是有波动的，对比一下一同退伍的战友，自己手下两个班长回到家乡后，都在公社当了武装部长，得到重用，而自己还在这里苦干，似乎看不到希望。通过学习，思想豁然开朗，认识到了所从事的工作是多么重要，感到无上荣光。

傅凤宝、李振德，两员大将；山头上“101”，南、北采矿场；山窝里“111”产品，水冶厂。两大主阵地上的两位指挥员傅凤宝、李振德，又像战争年代那样带领着战士们冲锋陷阵，退伍军人是不穿军装的战士，他们善于战斗，勇于战斗，连续作战……

傅凤宝、李振德这两位刚脱下戎装的政工干部在一线指挥，两位山东汉子，前者是青岛人，后者是乐陵人，都是抗日战争参加革命的老战士，解放战争从北方打到南方，最后在福建前线驻防，都是带兵多年的人，周身军人气息，敢打硬仗，啃硬骨头，身先士卒，带领大家冲在最前沿。

傅凤宝是一车间（采矿）副政治教导员、党总支副书记兼主任，原是福州军区第 83 师炮兵 363 团 122 炮营政工干部，1964 年 4 月转业到修水铀矿，带领三百多人奋战在采矿场，面对无数的困难，共克时艰，做出了积极贡献。1968 年，因工作需要调西北一家铀矿工作。尽管在修水铀矿只有四年，却在广大干部心目中留下了厚道、真诚的形象。

李振德是二车间（水冶）政治教导员、党总支书记兼主任，原是福州军区第 82 师炮兵 362 团迫击炮营政治教导员。李振德，生于 1923 年 6 月，山东乐陵人，1945 年 7 月入伍，同年 8 月入党，历任战士、班长、上士、司务长、管理员、连副政治指导员、连政治指导员、营副政治教导员、营政治教导员等职，参加 8 次战斗，1955 年 9 月被授予大尉军衔，荣获解放奖章。1956 年 12 月，陆军第 28 军军长詹大楠、政治委员张闯初签署命令：全军通令嘉奖李振德，褒扬他在工作中取得的优异成绩。1964 年 4 月，李振德转业到修水铀矿，他一进矿就了解到有一批五百多人退伍兵正在修水县委党校学习，不久将进矿工作，昔日福建前线的战友又将在一起战斗，他心里很是激动。李振德来到修水铀矿，一直工作到 1985 年离职休养，离休后组织上安置他在九江市生活，享受处级待遇，2003 年去世，享年 80 岁。

大批退伍兵进矿后，分配到全矿各个工作岗位，5 月下旬，开始布置评比综合奖，以调动工作积极性。6 月 1 日起实行，综合奖的评比条件参照五好职工标准执行。

分配到基建队的退伍兵江立弟拿到了《五好职工标准》，他认真阅读着，逐句朗诵着：一、政治思想好，听毛主席的话，跟共产党走，党指向哪里，就奔向哪里；干一行爱一行，不怕困难，说干就干，干就干好。站稳阶级立场，严格按照党的方针、政策、法令和上级指示办事。对人对事坚持原则，划清正确与错误的界限，分清是非，对正确的东西认真坚持，对错误的东西，及时批评、纠正。发扬艰苦朴素作风，抵制资产阶级思想侵蚀，反对一切不良倾向，维护共产主义道德风尚，热爱劳动，走到哪里，就在哪里劳动，既做生产指挥员，又做战斗员（主要指技术干部）；二、完成任务好，按质按量按时全面完成生产、基建、安装任务，发扬一厘钱精神，厉行节约；三、增强组织观念，听从指挥，遵守劳动纪律、社会秩序和各项规章制度，保证安全生产，爱护机器、设备、工具和一切公共财产；四、经常学习，努力提高政治、文化、技术（业务）水平，读毛主席的书，活学活用毛泽东思想，虚心学习解放军、大庆油田和本单位的先进经验，钻研技术（业务），练好基本功；五、团结互助，先公后私，先人后己，加强团结，主动协作，爱护集体，关心同志。干部爱护工人，工人尊重干部，见后进就帮，处处以团结为重，不说不利于团结的话，不做不利于团结的事。

站在一旁的也是退伍兵的连长赞，听到江立弟的朗读声，一步一步靠近他，认真听着，心中默默记着，这是他们努力的方向。

从这开始，江立弟、连长赞等人就按照五好职工的标准要求，脚踏实地走自己矿工生涯的每一步，默默无闻地干活，哪里有需要就主动到哪里去，勇挑重担，敢于斗争，善于斗争，起到共产党员先锋模范作用。

1964 年 10 月 30 日召开了矿务会议，会议全面分析 1—10 月生产完成情况，对 11—12 月的工作进行了安排，对全年基建工作任务完成采取哪些具体措施进行总结，并对水冶厂投产前收尾工作的梳理进行了安排。出席会议名单：王治平、于生龙、彭奇智、胡明亮、李信章、蔡元虎、莫桂华、廖义钟、李榜文、陈福堂、陈家禧、袁华奎、万宝生、孙长银、周兴弟、陈洪贵。技术人员出席会议的比例超过一半，他们在各自的岗位得到重用。这一时期，知识分子在工作中充分发挥专业技术优势，展现了他们的聪明才智。其中，陈福堂、万宝生、陈家禧三人对修水铀矿的基本情况掌握得比其他人要全面一些。陈福堂、万宝生是修水铀矿六矿时期的老职工，陈家禧是原江西矿务局的技术员，曾经多次到六矿出差，指导工作。他们三人在修水铀矿的重建过程中，做了大量工作，贡献多多。

17. 劳动竞赛　热火朝天

1964 年度，不评发奖金的对象：矿党委正副书记，政治处所属各科室正副科长、主任，正副矿长，机关科室正副科长、主任、工程师，车间正副教导员、主任，供应、基建的专职指导员，奖励面控制在 75%以下。这样做主要为了调动基层职工生产积极性，有利于完成计划中的任务。

从外省调来的干部都是通过中组部办理调动手续，本省调来的干部通过省委组织部办理调动手续。同赵惠清一批调来修水铀矿的还有来自外省的三名财务人员，也是由中组部出面为二机部系统统一调配的。

1965 年 2 月，生产科工程师赵惠清，从河北省开滦煤矿调来。一位由技术工人成长起来的机械电气工程师，成天下沉到采矿场、水冶厂，这里看看，那里瞧瞧，一旦发现问题，迅速着手解决。

赵惠清，河北人。他高大、魁梧的身材，给人一种孔武有力的印象，他性格开朗，又风趣文雅，动手能力特别强，点子多，善于发现问题解决问题。工人们都亲切称呼他：赵工。人们都说，赵工是工人自己的工程师，咱们的贴心人。

1 号金属矿区南北两个采矿场的剥离工作全面铺开后，工人的劳动强度大，为了提高工效，减轻人工推车的劳动强度，赵惠清设计和主持了矿车自溜滑行线路的施工，使各梯段剥离矿车运输的自溜滑行，实现了三个梯段的无缝链接。采场开拓、运输等多环节的全面技术改造加速了矿山的基本建设进程。

装岩机的刹车装置要人工操作完成，驾驶员弯腰下去上插销，既不方便，也存在极大的安全隐患。赵惠清发现这个问题后，就在刹车装置下面安装了一个弹簧，改成脚刹，灵活便利，深受装岩机驾驶员欢迎。矿工推矿车是一个纯粹的体力活，一旦矿车遇到上坡路段，矿工推起来就很费力，有时会发生溜车现象，后果很严重，矿工有时会被后退的矿车压倒，出人身事故。赵惠清就在每部矿车上安装一个手刹，当矿车上坡出现推不动的情况，有时还会后溜，用上赵惠清安装的制动装置，一踩刹车，矿车就会停下来或者减速，防止了后溜事故的发生。

劳动竞赛如火如荼，一车间（采矿）三班党支部于 1965 年 3 月中旬组织了一旬的短期劳动竞赛。组与组之间都发了挑战应战书，订立了保证书，每个人在会议上都表示了决心，说干就干，行动迅速。车间立即掀起了一个你追我赶、生产竞赛的高潮，生产大幅上升，先进生产纪录不断被更先进的生产纪录打破，形势喜人。

各组都超额完成旬计划，全班完成剥离 721.3 立方米，超计划 92%，比上旬增长 73%，平均日产量（按出勤天数计算）较上旬日产量增长 39%，平均工效 2.59 立方米，超计划 44%以上。这些指标都超过往年最高水平，竞赛中大多数都是争先恐后抢时间，抢任务，找重担子挑。推矿车是比较重的活，不少人专挑这个重活干，二组刘兴生一人负责推两部车，推了这部推那部，一次一口气推了三十车，有人去替换他，他还不愿意下来。

五组组长老工人赖庆喜，不亚于年轻小伙子，也是一个人推两部车。三组组长陈诗生正在轮休，得知劳动竞赛，他担心落后人家，立即停止休假，赶来指挥组里的生产。三组还有三人带病坚持上班，副组长喻圣初探亲回来了，假期还有三天未满，听说在搞竞赛，衣服和被子还未洗，当天就上了采矿场，他对指导员刘升贤讲：我这个组也要争取拿红旗，全班缺少我这个组也不行啊！

全车间标兵组——王树林小组（四组）看到人家都在飞跃前进，自己组在打炮眼工作跟不上的情况下（十天只打一天炮眼），猛干、硬干，用铁锹、洋镐扒，争分夺秒。有一次，各组都下班了，他们又干了四车才收工。虽然条件差，也赶了上来，平均工效达到 2.63 立方米，与计划工效相比，在小组中名列第一。加上其他几个方面四组也做得比较出色，夺得了本旬竞赛红旗。王树林，1936 年 7 月出生于福建福安县一个贫苦农民家庭，1959 年 3 月入伍，1962 年 7 月入党，历任战士、副班长、班长，两次受连口头嘉奖，四次被评为五好战士。他 1964 年 3 月退役进矿，做过露天采矿工、井下采矿工、放炮工、污水处理工。他能上能下，任劳任怨，叫当班长就当好班长，叫当士兵，就当士兵。他多年的放炮工生涯，从未出过事故及事故苗头。他还节约材料，爱护集体。1993 年 6 月退休，他回原籍定居，2000 年 12 月病逝，享年 64 岁。现已耄耋之年的郑细国，是王树林的战友和同事，他对王树林的评价是："王树林像一块钢，放到哪里都压不弯，他的先锋模范作用影响了一大批人，他始终是积极向上，一心为公。"

三班党支部是一个具有顽强战斗力的堡垒，班子成员全部是退伍老兵，支部书记刘升贤以身作则，吃苦在先，他们敢于探索，勇于创新，在具体实施劳动竞赛中有着如下比较成熟的经验。

开好首次干部会，统一认识，研究做法。竞赛开始首先召开党、政、工、团、小组长会议，党支部委员、团支部委员全部参加会议，说明开展竞赛的意义和目的，强调骨干起模范带头作用，并着重研究如何开展，也就是采取什么方法。经研究不确定竞赛内容，仍是以"五好"为目标，对生产方面评比，具体提出下列几个要求：一、产量，以打炮眼跟得上跟不上等条件评定；二、质量（必须装满车）；三、安全（不出事故）；四、协作（在生产中方便让给别人，把困难留给自己）；五、爱护工具；六、技术革新。在做法上抓住两个阵地，一个是生产工地，主要抓生产组织、协作配合、相互监督安全等；另一个是宿舍，按五好宿舍要求。在统一认识、明确做法的基础上，分工负责、分头去办。在竞赛中，干部都能以身作则带头去干，有效影响和带动了群众，如四组的同志反映说："我们的组长王树林是个好样的，病了两餐没吃饭照样上班，搞五好宿舍建设，他把被子叠得整整齐齐，还帮着别人叠，我们不跟着他干，也不好意思啊！"

对思想有波动的人及时进行有针对性的思想教育，竞赛头一两天，有些人有骄傲自满情绪，说我们季季月月都超额完成任务，不搞竞赛，我们任务也可以完成；有的说我们干劲就很大了，工效就很高了，还搞什么竞赛？还有一些人怕搞起竞赛生产紧张，有些慢腾腾，准备观望等现象。党支部看到这个苗头，及时抓住这些思想进行针对性的思想教育，组织学习了大庆油田"过得硬"安装队，并对出现的好人好事苗头及时鼓励表扬，很快打开了被动的局面。每人都热火朝天地投入到这一运动中来，如四组陈诗宝，过去有点不太安心，这次竞赛活动积极起来，很关心组内生产，每天天不亮还没有打钟就起床，吃了就上山，每次都是他一个人先到工地找好工具，做好生产前的准备工作。

做好宣传鼓动工作，激起竞赛气氛。在做法上除了做好会议中的宣传鼓动和个人的思想教育外，还把黑板报、墙报栏都充分利用起来，好人好事张贴起来，战果日日公布。这是激励人心的一种好形式。战果一公布，大家都围起来看，看后就议论开了：今天哪个组车数最多，哪个在前呀？通过这种形式对先进组鼓舞很大，给后进组也是一个促进。不少人看了以后，暗暗地给自己打算，明天怎么改，如何赶上人家，当上先进。决心书、保证书，也随之而来，有效地鼓舞着大家的斗志。

做好总结评比，不断乘胜前进。当这一旬竞赛结束，立即采取由下而上的总结，评比以一分为二的观点，首先肯定成绩。民主评选出优胜组一个，先进生产者 12 名，在党支部总结时，进行了鼓励表扬，并发给优胜组流动红旗一面。这对大家的鼓励很大，大家纷纷表示要向优胜组学习，下次争夺红旗。优胜组也说到自己还有许多缺点，要向大家学习，共同前进。其次，评比对存在问题，也进行了检查。比如，赖庆喜的五组干得也很出色，五好宿舍建设也搞得很好，评比开始时，有人提出流

动红旗应该五组得，但一检查存在安全问题，之前有一名矿工精力不集中不小心将头碰到矿车了，弄破了头皮，这件事引起了大家争论，最后人们一致认为这是一种麻痹思想，是不重视安全的表现，不能得红旗。这对五组是一个很大的教训，也教育了其他组的人员，今后要注意安全生产。

连续作战是我党我军的优良传统和作风，三班党支部为了不断乘胜前进，在总结这一旬战果的基础上，对开展下一场竞赛战斗的准备工作，也做了充分的讨论，预计在下旬初，又要出现一个生产高潮。

修水铀矿政治处派出工作组到三班蹲点，在肯定成绩的基础上，也提出了存在的问题，打炮眼如果跟不上，对工效有很大影响。如四组有一天因打炮眼跟得上，结果干了 60 车，而另一天因打炮眼跟不上来，只干了 25 车，这件事对生产影响极大。同时，大家感觉轨道长，坡度大，弯道又急，矿车不好推，无刹车器，造成上坡推不动，下坡刹不住，车子常碰头，生产不安全，倒车费力费时间，工效难提高，人也很疲劳。还存在的问题有：工具不够用，无人保管，又缺少工具保管制度。形成了谁先上山谁先拿的局面，后上去的人就没有工具，用双手搬，这样影响了团结，也影响到生产。

大家都认为工作组对问题分析得太透彻了，产生问题的根源也找到了。这些存在的问题都在以后的生产过程中，一条一条得到了解决。经过蹲点调查组和采矿车间一起研究研究，将三个大班压缩成两个班，每个班有七个组，每组人员在 9 至 10 人之间，车间依然保持直属人员编制，全车间人员 194 人。在实践中，工作不断改进，生产不断增加，人员不断进步。

工人，矿山的主人翁。1965 年年初，修水铀矿工业浴室建好后，要选一批人当锅炉工，可是全矿没有一名正式锅炉工。机修车间电厂老师傅王春林自告奋勇，出来当师傅，他以前烧过锅炉，有实际经验。于是，他就招兵买马，从“五百兵”里选拔了周云龙、范文双、周宗利、王水地、王水安、汪家伙、范少燕等人为学徒工，学习烧锅炉。王春林就带他们实际操作，告诉他们该怎么干，也给他们讲理论知识，队伍就这样拉起来了。

王春林烧过锅炉，但采用的是过去的老方法：分左、中、右三个方向投煤，清渣红火出炉，大部分煤渣没有烧透，浪费较大，用煤多，火力不大。在烧锅炉的过程中，总是感觉到力不从心，关键技术没有掌握，耗煤量大，他利用回家探亲的机会，到爱人工作的江西纺织厂锅炉房观摩，觉得应该向有经验的人学习，他在探亲结束后就向领导提出了自己的想法，得到党委和领导的支持，矿里就派他和其他三名锅炉工于 3 月 16 日前往江西纺织厂学习锅炉操作新方法。江西纺织厂经过社教运动后，职工思想觉悟大大提高，改革了烧煤的方法，三分火力，单边投煤，烧满堂红的方法，保证了炉温不下降，而且节约了用煤。

3 月 21 日，参观学习的同志返修水铀矿后，立即开会贯彻新式烧锅炉的方法。第二天，他们就开展了工作，经过半个月时间的试验证明新方法效果良好，节约用煤 50%。则每台锅炉每年可以节约煤 136 吨，计人民币 6 500 元，全矿四台锅炉则每年可以节约煤 544 吨，计人民币 36 000 元，但在试验中也出现了不同的思想反映，例如周宗利、汪家伙等同志认为这种方法虽然好，但人更受累，因为以前投了几锹煤（大约 21 斤），就可以坐几分钟休息一会儿，现在每开一次炉门，需要不停地投煤，每次约 2—3 斤。针对这种思想，组织上带领大家学习了毛主席著作《纪念白求恩》和《为人民服务》两篇文章，大家提高了认识，认为好逸恶劳、拈轻怕重的思想是不对的。新方法的优点是：省煤——投煤少，煤层薄，烧得透，红火不出炉，保证炉温不下降，炉外温度又不至于因废渣出炉突然升高而影响工人健康。虽然使用新的方法比旧的方法劳累，大家又不太习惯，但是王春林的方法可以节约 51.4%的用煤量，其他同志只能节约 40%的用煤量。经过逐渐改进，推广了水质处理、管道改装等经验。必须加强思想教育，提高操作技术，改善劳动条件。这种新的方法，已经在全矿推广。

在修水铀矿蹲点的十二局郭士民副局长很快也知道了这件事，他希望好好总结这一经验，让全局系统的锅炉工学习这一好经验。于是，修水铀矿向二机部十二局提交了《关于推广节俭用煤先进经验的汇报》材料，工业浴室的成功经验在局系统内得到推广，各企业纷纷效仿。老工人王春林可谓功不可没。

汪家伙，福建永泰人，是 1964 年这批“五百兵”中的一员。他分到水冶厂工作，成为第一批锅炉工，跟王春林在工业浴室学习了七八个月烧锅炉，回到水冶厂时，正好水冶厂生产锅炉也安装好了，他就在那里烧锅炉，无论酷暑寒冬，他都在高温环境下工作，一直干到退休。他们那批人像汪家伙这样一直在锅炉工岗位奋斗的人，还有王水安、范少燕、章阿尔、朱正亮，他们都是埋头苦干的退伍军人。

1965 年中期的修水铀矿开展了学习马万水小组的活动。马万水系河北龙烟铁矿“马万水小组”组长，在平凡的工作岗位上，他与工友们一起创造了不平凡的业绩：用铁锤、钢钎，带领工友 14 次创造黑色金属矿山掘进全国纪录；所探索的一整套矿山快速掘进经验，被推广至全国；带出了一支以他名字命名的团队，创造了一个又一个开凿工艺史上的奇迹。修水铀矿在开展学习马万水小组活动中，充分认识到马万水小组是一个思想红、觉悟高、全面过硬的小组，是加强班组建设、实现班组革命化的旗帜。要学习马万水小组革命化经验，学习他们敢于革命、敢于胜利的思想，学习他们雷厉风行的战斗作风以及各项好经验。要结合自己的具体情况，培养属于自己的马万水式的先进班组。通过大张旗鼓学习马万水小组的好思想、好作风、好经验，修水铀矿的同志们进一步认识到：学习马万水小组，首先要宣传他们的经验使之家喻户晓，深入人心；其次，要端正认识，克服骄傲自满、故步自封和教条主义、脱离实际的倾向；第三，认真研究他们的经验，抓住精神实质，通过典型试验，有组织、有计划地学习推广。真正把他们的好经验、好思想、好作风学到手，让它在修水铀矿开花结果，促进班组战斗化、革命化。

18. 辛勤劳作　开花结果

1965 年，值得铭记。

2 月，简易水冶厂竣工。

3 月，简易水冶厂试车一次性成功。

4 月 26 日，修水铀矿重建后具有里程碑意义的一天，这一天载入中国铀矿创业史。

4 月 26 日，简易水冶厂提前生产出第一批合格的“111”产品，为核试验及时提供了原料，这就是为了保密需要而取的代称“黄饼”，“黄饼”是他们为之奋斗的果实。山谷中回荡着人们的欢笑声，这是一个多么激动人心的特大喜事，建设者们奔走相告，广播站做了专题报道，机关和水冶厂当天都出了黑板报，当天夜里简易球场放映了露天电影以示庆祝。

四天后，在湖南衡阳水冶厂、衡阳机械修造厂搞“四清”运动的二机部党委副书记、副部长刘伟闻讯来到修水铀矿视察，看到修水铀矿的同志们，他很高兴。在“土楼”会议室，他听取了矿党委的专题汇报，了解到大家在争分夺秒地战斗，在努力奋斗。

“土楼”会议室里坐满了人，会上人人精神抖擞，都在聚精会神地听着刘副部长讲话，刘伟说：

我今天是来兑现两年前的承诺，当时王治平、于生龙、彭奇智到北京受领重建 1 号金属矿区的任务，我与他们有个约定，等你们拿出“黄饼”，我要来看望同志们，向你们祝贺，向你们学习、致敬！

刘伟副部长听取了王治平的汇报，频频点头赞扬，脸上流露出满意

的笑容。

刘伟副部长换上工作服来到采矿场、水冶厂，向工程技术人员、工人师傅详细询问生产情况。当他得知，工人们在没有自来水的情况下，全靠人力解决生产用水的问题时，甚为感动。

刘伟副部长在刚刚竣工的矿大礼堂做了关于形势和任务的报告，他坐在主席台中央。主持会议的王治平宣布报告大会开始：请刘副部长给同志们做报告，大家欢迎！

刘伟站起来做了开场白：

今天主要是和同志们见见面，我看同志们都很年轻，只有20多岁，年纪大一点的也不过30多岁，真是年轻有为。

没有铀矿石，整个原子能事业的一切都完了。粮食是宝中之宝，铀矿是核武器中的宝中之宝。

同志们，我们要爱惜良田，矿山建设不要占好田。少占农田，这是一个原则，因为农田是生产粮食的，我们为什么要占用它？亩产600斤、1 000斤、1 500斤，人是要吃粮食的。

……

希望同志们组织大幅的增产、跃进式的前进。

刘伟对国际、国内形势以及今后任务做了翔实的阐述。他在报告的最后，号召大家发扬“穷棒子”精神，艰苦创业，搞好矿山建设，为中国铀矿核军事工业而努力奋斗！

刘伟副部长的报告，极大鼓舞了指战员的士气。修水铀矿政治处第一时间刻印了刘伟副部长讲话的全文下发党委委员、各科室负责人、直属教导员和指导员，组织全体人员学习，统一认识，争取更大的胜利！各车间科室分别开展讨论会，找差距，表决心，再接再厉，掀起新的生产高潮！

刘伟，江西兴国人，1931年5月参加中国工农红军，同年加入中国共产党，参加了中央苏区第三、四、五次反“围剿”，参加了长征、抗日战争、解放战争，身经百战，为中国人民的解放事业做出了杰出贡献。新中国成立后刘伟在公安战线工作，为保卫新生的人民共和国呕心沥血。他是组建核工业时分管铀矿采冶的副部长，中国核工业第一代卓越领导人。

在修水铀矿的几天时间里，刘伟发现矿里有不少赣南籍老工人，并且与他们拉起了家常。当他得知莫桂华、彭奇智等人曾经在他家乡兴国画眉坳钨矿工作过多年，显得特别高兴。

王治平指着莫桂华对他说道："这位机修车间的主任，为了抢时间，有些设备无法及时到货，他就组织机修人员自己动手，加工一批"土设备"；酸化沉淀没有搅拌机，就用木桶加压风机送风搅拌代替；缺乏压缩机，就用木槽加帆布进行过滤，形状类似豆腐包。"

刘伟紧紧握着莫桂华的手，深情地说道："辛苦了，祖国和人民是不会忘记你们的。"

刘伟下榻在矿简易招待所，这栋房子是1957年902地质分队盖的，是矿山建筑群里最老、最有纪念意义的建筑物。党的高级干部朴实无华、平易近人，具有平民干部的作风。他自己到食堂排队打饭，给工人们留下深刻印象，赢得了大家的爱戴。

刘伟对修水铀矿执行"先生产后生活"的办矿方针很满意，在工人村看到职工家属住的干打垒的房子，他给予了高度赞扬，说这样做给国家节约了大量的资金。对修水铀矿建设了一个建筑面积670平方米的三用食堂，他表示出极大的兴趣和热情，他赞扬道："这是一个很好的创造，其他单位要向你们学习，也要建三用食堂。"所谓三用食堂，即能吃饭、能开会、兼做俱乐部的场地。他真诚告诫同志们，现在国家还很困难，节约下来的钱可以做更多急需要做的事，他殷切地希望同志们取得更加辉煌的成就。

修水铀矿的同志们还通过刘伟这次考察，了解到毛主席对我国原子能建设倾注的精力：

新生的人民共和国屹立在世界的东方，然而帝国主义不甘心其侵略政策在中国的失败，他们除了在经济上对新中国实行全面封锁外，还在军事上进行核垄断、核讹诈，美国的一些好战分子甚至叫嚣要对中国发动核战争，进行核恐吓。

在国外坚决反对美国核讹诈政策的世界和平人士，也希望中国掌握核武器。1951 年 10 月，著名的国际和平战士、法国杰出科学家约里奥-居里，得知中国放射化学家杨承宗准备回国参加祖国建设时，特地约见杨承宗，并对他说，你回国后，请转告毛泽东主席，你们要反对原子弹，你们必须要有原子弹。原子弹也不是那么可怕的。原子弹的原理也不是美国人发明的。约里奥-居里夫人还将亲手制作的 10 克微量镭盐的标准源送给杨承宗，作为对中国人民开展核科学研究的一种支持。

新中国成立后，为了进一步巩固国防，保卫祖国安全与世界和平，打破超级大国的核垄断、核讹诈，在国家经济力量还很薄弱的时候，我们就集中精力搞出了自己的核武器，在座的每一个人都是功臣。

伟大领袖毛主席早在 1954 年就说，我们国家也要发展原子能。1955 年 3 月 31 日，他在中国共产党全国代表大会上指出："我们进入了钻社会主义工业化，钻社会主义改造，钻现代化国防，并且开始要钻原子能这样的历史的新时期。"毛主席、党中央毅然决然作出了发展核事业的战略决策。1957 年，国务院制定了《关于三个五年计划期间我国原子能建设方案》，全国开始了铀的勘探、开采、冶炼工业建设。在"全民办铀矿""大家办原子能科学"的号召下，核事业开始了从无到有、从小到大、从弱到强的艰难起步。

同志们想到人民领袖毛主席高瞻远瞩，指引着自己前进的方向，干起工作，干劲更足了，信心满满的，好像毛主席就在自己身边，看着他们怎样干好工作，一股暖流涌上心间，这种精神的力量是无穷无尽的。他们都觉得，能在中央企业工作，从事国防重点尖端武器原料的生产，是多么的光荣和自豪啊！

刘伟在修水铀矿考察期间，同工人进行广泛的交流，听取了一线工人对生产提出的合理化建议，与矿工们建立了深厚的感情。同时，他还走访了修水县委县人委，对地方党政对修水铀矿的大力支持表示了感谢，并希望地方上继续支援铀矿建设。

第一车产品送衡阳水冶厂时，王治平对负责押车的陈祖游叮嘱道："路上一定要辅助驾驶员安全行驶，这是第一车产品，非同小可，确保安全送到。你去保卫科领一把手枪，我给你签字，以防万一。"带着全矿职工的殷切希望，陈祖游豪情满怀，腰间别着一把手枪，像当年在部队受领战斗任务那样，他同驾驶员陈新贵出征了。经过两天多的长途行车，终于平安到达了目的地——衡阳水冶厂。以后，陈祖游又多次与陈新贵一同完成送产品的任务。

常言道：人往高处走，水往低处流。谁不羡慕城市生活？但是当党和人民需要的时候，每个人都无条件服从，愉快工作。

刘高明等三人，是北京五所的老师傅，有着丰富的工作经验。当贵州开阳铀矿组建实验室时他们是来帮助指导工作的，但因为工作需要他们留下来了，二话没说，放弃北京的生活，立即就把工作关系转去了贵州开阳。当修水铀矿重建时组建实验室的时候，刘高明又服从调动，来到修水的大山里，扎根深山二十多年。实验室，是铀矿石水冶厂生产的指挥中枢，决定采用哪种技术参数和流程处理矿石，有水冶厂心脏之称。

外科医生彭开鑫、儿科医生贾念慈两人是夫妻，同在江西省人民医院工作。当江西省委组织部调他们到条件极为艰苦的修水铀矿职工医院工作时，他们坚决执行命令，根本没有考虑个人的得失。

蔡元虎，上海铁路总局南昌铁路财务处副科长，组织上调他到修水铀矿担任财务科副科长，他二话没说带着家眷就出发了。

1964 年 12 月，二机部给江西省人民委员会发出《请准予王守义等三名同志在修水县落户》的公函，中央组织部批准为二机部抽调一批干部，

其中王守义等三人调二机部修水铀矿工作，随文报送跨省调动干部名单一份，请给予安排落户。

王守义，湖北应城人，生于1938年4月，1962年8月毕业于吉林工业大学汽车专业，五年制本科学历，来自交通部西安公路学院，为汽车修理专业技术员。他在修水铀矿工作近20年，除了其中半年调子弟中学担任英语教师外，一直在汽车运输修理车间从事汽车修理技术革新工作，取得骄人成绩，曾多次将自己的技术攻关进度和设想向周恩来总理汇报，并收到周总理办公室的多次复信。

与王守义一同来修水铀矿的工业统计员两人，来自广东省燃料厅的科员姜长春和来自河南义马矿务局的科员张雍人，他俩都是通过中组部调到修水铀矿来工作的。

1965年3月，从湖南省郴县铀矿调来谭玉坤、朱长举、刘佩信、陈兴树、阎春海、吴友仁、李德强、陈杏忠等八名汽车驾驶员和马云龙、王文龙两名汽车修理工，他们是来加强修水铀矿汽修队伍力量的，为日后修水铀矿汽修队伍的建设奠定了基础。这些人中大部分是经过部队大熔炉考验的优秀退役军人。其中，谭玉坤，是参加抗美援朝的老兵；陈兴树，是模范驾驶员，在以后的工作中成为省部级著名劳动模范。

胡明亮科长向于生龙矿长请求，要本系统专业建筑安装公司来支援，经上级批准，一〇五公司进驻修水铀矿，承担基建任务。

1965年3月16日在修水铀矿基建科简易办公室，由二机部十二局胡福庚工程师主持的一〇五建筑安装公司与修水铀矿专题会议召开，修水铀矿方面于生龙矿长、蔡元虎、胡明亮、万德昭、陈春林、刘正，一〇五公司方面齐科长、王队长、何先桃等人参加。一〇五公司承担修水铀矿1965年度基建任务，双方就经济关系进行了协调，成立了现场指挥部，于生龙任总指挥，一〇五公司三队王队长和修水铀矿基建科副科长胡明亮、技术员万德昭任副总指挥，下设了三个工作小组：计划组有一〇五公司三队宋绪山和修水铀矿生产技术科周兴弟，技术组有一〇五公司三队邓光久和修水铀矿基建科陈春林，材料供应组有一〇五公司对三队张宝华和修水铀矿陈春林、沈成风。

万德昭在这一时期，承担基建的主要设计任务，他开动脑筋，善于接纳各类合理化意见。赵立杰技术员，主要负责组织现场施工，保证按时按质量要求完成任务。

19. 一穷二白　白手起家

白手起家，建设一流实验室。实验室是一个独立的单位，重建初期直属矿部，由一位副矿长分管，是整个矿山水冶厂的大脑中枢。

实验室，1964 年 3 月进行筹建，属于辅助性生产单位，工作成果只能间接从生产中体现。建设实验室时无计划任务书，任务不明确，致使在工作中只能边干边摸索，工作甚为被动，在这种情况下，全室在党委的正确领导下，一切通过实践，在 1964 年仍然做了不少工作，取得了不少经验和教训。主要的经验是认真贯彻“独立自主，自力更生”的方针，因地制宜，因陋就简，坚持为生产服务。

实验室是三人起家的，一名干部（桑任广），两名工人，这些同志过去掌握了一些书本知识，但是实践经验较少，要建设实验室，一切都得从头开始，均需逐点逐滴从无到有开始建设。实验室是利用老六矿加工室修建成功的，仪器试剂不全，需逐步添置，要想进驻工作，还需完备工程。担负建室的同志硬是坚持贯彻自力更生的精神，自己动手设计，自己安装设备，自己采购化学试剂。

总之，在自己能力的基础上落实一切工作，同时力争外援，来创造实验室的工作条件。如实验室无水源，就自己动手搭架，自己设法委托加工木桶，从山沟里一担一担挑水上山，倒入木桶里作为水源。无溶矿橱，就自己动手做一个溶矿台。没有通风的压风设备，就在露天下溶矿，露天溶矿，在烈日下戴着草帽干，雨天手撑着雨伞干，严冬里顶着刺骨的寒风坚持工作。破碎设备不全，就自制破碎工具，以人工方式手锤代替破碎设备。没有碎样工人，分析人员就自己加工样品，就这样想方设法开展化学分析工作，完成了不少矿样加工分析任务。水冶厂由于建厂资料不全，生产之前需要进行验证试验。没有试验场所，利用水冶厂空场所以及利用矿内仅有的一些设备、仪器，因陋就简开展试验。在建设实验室任务不明、人员不足、经验缺乏、设备仪器不配套、水电供应不正常的情况下，实验室贯彻自力更生的方针，在为生产服务方面做出了积极的贡献。

1964 年 6 月此地调来具有大学学历的技术员李榜文，经过两个星期的深入调研，他以书面形式向矿领导做了汇报，对实验室未来发展及努力的方向做了具体的阐述。李榜文，江西宜春人，毕业于江西大学化学系。他的合理化建议书，得到了矿领导的重视。9 月，李榜文被任命为实验室临时负责人，他积极依靠桑任广等原来的技术人员和技术工人，积极开展工作。1964 年第三季度，实验室共做试验 600 余次，为水冶生产提供了准确的数据，很好地服务了生产。1964 年下半年化验室完成了两个任务：地质、水冶车间生产和试验样品分析。地质方面，做 1 000 个矿样；水冶车间及工艺试验，800 个样（多数为水样）。

作为实验室早期技术员的桑任广，以书面形式向于生龙矿长报告：任务重，人手少，急需有经验的技术人员，请领导协助解决。为此，于生龙通过十二局再次向上饶铀矿请求支援，于是将上饶铀矿化学分析技术员沈厚培调来当实验室副主任。沈厚培于 1964 年底前来报到，他来后加强了实验室的力量。

然而，沈厚培与李榜文在工作上分歧较大，后来矛盾激化，影响了工作，也影响了情绪。沈厚培在“四清”运动中，接受群众提出的意见，在自我批评中，他认为自己有时工作方法简单粗暴，在工作中争论不下、取得不了一致意见时，往往用行政手段代替，伤害了一部分人的感情。一年半后，李榜文给二机部十二局领导写信，反映了自己在工作上与沈厚培的矛盾很深，十分苦闷，认为自己已经无法正常工作，请求调离。上级特别重视技术人员之间的团结问题，给修水铀矿党委政治处写信，

希望做好沈厚培与李榜文双方的工作，解决思想问题，继续在原岗位工作。

沈厚培与桑任广也经常在具体技术细节上进行讨论，有时还会产生激烈争论。最后，都会形成一致意见，总体氛围良好。曾在实验室工作过的朱永余回想起当年的情景，无限感慨。他深情地说道："那时候人人有精神，有信仰，纯洁善良，一心为公；桑任广是理论专业知识较为全面的技术员，对试验工作特别认真，每次搞试验都是亲力亲为，敬业精神令人敬佩。"

曲折中前进，困难再大也不怕。

热爱实验室，经过集思广益，由李榜文执笔形成了实验室公约：*以矿为家，刻苦钻研；安心工作，贡献终生。执行任务，不讲价还价；执行任务严肃，不弄虚作假；完成任务时，不拖拖拉拉。做实验要认真，操作规程要遵循；不怕天气冷和热，不怕任务重又繁。达到操作熟练，动作准确，做到称重量准，观察现象准，读数准，计算准，报出结果准的"五准"；达到操作上过得硬，质量上过得硬，仪器上过得硬的"三过硬"；达到原始数据好，数据真实完整的"一好"，达到自己看得清，别人看得清，现在看得清，将来看得清的"四清"。*对政治时事、勤俭节约、团结互助、安全保密、业务学习、自力更生等方面，公约都做了详细要求。

1966 年初，对水冶厂已经全面深入了解的郭笔川与黄代宽在思考着实验室如何更好地为生产服务的问题，经过一番商量，为了便于统筹领导，两人建议从实验室抽出三分之二的人成立新的化验室，隶属水冶车间，该化验室为水冶生产服务的职能不变，由桑任广负责，以李榜文、李广智、林金龙、刘高明等技术骨干为核心；同时，将实验室从机关科室一级的单位归属到安全防护科，以水冶厂污染防治为主任务开展实验工作，沈厚培任副主任。党委极为重视这个建议，召开会议研究同意了水冶车间提出的这一方案。这一带有积极意义的改动促进了生产，减少了管理环节，提高了工作效率，实践证明该方案行之有效。运行一段时间后，实验室人员也并入到化验室，实验室取消。由此以往，化验室不断完善进步，发挥了技术支撑的作用，一直运行到企业终止生产的那一天。

军事化管理时期，化验室编为二连七班。技术工人林金池是一名共产党员、退伍军人，是物理分析工作的骨干成员，工作积极主动，认真负责。他患有急性肝炎，经治疗，病情不但没有好转，反而继续恶化，发展到肝硬化，在肝病严重得影响自己健康的情况下，他对组织上说："人固有一死，但要死得有意义，我要在工作岗位上战斗到生命最后一刻。"他用实际行动证明了，虽然他病得最重、身体最差，可是他工作的热情最高，对党的事业最忠诚，不愧为共产主义先锋战士。

修水铀矿职工医院曾根据林金池的病情，决定送他到外地疗养。然而，林金池拒绝了，他想，革命死都不怕，我还怕什么？只要自己还有一口气，就要为革命出力。于是，矿领导及医生就决定把他安置在矿职工医院住院治疗。经过说服工作，他才勉强同意住进矿职工医院。住院不久，迎来了七十年代第一个元旦，他听到高音喇叭播放了 1970 年新年元旦社论，备受鼓舞，心情格外激动，他的心飞到了矿区，飞到了化验室，医院领导在他再三请求下，同意他出院。回到战斗岗位的林金池，带领班组全体人员，学习了新年元旦社论，那会儿物理分析工作任务不重，但班里工艺试验较忙，他就主动承担工艺试验用的新设备加工——混合澄清器。当时班里认为把这个新任务交给林金池等人，他们会遇到不少困难，而林金池说，再大的困难我们也要想方设法克服。在他的带领下，物理分析的同志胜利完成了任务。林金池有一次连续三天工作（即在短时间内不休息接连打几个小的歼灭战），他在第三天的战斗中，由于过度劳累，加上肝痛及发高烧，曾晕倒过去。当他苏醒过来时，领导和同志们一再劝他去休息，他休息了两个小时，又继续参加战斗，这充分体现了一个共产党员的优秀品德。

这一年，组织上派林金池到福建闽东地区外调，这个地方离他老家莆田不远，前些天他收到家里来信，爱人不久前生了孩子，身体又不太好，希望他回去看看。是否要回去呢？这时候他想起了毛主席的教导，即共产党员无论在何时何地都不应把个人利益放在第一位，而应以个人利益服从民族的和人民群众的利益。于是，他在完成外调任务后及时返回，受到连党支部及郭笔川、黄代宽等人的赞扬，大伙都向他表达了敬意。

到 1965 年第三季度末，实验室有职工 25 人，其中技术干部 6 人，技术工人 13 人，学徒工 6 人，形成了梯队式的人才结构体系。到七十年代初，实验室规模进一步扩大，结构更加合理，在生产中发挥了重要作用。

桑任广，安徽省肥东县人，于 1961 年 8 月毕业于清华大学工程化学系铀钍化工专业，分配到抚州铀矿，任实验室水冶技术员，从事专业对口工作。他是第一任党委书记王治平去抚州铀矿点将要来的人才，1963 年 6 月进矿，参加实验室的组建工作，1966 年起负责化验室工艺试验工作二十年。由于大学六年本科系统的学习，桑任广打下坚实的理论基础，是全国铀水冶战线的专家，参加了《中国铀水冶》一书的写作。1969 年，他作为五好职工出席了修水县积极分子代表大会。八十年代中期后，他担任修水铀矿副总工程师，负责水冶生产的领导工作。1992 年退休，现在南昌市新建县核工业安置区安享晚年。

20. 鼓足干劲　力争上游

奋斗中不松懈，鼓足干劲争上游。地质勘探，不断深入。矿山地质工作，是采矿工作的组成部分，也是采矿的前段程序。修水铀矿是为我国第一颗原子弹试爆成功提供铀原料的矿山之一，建矿历史悠久，分为六矿与七二四矿两个时期，有着光荣的历史，也像其他矿山一样，铀矿的地质工作极为重要。

江西位于中国的中部，矿产资源丰富，自1957—1990年，由中南三〇九队（后改为中南地质勘探局）、华东六〇八队（后改为华东地质勘探局）和江西省地质（后改称江西省地质矿产局）所属的地质勘察队提交了50多个铀矿床储量报告，总储量占全国的三分之一强，远景储量可观。江西的铀矿床分布面广，在27个市、县境内有近百个铀矿点，主要分布在相山、鹰潭、桃山、河草坑、白面石、322等6个矿田及修水、峡江、临川3个地区。1958年以来，上饶、抚州、修水、崇义铀矿相继建成后，矿山地质部门对地质勘探队提出来的资料进行了验证和补充工作。江西地质条件复杂，具有多成因、多阶段的特点；含矿岩性较宽，既有花岗岩、火山岩，又有砂岩、碳硅泥板岩、灰岩等。

修水铀矿有两个大的矿床及若干个小矿点组成，从时间开采来看有修水1号矿床，开采于1959年，1961年下马，1963年重新开采，该矿床位于江西北部东西向的构造带西端，为一东西向的复式向斜。倾向南，地层单一，主要出露：上震旦统灯影组黑色条带灰岩；下寒武统观音组厚层状灰质泥岩，王音铺组硅质层、炭质泥岩与薄层硅质岩互层、磷结核层。矿区岩浆岩不发育，但在区域上多集中分布于北部幕阜山—九宫山及南部九岭山区。矿区氧化带发育，含矿岩石因氧化密集关系，伴生有次生铀矿。矿体主要受地层层位及次级地质构造控制，主要赋存于磷结核层、黑色炭质泥岩层、硅质岩层中。矿床主要基本属于主脉型，包括 BC、D、E 三个矿体，而 BC 矿体矿量占总储量的 71%，主要铀矿物有钙铀云母、铜铀云母、镁磷铀矿、硅钙铀矿。金属矿物有黄铁矿、方铅矿。非金属矿物资有磷块岩。矿石的化学成分属单铀型。矿床成因为属次生淋积型。另一个是大椿矿床，该矿床位于修水复式向斜西端，即大椿向斜内，地层单一，主要出露地层上震旦统灯影组、下寒武统观音铺组及第四系，区内为一向北东倾伏的单斜构造，主要分为平缓单斜区和复杂单斜区。平缓单斜区产状变化小，地层倾向北东，断层少，规模不大。复杂单斜区地层倾向北东，变化大，断裂发育，岩浆活动激烈。矿区内的北东部岩浆岩不发育，但南西部岩浆岩发育，一般呈岩床或岩株状出现。具有工业价值的矿体共有三个，主要产于向斜系端转折部位厚层状炭质泥岩——泥炭岩中。1 号矿体似层状，矿量占矿床总储量的 97.1%，2、3 号矿体均为小偏豆体。矿物成分为钙铀云母、铜铀云母、多水碳钙镁铀矿、磷铀矿、硅钙铀矿、镁磷铀矿等。铀存在形式主要为铀以铀酰状态被碳泥质及其他物资吸附，铀呈独立矿物存在。伴生元素有磷、钒、钙、钡、铅、硫。矿床成因为氧化富集型。

修水铀矿有一支技术力量雄厚的地质勘探队伍，他们中有科班出身的大中专毕业生，也有土生土长的技术工人，这些人思想好、技术精，既拥有扎实的理论知识，又具有丰富的实际工作经验，是矿山地质勘探工作的中坚力量。杨国瑞、邱泽元、肖文龙、欧阳纪玳、廖义钟、陈代阳、茅阿尧、刘细检、何楚怀、万宝生、曾林杞、杨开泉、周兴弟、刘挥训、宋光浩、刘交成等人就是这个群体的杰出代表。

范成录、张铃康、柯传昌、陆光樱等人就是在邱泽元、肖文龙、欧阳纪玳等地质技术员传帮带下，像师傅带徒弟那样，手把手教，既教理论知识，又在实际操作中摸索提高，进步很快，都成为矿山地质技术工人。

修水铀矿重建之初的1963年秋天，物探专业的刘挥训大学毕业分配到矿，怀揣报效祖国的心愿，投身火热的铀矿矿山工作，在山头，在巷道，在一线工作，24年的奋斗历程，有几件事记忆深刻，难以忘却。他深情地回忆道：

第一件事，1965年建立放射性检查站。放射性检查站是用于对运往水冶厂的铀矿石进行快速分捡（品位测定）和称重，这一项工程有两个关键环节，一是制作一组设计合理的四个品位级别不同的矿车标准源，要求制成后每个品位都控制精准，这一近乎苛刻的要求，实现难度很大。矿车标准源用于标定仪器，绘制品位——伽马曲线。

第二件事，从比利时进口的ACEC公司的伽马辐射测量装置仪器的验收、安装、调试和维修工作。这台设备是国家花了数万外汇购买的，如有质量问题必须尽快反馈，验收时限性很强，超时无法索赔。这台仪器采用了铊（Tl）激活的碘化钠晶体（NaI）作为伽马射线探测元件，灵敏度高，另外印制板电路、半导体晶体管的应用当时在国内尚属罕见，还有该设备电路设计比较好，使得仪器标定的线性度很好，总之性能很先进。我有幸得以见识了当时算是比较先进的仪器，并担负起后期维修工作。

在物探工程技术人员和工人的共同努力下，放射检查站高质量建成，顺利投入使用，检测数据（进入水冶厂的矿石品位、重量）准确可靠，与化学分析对比误差甚微，且不存在系统误差，为水冶工艺和统计部门提供快捷、可靠的数据资料。

人、财、物“流”向修水铀矿。1965年德安转运站周转的物资源源不断运往修水铀矿，发挥了重大作用。此时由于国家重启了修建柘林水库的项目，由德安去修水的一段公路通行将受阻，要绕行通过，增加了运行成本，经过调研准备在永修县城附近建设新的转运站。1965年11月18日，江西省人民委员会批准在永修县艾城公社郭东大队征旱地17

亩、荒山 10 亩，兴建杨家岭转运站。12 月 30 日，二机部批准了《关于铁路专用线施工任务的安排》，同意修建杨家岭转运站铁路线 0.5 公里。

这个时候，正值国家开展反浪费运动，二机部第一设计院陆惟善工程师认真研究杨家岭转运站设计方案，根据现有调车条件，建议铁路末端可减少 15 米。第一设计院经过研究认为此方案可行，特致函委托设计单位南昌铁路设计事务所，该建议被采纳，为国家节约了一笔资金。在以后的工作中，陆惟善曾经多次前往修水铀矿，指导工作和解决工作中存在的问题，他与修水铀矿人结下了深厚友谊，他那憨厚朴实的性格及做事极端负责的精神，令人敬佩。

1966 年 5 月，德安转运站搬迁至杨家岭，组织上对德安转运站的房产做了妥善处理。罗正相调回总部，在供应科工作。在此之前，供应科汽车队政治指导员傅主池改任运输队副队长兼任杨家岭转运站站长。傅主池成为杨家岭转运站第一任站长，随后陆续有车俊华、李信章、杜芳田、吴让高等人任站长，其中吴让高任站长时间最长。

1966 年 7 月，一年中时间过了一半，修水铀矿进行上半年安全大检查。矿成立领导小组，矿长李军任组长，组员有李连柱、张世海、赵惠清、杜福生、郭笔川、盛宣德、彭奇智、周兴福、车俊华等人；下设五个小组，采矿组，负责检查有关采矿方面和一车间所管的范围，组长杜洁开，组员有一名技术员及两名工人；水冶组，包括厨房、化验室及水冶厂有关地段，组长郭笔川，组员有盛宣德及两名工人；机电组，管辖范围包括全矿的机电设备和所属厨房，组长赵惠清，组员有张玉民、潘庆玉及两名工人；卫生防护组，管辖范围包括全矿卫生防护场所，组长黄雨秋，组员有医生陈福堂及两名工人；机关科室组，负责职工生活及为生产服务方面的工作，由五人组成。

1966 年 12 月 28 日一大早，生产科技术员王永远和杜洁开、陈家禧分别前往采矿场和水冶厂，作为技术指导，他们要和生产一线的工人在年尾的最后几天，把一些涉及技术升级的专项工作完成好，为新年的生产打下好的基础。

一车间彭奇智主任早已经在安排生产了，他对王永远说："主卷扬机轨道调整，由你指导，给你配备了六个组的力量，争取四天完成。在调正中，一定要好字当头，高质量、高标准施工，达到四条线，而且斜度一致，垫实垫牢。200 米水平的岔子下卧，180 米和 170 米水平岔道向上移。"

王永远回道："彭主任，放心吧，你们这里的战斗力这么强，保证按照要求完成任务，验收成绩一定理想。"

彭奇智点了点头，表示完全认同。接着他对杜洁开说："你负责指导 BC 矿体 200 米水平和 180 米水平卷扬机轨道的形成，也给你六个组的力量，也是在四天内完成。现在人已经在作业面开展工作了。"

"没问题，我会同大家战斗在第一线的，技术上我严格把关。"说完话，杜洁开就到工作面指导去了。

采矿车间还组织力量，对南北各梯段工作面的岔道进行了铺设，经过李连柱副矿长带领的验收组验收认为铺设工作扎实、稳妥，保证了 1967 年第一天上班，工作面都能正常装上矿石和废石。这几天里，采矿车间还组织人员对采场的设备进行了检修和维修，供应科孙长银帮助解决维修所需要的材料。

陈家禧到水冶厂，二车间负责生产的领导人郭笔川已经在那里等他了，他对郭笔川说："粗矿仓斜底的修复，基建科木工到位了吗？"

郭笔川回答道："到了，正在做准备工作，我们一起去看看。"

具有丰富实践经验的土木建筑技术员赵立杰，正在指挥五六个木工师傅工作，他们有的拿着皮尺在丈量尺寸，有的在搭架子……

同时，郭笔川组织水冶厂的工人在基建科、三车间、一车间等单位的协作下，完成了水冶厂到尾矿坝公路及桥的维修、防护罩的安装。在三车间的帮助下，他对检修后的设备进行了检查，在 12 月 31 日下午成功组织了联合试车。生产工艺方面，他们也做了充分准备，加速工艺试

验工作，找出了适合水冶厂生产流程的各种参数，缩小了浸出率和回收率的差距，提高了回收率，减少了矿石的损失。

三车间负责组织 1.6 米、28 千瓦绞车的试车工作，技术人员拿出了安全措施方案，得到矿领导批准后，28 日上午进行了试车，一次成功。

供应科对做好汽车外运矿石的五落实工作较为重视，专门抽出两天的时间总结五落实和外运开始以来几个月中外运工作的经验教训，由群众自下而上进行全面的总结。并对当年参加外运的车辆进行全面检查和修理。对备用的配件做了补充，特别是 1.6 米绞车和配电盘等所缺设备，供应科组织了人力采购或与兄弟单位协商进行了解决。供应科按一季度计划，把季度所需的材料、燃料、化学试剂等进行平衡，提出了具体方案。

这一切，都为即将到来的 1967 年做着准备，大伙都希望来年好好大干一场。

1966 年 4 月，二机部政治部决定抚州铀矿总务科长李连柱调修水铀矿，担任副矿长。李连柱没有想到来到修水铀矿工作后，见到了自己当营教导员时的十多位老部下，其中有司号员林金龙等人。

李连柱，1929 年 5 月出生于山东省陵县一个农民家庭，1944 年 1 月参军入伍，1945 年 4 月入党，参加战斗 10 次，3 次负伤，历任战士、副班长、班长、副排长、排长、文化教员、连副政治指导员、连政治指导员、营副政治教导员、营代政治教导员、营政治教导员。李连柱参加了抗日战争、解放战争，因作战勇敢荣立大功 1 次；1949 年 6 月，在第 10 兵团教导团因学习刻苦、成绩优异荣立三等功 1 次，同年 11 月，在进军福建南部的战斗中荣立三等功 1 次；1953 年 11 月，时任营代政治教导员的李连柱因工作出色荣立三等功 1 次。1955 年 9 月荣获独立自由奖章、解放奖章，同时被授予大尉军衔。1960 年 6 月转业到抚州铀矿一工区任党支部书记，1962 年 7 月任三工区党支部书记。

聂炳德听说李连柱调矿里来了，对身边的人说：“我是他营里的兵，他在部队有很高的威信，我们营参谋长就是被他俘虏后带着参加解放军的，李连柱和日本鬼子兵拼过刺刀，亲手杀死过日本兵，有战功。”

1966 年五六月间，根据二机部十二局统一安排，于生龙调辽宁兴城铀矿任矿长，副矿长李军升任矿长；党委副书记兼政治处主任杨连捷调浙江省衢县铀矿工作，“四清”工作队的一位县团级干部留下来接替杨连捷任党委副书记兼政治处主任。

修水铀矿根据二机部、十二局、“四清”工作队指示开展查设备、查材料、查流动资金的群众工作，即“三查”节约工作。为此，他们专门成立“三查”领导小组，杨朴任组长，李军任副组长，组员郭山、徐子贤、张世海、周兴福、蔡元虎。同时，设立办公室具体负责实施“三查”节约工作，蔡元虎任主任、徐子贤任副主任。

早在贵州开阳铀矿工作时期，郭笔川与黄代宽就一起在水冶厂共事，相互了解，配合默契，到修水铀矿后，郭笔川一直负责水冶厂生产，黄代宽成为他的得力助手。军事化建制时郭笔川是连长，黄代宽先是排长，后来升任副连长。1973 年郭笔川任水冶车间主任，黄代宽升任水冶车间副主任，1982 年郭笔川病逝后，黄代宽继任主任，接过郭笔川肩上的担子，进行他未竟的事业，把水冶搞得风生水起。两人在二十多年的工作中，相互支持，相互鼓励，堪称“最佳黄金组合”。

在郭笔川主持下，水冶车间为了努力提高金属回收率，经过群众充分讨论，制定了生产“四不受理”的岗位责任制，破碎组发现采矿车间供给的矿石含水分、不合格，不受理；破碎粒度超过规定，浸出组不受理；浸出液不合格，酸化组不受理；酸化质量不佳，过滤组不受理。还有“三不接班”制度，即工具不全不接班，工作场地不安全不接班，不标明矿石不接班。有了这些科学管理的措施，促成了管理的高效，使生产良性循环，金属回收率得到提升。

21. 矿石外运　情满修江

矿石“飞”向远方，三大任务全面铺开。1 号金属矿区的建设、简易水冶厂的建设、矿石外运设施的建设，是修水铀矿重建后的三大主要任务。为矿石外运建设了搅拌机、矿车轨道、矿石漏斗。1966 年 9 月 1 日开始矿石外运，供衡阳水冶厂，至此，修水铀矿的基本建设全部完成，整个建设工期比计划提前了四个月，节约投资 12%，取得了时间短、花钱少、见效快的效果，被二机部十二局誉为铀矿冶线勤俭办企业的典范。这里面凝聚了全体建设者的辛勤汗水，也凝聚了科技人员、工人的智慧。

外运是修水铀矿继采矿、水冶之后的第三大生产任务。“101”产品从修水运输到永修县杨家岭转运站，装上火车专列，根据矿石性质分别运往上饶铀矿水冶厂、湖南衡阳水冶厂，外运的中后期矿石全部运往衡阳水冶厂。二机部十二局早在 1964 年 1 月 4 日就下发了《关于汽车运输矿石防护问题的几项规定》，凡是参加运输矿石的汽车（翻斗车或平板车）设备必须完善，车厢和挡板必须结合严密，如不严密需要用胶皮钢板等加以密实，防止粉矿及污水在运输过程中漏出；运矿汽车不准在市镇和居民区停车，如需要停车应将车停放在距市镇或居民区 500 米以外的地方；运矿汽车必须有专门的篷布盖好，否则不准开车；矿石不能装得过满，必须扒平，一般装满系数不得大于 80%；运矿汽车不准装运生活物资，车厢上不准乘人；加强矿石装卸时的防护工作，必须根据国务院颁发的“放射性工作卫生防护暂行规定”和二机部颁发的“铀矿勘探、开采、冶炼卫生防护规程”执行；不符合上述要求的汽车不能参加矿石运输，各单位安全防护部门应及时检查，如不符合上述要求者，有权停止运输。

根据上级的要求，修水铀矿对外运工作极为重视，制定了细化的细则，有检查，有落实，提前购置了汽车用篷布，做足了外运的准备工作，1966 年 9 月 1 日，是具有里程碑意义的日子，外运开始。

为了日后矿石外运，1965 年 8 月 24 日，二机部十二局批复修水铀矿《关于培训汽车司机的报告》，同意增加汽车 45 台，培训司机 40—45 名。9 月 21 日，在矿土楼会议室，十二局工程师聂钟灵主持召开了“矿石外运扩建涉及方案”审查会议，会期十天，取得圆满成功。10 月 26 日，十二局批复同意“关于修水铀矿矿石外运设施及矿山扩建审查意见”。1966 年 9 月 1 日，1 号矿区基建竣工，所产矿石除水冶厂自用外，其余矿石开始外运，到 1973 年 12 月结束。历时八年，共运矿石×××××吨。

矿石运到杨家岭转运站后，再由铁路部门安排专列进站，装运矿石，由转运站派专人押运至衡阳水冶厂。这里面的细节及各种困难，唯有经历者才能体会得到。货运列车没有固定的行驶时间，多为临时停车发出。押运员有时几天都吃不上一顿饭，只能饿着肚皮挺过去。

外运路上，战天斗地的十二天。1970 年 5 月 29 日，四连一排在矿工工作组组长朱永余、副连长罗利吾、副排长邓国珍带领下，组织三十多部汽车组成的车队，装满“101”产品从 1 号金属矿区外运矿场出发，向着永修杨家岭转运站前进。江南的初夏，雨季来临，外运的车辆在路上走走停停，当天到达武宁中转站休整。30 日深夜 11 点钟，一路劳累的司机早已入睡，而夜色下狂风呼啸，大雨如注。

就在这大雨如注的时候，副连长罗利吾接到了武宁县防洪办紧急电话通知：武宁境内可能有五米深洪水降临，许多路段将被水淹没。罗利吾马上想到在武宁县东北部的箬溪还有五部车要立即开回来，一旦洪水来袭道路被淹，进退不成。他立即把这五部车的驾驶员周先堂、陈杏忠、陈积庆、卓庭宝、李德祥叫醒，他自己驾驶着一部平板车带上两位助手，五位驾驶员爬上车子，在雨夜中奔向箬溪。到箬溪后，他询问看守汽车

的老乡，得悉修江支流的箬溪水正在上涨，情况十分危急，他们迅速将车开回武宁县城，一去一回，天将破晓了，罗利吾又度过了一个不眠之夜。由于山洪暴发及连日降雨量大，前方去永修的公路桥梁被冲垮，路已经无法通行了。

31 日上午九点，朱永余、罗利吾接到修水铀矿总部绕道九江前往杨家岭转运站的命令，立即组织全体司机从各自的地点汇集到武宁中间站。在这里，朱永余做了动员，希望大家团结一致，战胜困难，提高警惕，安全驾驶。然后，车队向九江方向前进。

车队行驶至距离武宁中间休息站 18 公里处，来到武宁东部的巾口地区幸福山下，洪水已经切断公路一百多米，水深近一米，洪水正在迅猛上涨。朱永余与罗利吾、邓国珍简单交换了意见，必须迅速涉水前进，第一部车成功过河，接着第二部、第三部……涉水成功的汽车全部开到了幸福山上。

59 号车是最后涉水的一部车，此时洪水急骤上涨，驾驶员两次试着都未通过，发动机进水，分电器无法工作，导致熄火，车停在了洪水的最深处。眼看驾驶室踏板全部被水淹没，59 号车很有可能被洪水冲走。在场的人无不焦急万分，用汽车拖，水深，距离又远，此办法行不通。只好用人推，邓国珍高喊道："共产党员上！"一班长王增福一马当先，第一个冲入水中，他手中拿着一根钢丝绳，邓国珍又向山上喊话："快下山推车。"紧接着罗利吾、朱永余、贾克定也都跳入水中，在山上的驾驶员谢品才、陈信忠、周先堂、陈积庆等人听到邓国珍的喊话声，一个劲儿冲下山，三十多人全部在水中推着 59 号这部载满"产品"的车，最后成功推向东岸。

看到国家的财产和军事物资平安无损，大家的心终于恢复了平静。每个人穿着被洪水浸湿的衣服，回到各自的车子，待随队的汽车修理工对 59 号车的分电器进行了清洗及更换了发动机机油，发动机正常发动后，车队继续前进了。党小组长贾克定连日胃痛，呕吐恶心，31 日早上卧床不起，没有胃口，未吃早饭，当得知要绕道前进时，他不顾病重坚持继续前进。班长眼看劝阻无效，就让他驾驶车辆前进。在抢救 59 号车的过程中，他始终战斗在水里，由于冷水侵蚀导致胃痛不止，脸色苍白，大伙都劝他上岸，他哪里肯退缩，一直到 59 号车点火了他才离开。

车队再次前进后，由武宁县进入瑞昌县境内后又出现了险情：去瑞昌县城公路上的一座桥被大水冲垮了，车辆无法通行，必须返回重新找路。经过一天慢速行进，傍晚时分到达瑞昌县北部一个小镇，在这里休整了一天，此地与湖北省阳新县毗邻，他们准备次日经阳新县城，再到瑞昌县城、九江市……

6 月 2 日，吃过早饭，车队出发了，继续向北前行，经湖北省阳新县、江西省瑞昌县，再向九江驶去。大家只有一个心愿：早点把矿石运到目的地，没有一个人提出来去阳新、瑞昌县城及九江市逛逛街，玩玩。路上 53 号车发生故障，油管破裂，车停在路边维修，后续跟上来的司机帮助修理，不顾倾盆大雨，衣服被淋湿也不在乎。他们的口号是，一车有问题，大家来解决，要材料有材料，要人有人。李德祥、李锦良等人发扬了大协作的精神，解决了其他车的故障问题，成为佳话。在家节约不浪费，在外执行任务也不例外。一班的汽车走在前头，当达到星子县岔路口时，后勤组的人进星子县城去安排膳食，他们决定走一公里路进县城，不开车，其他班也照样，来回走路，为国家节约油料。

当天夜里，一路疲惫的战士到达杨家岭转运站，受到转运站同志们的热烈欢迎及热情接待，为他们准备可口的饭菜，还准备姜汤预防感冒。由于天气持续暴雨，山洪不断，从九江原路返回已经没有希望了。他们暂时在杨家岭转运站学习和保养车辆，等待时机回家。

修水铀矿领导牵挂着这些在外面奋战的同志，特派朱长举带队去铜鼓方向探路，准备让车队从高安、宜春、铜鼓绕道回矿。经过紧张的准备，6 月 7 日凌晨 5 点老司机郑占法开车，朱长举亲自点将带上技术过硬的汽车修理工王清平等三人，他们一行五人从汽修车间出发了，一路看洪水情况，探路，摸索，打听，路不通时就折返，重新找路，不畏艰辛。

军人出身的朱长举自接到任务，就像一名行将出征的战士，准备出色完成任务。同时，他的心情是沉重的，他担心在外人员的安危，也对自己带去的同志格外关心，希望每个人都安全，朱长举看到郑占法累了就替换他驾驶。他们行驶了 860 公里，用了 36 个小时，终于在 8 日下午 5 点顺利到达杨家岭转运站。看到分别十天的战友，朱长举眼眶湿润，紧紧握住每个人的手，此刻大伙啥都没说，无声胜有声。朱长举转达了全矿职工家属对车队每个人的慰问和关心，并传达了矿领导指示，准备绕道铜鼓方向返矿，大家立即做好准备，随时出发。修理工王清平等三人不顾一路颠簸的疲劳，立即对每台车进行例行检查，发现问题立即修理。晚上 8 点，夜空乌云滚滚，到 10 点暴雨直下。11 点，朱永余、罗利吾下达了出发回矿的命令，大伙迅速起床，从起床到发动汽车，只用了五分钟时间，仿佛当年在部队服役紧急集合的场景重现了，他们个个精神抖擞。汽车一部接着一部开动了，夜幕里，雨水中，出征的战士将要经受多少困难的考验啊！

从铜鼓绕道返回的路比绕道九江去杨家岭转运站的路还要难行，大部分驾驶员没有走过这条路，加上又是晚上行驶，天还下着暴雨，大多数汽车灯光都不太好，给安全行车带来了不少困难。但是有周密的组织领导，司机们具有高度的思想觉悟和过硬的技术素质，全车队保持了安全行驶纪录。贾克定是江西高安县人，汽车路过家门口，他毅然决然不进家门，不影响车队前进。后勤组的许秀川全力保障车队的加油、吃饭、住宿等服务工作，尽心尽力。9 日傍晚，全体人员经过 19 个小时的长途行进，平安回到矿里。这不寻常的十二天，是难忘的，是奋斗历史的真实写照。然而，这里面退役军人起到骨干中坚作用，老战士朱长举、郑占法等人是首批入伍的义务兵，罗利吾、邓国珍、贾克定、谢品才等人则是“五百兵”中杰出的代表。

罗利吾，湖南省株洲县马家河人，1941 年 7 月出生，1959 年 10 月入伍，入伍前在乡政府开拖拉机，为红旗驾驶员，入伍后当了一名汽车司机，多次被评为五好战士、红旗车驾驶员，1964 年 3 月退伍来修水铀矿。1972 年，在连长彭奇智和指导员刘宪庭介绍下，光荣加入中国共产党，1993 年在车间党支部书记任上退休。

一次外运就是一次特殊的战斗。从 1966 年 9 月 1 日开始，到 1973 年 12 月，外运长达七年。一路运输一路情，各级领导对外运都极为重视。无论是带队的人，还是做后期保障的人，都只有一个心愿：确保驾驶员出色完成运输任务。这几年间，武宁中间休息站，功不可没，四五个工作人员，对外运的司机服务周到，司机无论啥时候到，保证有热饭热菜，还提供热水洗澡。外运中，也发生了多次事故，造成了一定的经济损失，留下了不少遗憾。修水铀矿每当遇到发生交通事故，都会及时进行善后处理，不断总结教训，重视安全行驶，把事故降低到最低程度，把事故苗头消灭在萌芽状态。

22. 大国重器　定海神针

铸造大国重器，党的建设是关键。修水铀矿重建初期，两三百人的车间，专职干部只有一人。但是，党团组织系统健全，大班有党支部，班有党小组，党员发挥了定海神针的作用。共青团积极当好党的助手，群众被团结在党团组织的周围，一派积极向上的景象。

“101”产品即合格的铀矿石，“111”产品即俗称的“黄饼”。全体人员充分发扬了“有条件要上、没有条件创造条件也要上”的铁人精神。“先土后洋，早拿产品”，这是每个人心中的奋斗目标。

采矿车间，共产党员王树林所带领的班组，采剥工效达 3 立方米/工班，班长王树林连续 70 天用反复修补的 7 担土箕，完成了 313 立方米矿岩量，全矿掀起了“学习王树林、赶超王树林”热潮，“比、学、赶、帮、超”蔚然成风。赖庆喜班，创造了采剥工效达 3.05 立方米/工班的历史最好成绩。王树林，在部队参加国防施工时就是劳动标兵，他身强力壮，来到矿山，把青春的汗水洒在采矿场上，一担可以挑两百斤，干起活来十分卖力。赖庆喜是老同志、老劳模，像年轻人一样玩命地干活。

1964 年江西省工业交通先进单位和先进生产者代表会议，授予赖庆喜先进生产者荣誉称号；1965 年江西省工业交通“五好”代表会议，授予王树林、赖庆喜“五好”职工荣誉称号；1966 年江西省工业交通“五好”代表会议，授予张石助“五好”职工荣誉称号。赖庆喜连续两次获得省级先进荣誉称号，这既是他个人努力的结果，也是老工人英雄群体的代表；王树林、张石助是优秀的退役军人，也是那一批五百多人的杰出代表。

设备安装是硬骨头工程，很难啃。没有起重设备，全靠人拉肩扛。他们利用杠杆原理，将一台台笨重设备安装到位。技术员黄金重，负责图纸设计和安装指挥。他日夜奋战在第一线，亲力亲为。有一次，在抬设备时由于用力过猛，腰部扭伤，可是他咬紧牙关，天天坚持跟班指挥，直至设备安装完毕。他顽强的精神鼓舞了士气，赢得了工友们的赞扬。多年以后，大椿矿区建设的时候，又是黄金重负责机电设备的安装和调试。

龙凤文是女同志，却像男人一样甩开膀子干活，展现了妇女能顶半边天的风采。她担任水冶厂安装突击队队长，带领一批退伍军人奋战。湘女豪情，美名扬。五十多年后，当年的突击队员李洪文老人回忆起这位了不起的女英雄，伸出大拇指。他操着一口独特的山东口音说道："龙师傅，可了不得，那块头像男人的体魄，干起活来比男人力气都大。王书记、于矿长、彭主任都夸奖她……"

巾帼不让须眉，不爱红装爱武装。战备时期，组织上派女干部余彩兰负责保管机要档案，派女干部刘学群负责保管技术档案。女性在矿山建设的许多岗位发挥着重要作用，书写着青春的芳华。

矿山的建设一日千里，建设者铆足干劲。1964 年 10 月，机修车间建成了一座 140 平方米的电厂，安装了两台 6250 型柴油发电机组，总装机容量 400 千瓦，在电厂旁边安装了一台 SJ—560/6 变压器，全矿 6 万伏输电线路形成网络，线路总长 2 978 米，至此，生产区、生活区用电可以基本保障。一年过后，电厂进行了厂房扩建，增加了一台同型号的发电机组，大大提高了供电能力，完全保证了水冶厂和采矿场的用电需求。

1964 年 12 月，机修车间又建成压风机房，安装了两台 3 升—10/8 型压风机。次年，在水冶厂安装了一台压力为 2 千克/平方米的 1 瓦—3/7 型电动压风机，保障了压滤岗位用风的需要。

电、风的问题解决了，可水的问题一直困惑着建设者们。建矿初期，机修车间在梧坪村山下的小溪边，安装了一台 3BA 型单线离心水泵，抽出的水只能供食堂生活使用。生产用水全凭人工从河里挑来。刚分配来

的大中专毕业生，都要过挑水关。从 1 号矿点到小溪，往返两里多路。挑着空桶下山轻松，而挑着水上山就吃力，中途要休息一两次。每个工班每人要挑八桶水，起初气喘吁吁，上气不接下气，时间一长，就习惯了。

1964 年 12 月，建设者们在距离矿区近三公里外的修江西岸峡里山下，兴建了一座大型圆柱状钢筋水泥结构的水泵房。同时，又在净化站建起一座二级水泵房，垒起八个长方形蓄水池，从修江水泵房到净化站再到工人村西侧山顶上的 400 吨圆柱形蓄水池，以及到矿区大门口均安装直径 2 米的铸铁管道，总长 1 464.89 米，绝对高差 44.07 米，管接口为 7:3 为比例的水泥和石棉线打口。整个供水管道工程由莫桂华负责，他兼任安装组长，带领的 30 多位身强力壮的年轻队员，从 11 月 11 日至 12 月 8 日，实际工作时间仅为 21 天半，平均日安装管道 68.5 米，最后一天安装 126 米。

1965 年春天，在坑口大河边安装了三台 SSM100X7 多级离心水泵，建设了修江水泵房。在铺设管道时，有一部分零部件买不到，他们决定自己制造。翻砂工就位多时，就差一名木模工。6 月下旬，劳资科女干部应降仙到部属国营七一〇机械修造厂（以下简称衡阳机械修造厂）要人，厂里推荐了上海老师傅五级木模工杨焕昌。当车间主任姚龙富征求杨焕昌的意见时，他当即答应。

姚龙富说：“你如果不愿意，厂里再派其他同志去。”

杨焕昌坚定地说：“我去，不要再考虑其他人了。”十天后调令一到，杨焕昌就动身了。他带着全家人从衡阳出发，辗转南昌，到达德安。在德安修水铀矿转运站他受到站长罗正相热情接待，罗站长对他说：“全矿的人都在等你去，好用上自来水啊！”几天后，他们乘坐矿里来转运站拉物资的汽车进矿。进矿第二天，他就出现在生产区的木模房。王治平听说期盼许久的木模工来了，很是高兴，带着基建科木工房的赵立杰和一个木工师傅也来了。

还没等杨焕昌开口，王治平就对他说：“杨师傅，你来得太及时了，这些木工师傅都归你指挥。”

王治平又对赵立杰说道：“你们都是老师傅，怎么就不会做模具呢？”

站在一旁的赵立杰说：“没错，都是和木头打交道，可却是两个工种啊！”

王治平听后笑了，说道：“是我错怪他们了，来了两个老师傅，你看怎么安排？”

“谢谢王书记关心，都留下吧，让他们帮我处理毛坯件。”杨焕昌回答道。

杨焕昌初来乍到，他哪里知道赵立杰是土木技术员，却把赵师傅当成木工了。而赵立杰很低调，配合他处理毛坯件，从此两人建立了深厚的友谊。

这期间李军副矿长多次到木模房看生产进度，十分满意。他每次来都嘘寒问暖，体现出干部与工人亲密无间的关系。

杨焕昌连续奋战多天，吃住在工场间，模具很快制作出了。有了木制模具，立即翻砂、确定开炉浇铸时间。开炉那天，王治平、于生龙、李军来到现场，领导脸上挂满笑容，这一天终于盼到了。锻工班全体人员在班长刘金波的带领下，提前做好一切准备。随着莫桂华一声令下：点火！熊熊燃烧的炉火，很快将焦炭、铁块等融化为红彤彤的铁水。刘金波、耿鑫堂、仲金洪、吴来发、杨焕昌、冷迅雷、周荣生等两人一组抬着一桶桶翻滚着热浪的铁流，小心翼翼灌进砂模里。此次开炉，合格率 100%，一次性成功。这次完工的供水工程主要服务于生产区，水冶厂、采矿场用上了自来水，大大提高生产工效，工人挑水的历史结束了；同时工程还部分供应了生活用水。至此，修水铀矿有了属于自己的自来水管网系统。

随着生产全面展开，用水量大增。矿上于 1966 年 3 月 3 日进行自来水管网全面试压，取得成功。从此，有效保证了全矿生产用水和生活用水。

二十年后，王治平在南昌对修水铀矿第二代建设者说道：“木模工杨焕昌，是修水铀矿的功臣。”

1965 年当年，杨焕昌被评为先进生产者，至 1974 年，他当了十年先进。那十年，翻砂房开炉率较高，向水冶厂、采矿场、汽车库、103 矿点、大椿矿点等生产线上源源不断地提供急需的部件。

吐故纳新，新陈代谢。1964 年秋，二机部党组决定湖南衡阳水冶厂（包括衡阳机械修造厂）作为“四清”试点单位之一，刘伟副部长任“四清”工作队队长，十二局苏华局长、部政治部副主任赵平、湖南省委工业部部长、湖南省公安厅和衡阳市委一位领导同志任副队长。1965 年 9 月，二机部党组决定向江西的铀地质和矿冶各单位派“四清”工作团，十二局苏华局长任团长，十二局郭士民副局长、三局副局长齐俊德任副团长，当地地委分管工业的书记也参加了工作团的工作。进驻修水铀矿的“四清”工作队成员，主要来自部十二局系统的郴县铀矿、抚州铀矿，也有来自修水县党政部门的干部，队长是杨朴，他们准确掌握党的政策原则，密切联系群众，帮助解决修水铀矿重建初期遇到的许多困难，对干部教育为主，对存在问题的个别人员做了组织处理。这个时候，部十二局下属的第 105 公司 3 队正在修水铀矿帮助建设厂房和工人村，他们参加了修水铀矿的“四清”运动。

进驻修水铀矿的社教工作队成立了党委领导社教工作，也参加生产工作的领导。从实际收效来看，这样做纯洁了队伍，干部作风得到了改进，一些在工作中存在这样和那样缺点的中层以上领导改正了错误，密切了干群关系，职工的工作热情更加高涨。

到 1966 年上半年，为期七个月的“四清”运动结束了。“四清”工作队有一小部分人因为工作需要留在修水铀矿，他们中有的人一直在这里工作到退休。

时至 1966 年 9 月，矿山建设者们经过艰苦奋斗，提前四个月建成一个土洋结合，采、冶、运三位一体联合的小型企业。截至当年 12 月，他们出色地完成了包括基本建设投资、剥离、生产“101”产品、水冶处理矿石、生产“111”金属、外运矿石、实现工业总产值、上缴利润等指标任务。建设者以只争朝夕的豪迈激情，用勤劳的双手实现了重建修水铀矿时制定的目标：多、快、好、省。

党的建设至关重要，这是一切工作的基础。至 1966 年底，党员方面，已经发展党员 4 名，均为机关技术人员；准备发展 6 名，其中，一车间 3 名，二车间 2 名，三车间 1 名。团员方面，已经发展 11 名，其中，机关 5 名，一车间 1 名，二车间 1 名，三车间 3 名，家属 1 名。工会会员，符合条件的基本都参加了。对于个别犯有严重错误，甚至触犯刑法的人，做出了开除党籍的处理，对个别犯错误的人进行了党内、团内、行政等方面的处分，清理了队伍中的蜕变分子，清除了不健康的思想，队伍的纯洁性大大提高，起到了吐故纳新、新陈代谢的作用。

鸟枪换炮，矿上迎来机械化。一天清晨，天刚破晓，傅凤宝就来到了采矿场，正好碰到苏伯根、张启生、高文俊、陈长江、赵长林等人扛着三角耙子从山下上来，他定眼一看，全是江苏兵。

相互打过招呼，傅凤宝开口道：“在部队，我最喜欢你们江苏兵，最能吃苦，最能战斗，个个好样的。”

性格开朗的张启生抢先说道：“我说老首长，我们现在连当矿工都不够格，是扒矿工，顶多算半个矿工，啥时候给我们转正呀？”

经张启生这么一说，大伙都笑了。

傅凤宝也笑了，他说：“放心吧，你们手中的家伙很快就要成为‘古董’了。”

傅凤宝不愧为采矿场当家人，说话算数，说到做到，在他极力要求和上级高效指挥下，机械化建设有序推进。

1966 年 5 月 13 日，具有里程碑意义的日子。两台型号为 H600 的装岩机投入使用，由人工作业进入到机械化作业的时代到来了。基建队完成历史使命解散后，江立弟被分配到采矿场采矿，当了一名矿工，随后，

他和高文俊、郑成骏等五人成为第一批操作手。这一天，他们娴熟操作，赢得现场观摩者的阵阵掌声。赵惠清给他们培训，先上理论课，理论课考试合格后，再上驾驶室实际操作。这是修水铀矿第一批装岩机手。

轰隆的发动机响声又一次打破山谷的寂静，排气管冒出的浓浓黑烟，由采矿场慢慢飘向天空，变成了淡淡的青丝，犹如山村人家的炊烟，生机盎然的矿山沸腾起来了。

王治平、李军、张世海、赵惠清、傅凤宝、彭奇智等人出现在观摩人群中，喜悦之情无以言表。赵惠清更是喜上眉梢，眼前这五位轮番上阵表演的装岩机操作手，都是在他的培训下完成理论学习和实际操作的，他们成绩全部合格。四个月的培训，没有白费，付出去的艰辛有了丰厚的回报，这些过去在福建沿海前哨手拿钢枪的战士，在核工业铀矿战线继续当战士，奋勇战斗。江立弟、高文俊等人操作最为熟练，受到大家的赞扬。

随后，根据作业面的扩大又陆续增加了装岩机，采矿场三个梯段都有了装岩机。后续第二批、第三批装岩机手脱颖而出，又有十多人，经过赵惠清的培训达到上岗标准，成为装岩机手队伍的成员。在以后 103 洞下矿点的井下开采中，大伙也用上了装岩机，大大提高了采矿量。

机器操作代替了手工劳动，采矿工从繁重的体力扒矿工演变成为机械化操作员，真正实现了现代化、机械化。矿工们手中的“耙子”，真的进了博物馆。

23. 曲折前进 人间正道

1967 年，步履维艰……

1 月，彭奇智、傅凤宝组织一车间工人，进行了施工，架设好了 162 米水平自溜道及 200 米水平（堆放矿石处）岔道的栏杆。为下一步采场的工作，打下了基础。

3 月，水冶厂改进出料方法，将原来从浸出池上出料改为从池下出料。浸出池底开洞，地面铺设轨道，料放入矿车，排出池外，用小绞车高度补偿，再倒入汽车运往尾矿坝。

良好的开端预示着成功的一半，各项工作进展顺利。然而，事物的发展不以人的意志为转移。深居山野，却非世外桃源。修水铀矿的群众组织如雨后春笋，层出不穷。正常的生产受到极大的影响，国家利益正在受到人为的侵害。

8 月 23 日，二机部十二局给修水铀矿发来机密件，在批复修水铀矿第三季度生产计划的同时，严厉指出了上半年“101”产品生产和外运均未完成年计划的 40%，“111”产品生产为年计划的 41%，“111”产品外供只完成年计划的 40.3%，而剥离还不到年计划的 30%。尽管形势严峻，可是并未引起一些所谓关键人物的重视。

9 月，中国人民解放军 6014 部队进驻修水铀矿支左。10 月，福字 124 部队进驻修水铀矿支左，及时稳定失控的局面，生产、生活逐步恢复。不久，在向解放军学习进入高潮的时候，修水铀矿行政体制做了较大的改动，将车间改为连，全矿编为五个连，采矿一车间为一连，水冶二车间为二连，机修三车间为三连，供应科汽车队及修理组为四连，机关、

后勤及驻矿单位为五连。全矿按照连、排、班建制实行军事化管理，早上出操，白天工作，晚上学习。一个星期安排两个半天进行军事训练，由退伍军人担任教练，进行队列、拼刺刀等科目和常规武器射击训练。

1967 年注定是一个不平凡之年。这一年是修水铀矿第一次也是唯一一次没有完成国家下达的年度计划任务的年份。矿山部分：剥离只完成年度计划的 50.37%，采矿只完成年度计划的 53.94%；水冶部分：处理量完成年度计划的 51.23%，“111”产品完成年度计划的 53.20%；外运部分：外运完成年度计划的 55.74%，特别要指出的是，外运的矿石有一部分是老六矿时期堆储的矿石，而实际开工率极低。

也是 1967 年，这年的 6 月，江西省地质局第五普查队提出《修水县大椿铀矿床地质储量报告书》，这个重要的勘探成果，为修水铀矿在未来数年内 1 号金属矿区资源匮乏时，找到了接续点，具有里程碑意义。坊间纷纷流传，十年前航空探矿时投下的三个信号包，两个当时就找到了，而那个一直未曾找到的信号包就在大椿，是特意隐藏后才发现的。这个带有人们美好愿望的臆想，来自对从事铀矿地质勘探队员的美好祝愿，他们都为铀矿开发立下汗马功劳，功勋卓著。

也是在这一年的 6 月，党委书记、修水铀矿重建三功臣之一的王治平，被下放到采矿场劳动，他没有在领导岗位工作。两年多后他被上级调回南昌，离开了核工业系统，另行安排了工作。

这一年，矿长李军在采矿场参加劳动，推矿车，扒矿石。李军被分配在游智效班组，他的岗位在外运矿仓斜坡格筛处，大块矿石下不去，就用榔头锤一下，或者矿石下不去时再用耙子耙一下，李军当了一名扒栏工。有一次，李军走进格筛槽，扒了扒下不去的矿石，这时上面推矿车的人根本没有往下面看，就把一矿车矿石倒了下去，这下糟糕，一千公斤的矿石把站在格筛槽里的李军砸伤了，他多处出血，在下面呼救。山上的江立弟等人听到喊声后赶紧跳下去，把他抬上来，立即送往医院包扎。幸亏这车矿石的石块都不算大，如果里面有大石头，万一砸到要害部位，就会出人命关天的大事。1968 年李军任矿革委会副主任，1969 年，组织上将李军调离修水铀矿，安排他到距离修水铀矿十公里外的东津水电站任一把手，他临走的时候曾邀请江立弟跟他到电站工作，江立弟考虑到自己文化不高，在采矿场工作了三年多，打眼、放炮、推矿车、开装岩机、打支柱等五大工种的活都很熟练，还是愿意留在矿山工作。

李军，生于 1930 年，黑龙江人，1947 年 10 月入伍，1949 年 2 月加入中国共产党。1962 年调二机部浙江衢县铀矿任副矿长，1965 年调修水铀矿工作。李军后来从东津电站调九江市工作，先后任九江市副市长、九江市人大委员会主任，到市里工作的李军对修水铀矿依然十分关心……

到了让发热的大脑清醒的时候了，痛定思痛后干部职工痛下决心，齐心协力克服困难，扭转剥离落后的被动局面，提高金属水冶回收率。

进入 1968 年，满员出勤。大家加足马力生产，革新技术成潮流，人们提高工效，产量逐月上升。2 月份水冶厂的处理量完成了月计划的 116.6%，南北采场，喜报频传。各部门实行精兵简政，机关科室从 66 人压缩到 22 人，富余人员全部转移到生产一线。随后，前方逐月完成生产任务，生产形势喜人。这一切得益于毛主席、党中央、国务院对核的直接领导，生产任务才得以顺利完成。

这一年的秋天，毛泽东主席亲自邀请全国铀矿工人进京参加国庆观礼。修水铀矿分配到一个名额。得到这一特大喜讯，全矿上下沸腾起来，经过层层选拔，反复酝酿，最后生产区警卫班的班长、五好职工、学习毛泽东思想积极分子、共产党员黄德珠获得此殊荣。他在组织上的安排下来到北京，参加国庆观礼活动，并受到毛主席亲切接见，毛主席还送了一只杧果给他。这是毛主席对铀矿战线广大干部职工的鼓励和鞭策。当黄德珠回到矿里的时候，欢迎的人群排着长长的队伍，欢天喜地，锣鼓喧天，鞭炮齐鸣，一片欢腾的景象。

进入 1969 年，工人们战天斗地，忘我地奋斗。江立弟，福建古田人，

1938 年出生于贫苦农民家庭，新中国成立后读了三年小学，曾在古田水库当民工，1958 年 3 月入伍，参加了著名的“八二三”炮战，作战勇敢，曾在离金门岛最近的角屿岛经受过战火的洗礼。他是 512 名退役大军中的一员。军事化建制初期，江立弟是修水铀矿原一连三排排长，对来排里下放来的刘交成、李国平、王国太三名知识分子给予关爱，给他们安排较轻松的工作，不歧视知识分子，让他仨在特殊的环境下感受到信任和温暖。有一次，雨天作业，装岩机在装最后一车时，上万斤重的装岩机的四个轮子全部掉轨，此时正下着大雨，江立弟心里十分清楚，如果不及时复原将影响到下一班（十七点班）工作，于是他命令用土办法撬动、挪动复原，几十个人干到满头大汗，直到下午两点多才弄好。此时此刻，距离他们原计划的十一点下班已经过去三个多小时，尽管全部人员饿着肚子，可是大家都还很高兴。

江立弟有着极高的思想境界，极强的政治觉悟，处处自律，严格要求自己大公无私，坚持原则。他对知识分子再教育做得比较好，把他们当成工人阶级的一分子，不歧视他们，特别是对下放到他排里的三名技术干部，在思想革命化方面前进了一大步，受到工人同志们的好评。江立弟完成任务较好，特别是在困难的条件下不断创造生产纪录。

火红的年代，江立弟所在的一连，演奏一曲共产主义大协作的凯歌。“把方便让给别人，把困难留给自己”，这是一个共产主义协作的战斗口号，在一连，这种共产主义协作精神到处可见。1969 年 10 月 23 日，175 米梯段迎头被一层层废石厚厚地覆盖着。为了早日拿出“101”产品，四好集体——一连三排排长江立弟和全排战士干起活来个个像猛虎一样，省级劳动模范张石助熟练操作着装岩机，它伸出长长的臂膀装个不停；宋广浩等人起劲地耙着矿石；程先魁、刘志美、贺华林、赖荣华等人推着矿车穿梭于大矿场。人人精神振奋，个个斗志昂扬。这时候，一连四排风钻班的班长、省级劳模王树林带着邓永松等两名战士，怀里抱着三十公斤的风钻，克服地形凹凸不平的困难，坚持打完九个炮眼。在紧张的战斗中，四排放炮班的战士上山了，郑细国主动帮助推矿车，冷如球抢着拉风管，肖文山拿起四齿耙子耙废石，全采矿场热气沸腾，人人以矿山当战场，工具当刀枪，多出矿、出好矿，用实际行动保卫红色江山，真是一派战天斗地的景象。喜看稻菽千重浪，遍地英雄下夕烟。

1969 年 11 月 4 日，一连二排以只争朝夕的革命精神，在“多推一车矿、增加一发炮弹”的响亮口号鼓舞下，创造了剥离、采矿（一个工班）310 车的全年最高纪录。排长连长赞、副排长刘兴生除指挥全排紧张地战斗外，还与全排的战士共同作战，共产党员占元旺带病坚持战斗，李传福、樊宙宇、晏南城等推着矿车飞也似的来回。装岩机班副班长喻圣初在完成自己的任务后，还协助采矿班工友推矿车。二班的同志完成了八十车的采矿任务后，发扬连续作战的精神，没有矿石，他们就扒，克服种种困难，完成的任务很出色。一、三班也不甘落后，他们在这一场战斗中，也很勇敢、很出色。全排战士越战越勇，奋勇前进。1969 年 7 月 9 日，天上下着倾盆大雨，全排战士在连指导员、排长连长赞、副排长刘兴生带领下，一直坚持五个多小时的战斗，完成了供矿 62 车的任务。下班时，他们的衣服全部被雨水淋透了，可是没有一个人有怨言。在工作中，他们还十分注意节约，把原来翻车倒在轨道旁的三车矿石装起来，这样又增添了一份产量，体现了工人阶级对国家财产极端负责任的精神、抓革命、猛促生产的革命精神受到广泛颂扬。

1969 年 4 月 8 日，修水铀矿召开全矿誓师大会，号召全体职工在党的领导下，将生产推向一个新的高潮。在誓师大会上三连、四连革命战士纷纷向毛主席表决心，把生产搞上去，创造生产新纪录。过去被认为“老大难”的一号锅炉护板和二号锅炉炉门圈，三连一排的同志表示在当月十日前完成问题检修；在从未进行汽车大修的困难条件下，四连指战员决心在当月 13 日完成 198 号汽车大修任务，目前进展顺利。一连：遵守生产纪律，完成生产任务；汽车挖掘机突破原来生产指标；多打眼多放炮，做好供矿和物探工作；物探组决心革新电瓶，提高工效，向毛主席献礼。二连：浸出由原来每天八小时，提前为六小时完成；在不停产的条件下，做好对滚机维修等工作；在人员少、汽车少的困难条件下，完成出料任务。三连：为了宣传毛泽东思想，一排一班赶制成功铁皮喇叭20只；修理好原来废弃的三只旧水泵，为国家节约五千余元，当月九日完成，维修1号锅炉护板、2号锅炉炉门圈，护板当月完成；维修15辆矿车，当月12日前完成；修理75千伏安变压器，当月8日已经完成；安装新联大队队部照明，当月9日完成；修理三排门前的公屋，修理洗澡房全部坏锁。四连：排气门40个，当月13日前完成；和尚头22个，当月13日前完成；自动轮胎拆装机1台，工效可提高6倍，当月13日前完成；自动订车器1台，当月13日前完成；198号汽车大修，当月13日前完成。五连：扩大毛主席像三脚架底柱，当月15日前完成；做好材料加工和物资供应工作。政工组：修理40瓦扩音机。生产组：自制半导体扩音机。财供组：当月15日前，捡废钢材7吨半，完成全年计划50%；挖地脚煤6吨，送二连水冶厂；全矿工资核算由原来的两天提前为一天半，并保证无差错；利用旧帆布加工劳保手套；清仓计划由原来当月28日上报，提前到8日上报。医院、学校、家属：做好医疗卫生、教育、养路等工作，办好缝纫组。

奋斗的岁月，力争上游。初秋，秋老虎时节，火热的太阳照在山岗上。采矿场依然是一派繁忙的景象。紧张有序生产的8月，进入到最后一天，上11点中班的冷清淼等五人照往常那样，在工业浴室换上工作服去采场的路上，顺便从六号仓库扛着枕木上山，这样做既节省了时间，又提高了工效。他们沿着登山小道来到采矿场162水平线，放下肩上的枕木，迎头一看，今天又要接轨，而且外边又要开设新岔道，任务十分艰巨。这时有人提议，咱们只有五人，道岔开不完要影响采矿的，今天还是集中力量把迎头前进轨道接好，不影响放炮，保证下一个班采矿就可以了。冷清淼稍加思索对大伙说：“明天就是9月1日了，我们能早开一天岔道，就能为全连大会战创造条件。我们五个人是一个战斗集体，不仅要把前进轨道接好，而且岔道也要开好。”大家一致同意，立即分头行动。

冷清淼勇挑重担，他和卢洪友去开岔道，张启生带领邹书远、曹志高去铺设前进轨道。他们刨的刨，挖的挖，搬石头的搬石头，打钢钉的打钢钉，顶着烈日，衣服全湿透了，可是越战越勇。日落时，冷清淼来到张启生他们作业的地方察看了一下，他对老张说：再努力两三个小时就能完成任务，大家加把劲儿。岩石坚硬何所惧，再硬也硬不过他们的钢铁意志。张启生原来是风钻工，打起风钻十分卖力，由于吸入粉尘过多，得了硅肺病，组织上就把他安排到劳动强度相对较轻的轨道班来工作，可是他对待工作从来不含糊。五个人终于在晚上十点多完成了接轨和铺设岔道的艰巨任务，尽管早就过了下班的时间，每个人也都累得筋疲力尽，肚子又饿，可是他们心里特别高兴。这是毛泽东思想的伟大胜利，这是修水铀矿开展“三节约，四反对”教育运动的伟大成果，这是一连革命职工在“抓革命，促生产”中许许多多好人好事中的一个。生产组将他们的事迹整理成文字发表在 1969 年《简报》第二十二期上。

冷清淼，江西修水人，农民出身。1957 年在家乡参加工作，1963 年 10 月调修水铀矿工作，一直在采矿场工作。

从 1969 年 7 月中旬开始，冷清淼每次上班都要从山下公路边的仓库扛一根枕木上山，在他的感召下，工友们都在上班的路上扛枕木上山，免去了以往工作开展后，还要派专人下山扛枕木的任务。有时一条道路由于任务重，别的同志都下班了，他也一定要完成任务才下班。有一次，天很冷，实在不能工作，可是冷清淼为了不影响整个作业面的进程，他和张启生坚持把架子打好才下班。一连指导员在冷清淼的鉴定表上写下如下字句：全连三百多人，没有一个人不被这个老工人拼命加革命的精神所感动，该同志对待工作更是认真负责，苦干实干精神强，他一上班总是闲不住，找工作干。1969 年 12 月，冷清淼作为五好职工代表，光荣出席了修水县积极分子代表大会。胸前佩戴大红花的他，有些腼腆，可

是心里却是开心的。

冷清淼在采矿场，几乎所有的活都干过，需要他做啥，他就去做，由于多年的露天野外放炮、采矿、打风钻作业，机器轰鸣声、噪声的影响，他听力逐渐减退，有时对他说话，要大声，声音小了，他听不到，久而久之，工友们送他：“聋咕”的雅号。

进入到七十年代中期，冷清淼所在的采矿工区光荣地完成了 1 号金属矿区的开采使命，他们整体搬迁到 44 公里外的大椿公社，并入先期在那里的二工区，组织上把他留下来分配在水冶车间石灰炉中和班。他忘我地工作，从来不怕苦不怕累。石灰块不容易融化，他就抡起大锤打，石灰粉尘喷得他满脸都是，他全然不顾，照样干个不停。有一次，冷清淼不慎掉进石灰炉，幸亏被班长李洪文发现，立即把他拉了出来，尽管救援及时，可是冷清淼的身体及四肢还是被滚烫的石灰水烧伤，多处烫出水泡。工友们一边拿凉水给他清洗，一边叫在附近的司机陈兴树开车把他送往医院救治。经过一段时间的治疗，伤势得到了控制，但身上和四肢时不时会发痒，有时痒得难受，需要打针吃药控制，直到 2014 年去世，他的伤痛都没有好利索。

像冷清淼这样玩命工作的人有成百上千，在整个铀矿战线有成千上万。他们没有豪言壮语，也没有干出啥惊天动地的事，有的是一辈子对铀矿事业的忠诚，埋头苦干，为铸造国家重器奋斗。就像刘伟所说的，铀矿开采冶炼是整个原子能事业的基础，在平凡中做着平凡事的铀矿人，就是两弹一星的奠基者。

也是初秋时节，三连的翻砂房开始撤销，人员开始外调，已经调走一名翻砂工，木模工杨焕昌正准备离矿。此时，第一任矿长于生龙因工作需要又调回来了，他发现这一情况后指出：现在正是大备战，准备打仗的时候，翻砂房不仅不能下马，而且要上马，还要大干。经过整顿，木模工杨焕昌留了下来，还收了一名退伍兵林善在为徒弟。过去一个月只开一次炉，如今一个月开两次炉，小炉不够用，又建造了比较大的炉。

几个月铸造了 20 多吨工矿配件，解决了生产急需材料的困难。大伙齐赞扬：翻砂房不简单，铸造红心献给党，自力更生是方向，力争上游斗志昂。

1969 年 10 月 22 日、23 日，连续两天大暴雨，二连五班在露天恶劣的环境下，冒雨将 6 400 公斤板框压滤机装卸成功，如期胜利完成任务，保证了水冶厂生产的正常进行。

1969 年 11 月 24 日，二机部十二局委托修水铀矿与地方民办矿点签订矿石购销合同。民办矿点迎来了发展的好机会，修水及湖南平江等地小矿点，在修水铀矿的全力扶持下，搞得风生水起，促进了当地经济的发展。

24. 英雄集体　先进个人

1969 年 10 月，根据上级的部署，中国人民解放军九江军分区派都昌县人民武装部部长林轩亭、星子县人民武装部副政委李学书、修水县人民武装部政工科科长陈久长三人组成军事代表小组进驻修水铀矿。林轩亭为军事代表小组组长，军事代表小组成为修水铀矿的核心领导层，大小事均由军事代表小组决定，矿山建设进入军事化时代。同年 12 月，修水铀矿成立整党建党领导小组，军事代表组长林轩亭任组长。

1970 年 3 月 5 日，九江专区革命委员会政治部下发浔政发（70）21 号文件《关于林轩亭等同志任职的通知》，林轩亭任修水铀矿革委会主任，李学书任副主任，陈久长任革委会常委。5 月 12 日，经矿革委常委研究决定，将原来的一连分拆为四个连，原来的一连一排为一连、二排为五连、三排为六连、四排为七连，原来的二、三、四连不变，原来的五连改为政工组、生产组、后勤组；次日，矿整党领导小组批准成立“一、五、六、七连”临时党支部，任命了连排干部。退伍军人优秀代表陈宏信、连长赞、江立弟、黄世镯等排级干部走上了连级领导岗位，成为中层干部。

铀矿战线的奋斗者，满怀豪情迎来了二十世纪七十年代，也迎来了矿山建设发展新的机遇，焕发了新的活力，涌现了许多可歌可泣的动人故事，典型人物事迹就数不胜数。

1970 年，七十年代的第一年，修水铀矿开启了新的一页。

一连采矿工陈淑亮，患有严重的胃病，有时在采矿场胃痛得厉害的时候，领导和同事都劝他下班回家休息，可是他却说，我在这里休息一下，没事的。第二天，病还没有好，他就按时上班了。胃痛时，他就吃几片药，又坚持工作，大家都被他的拼命精神所感动。下半年调到六连，在六连出色完成各项任务，叫干啥就干啥。爱人怀孕，他丝毫也没有影响工作，做到家庭、工作两不误。陈淑亮，山东莒县人，参军前就加入了中国共产党。入伍后，他先在战斗连队当兵，军政素质全面。有一次去炊事班帮厨，他的厨艺被发现，他面点做得好，炒菜香甜可口，受到全连官兵的喜爱。后来上级把他调到师部小灶，给师长、政委做饭，他发的馒头，特别酥软，口感好，吃起来香。在修水铀矿，他先当采矿工，推矿车，后到井下挖矿，由于胃病越加严重起来，就被调到食堂做饭去了，他做馒头的技艺又被发挥出来，并且得到传承。修水铀矿食堂的馒头又大又酥软又香甜，远近闻名。

一连装岩机工李仕暖，在人手少、任务重的情况下，一个工班装了160车，不叫苦不叫累。他能取得这样的成绩，的确不容易。既要有强壮的体力支撑，又要有对事业的高度责任心和奉献精神。李仕暖，福建省永泰人，1959年3月参军入伍，1964年4月进矿，多次被评为五好职工、先进生产者。李仕暖家庭情况较为特别，三个孩子都是先天哑巴，爱人又没有工作，很长一段时间是临时户口。沉重的家庭负担并没有影响他的工作，强大的内心自制力，使他忘我地工作，勇敢面对生活的无情和苦难。

一连警卫班警卫员刘茂兴站岗时勇于负责，不放过任何一个隐患，危险的地方都要巡视多遍。刘茂兴说一人辛苦，万人幸福，自己辛苦一点这是应尽的义务，保卫矿山的安全是大事。他说到做到，成为一名合格的矿山守护者。

一连一排一班7人在170水平线，日剥离达101车。火红的五月，一班剥离采矿5 440车，比一月份增加产量两倍多，生产纪录一个月比一个月上升。这是贯彻艰苦奋斗、勤俭建矿思想的结果。

在落实毛主席“五七”指示中，一连一班、三班自己动手砍伐生产用具耙子的木柄 122 根，生产蔬菜 75 斤；全连各班都用业余时间开荒种地，收获了大量的南瓜、丝瓜、苦瓜、豆角等蔬菜瓜果。

一连全连有 11 人把节约的劳保用品交给国家，计手套 8 双、布帽子一顶、水鞋一双、布口罩 30 个、防尘口罩滤布 72 包、滤纸 10 包。全连劳动保护用品延长使用年限：雨衣五个月，水鞋四个月。全连有 23 人主动把以前私自拿用公家的财物归还，生产用具上有铁镐、铁锹、锉子、耙子等 34 件，电器材料方面有花线 15.5 米、灯座、插头等 8 件，生活用具上有桌子、各式凳子、铁桶、床架、床板等计 30 件。公务归还，意义深远。上缴了公物，挖了私心，丢掉了不健康的思想，纯洁了灵魂。

二连全连上下齐心协力，狠抓各岗位的出勤率，提升工效，生产形势喜人。1 至 5 月，处理量完成全年的 56.8%，“111”产品完成全年的 74.07%，为年产翻一番打下了良好基础。

二连三班解决了建厂以来没有解决的坚持六小时工作制的问题，工作效率大大提高。五班在减少 8 人的情况下，生产任务依旧完成得好，质量大大提高。六班大大减少浸出率和回收率的差距，废水含量均在允许的范围之内。七班再一次打破分工过细，统一领导，统一安排，相互协作，有力促进了工作的全面开展。病号班的全体同志，精神振奋，决心大，把困难踩在脚下，纷纷要求回到原战斗岗位，为社会主义添砖加瓦。全连掀起了以增产节约为中心的社会主义劳动竞赛高潮，大力降低成本消耗，与去年同期相比降低 42.1%。节约硫酸 5 吨、煤 2 吨、矿石 2 吨多。工艺试验剩余矿石取回用在生产上。自己上山砍铁锹木柄 137 根，自扎扫帚 34 把，整个水冶过程出现的小毛病自己修理，废旧材料回收再使用 1 个月。

二连三班在完成本职工作以后，在水冶厂的扩建工作中，去姜家渡河滩拉沙子 60 多吨。四班的煤渣处理令人头疼，在以前经常打电话给生产组，多次派推土机，推来推去，总解决不了，几乎成为生产上的老大难问题，现在四班的人把煤渣扔远一些，既处理了煤渣，又修了公路，久而久之填出了一个煤场，真是一举多得。蔡荣华、冉启西等人一天连续上两个班，甚至三个班，是拼命工作的标兵。陈祖码、万宝生等人带头到浸出池里面通管子。破碎班的同志出入粗矿库、细矿库是经常的事，有的人用手捧矿石，用手拾产品，以免无故浪费，置生命于不顾。还有的人说，一粒矿石，就是射向敌人的子弹。不畏惧，不怕死，心中只有崇高的国防事业，这就是第一代铀矿人的真实写照。

二连值班长刘炳丁，工作干在前，吃苦也在前，困难面前都有他。每逢雨天来临，他会穿上雨衣，扛着四角耙子，来到老虎口，等待运矿石的翻斗车，一到雨季，矿石受雨淋湿，倾倒矿时车斗里还会有一些矿石粘在一起倒不下去，刘炳丁就会爬进车斗，用四角耙子耙送矿石，令人感动。

二连出料班坚持六小时工班制，由原来两部汽车出料改为一部汽车出料，另一部支援四连搞外运，不向国家伸手，自己上山砍铁锹柄，主动承担完成扩建浸出池需要的 500 立方米砂石任务。二连职工郑哲胜同志，为了提高金属回收率，自己拿钱买试剂搞实验，彰显了主人翁精神。

三连坚持独立自主、艰苦奋斗的方针，收旧利废工作开展得很有起色。他们利用旧料试制了 7 米、9 米、14 米皮带机各一台及板式给矿机、电机各一台，大大提高了一线车间的生产工效。锻工房在木模工协助下，革新了一台道钉模具，提高工效 15 倍，做到了道钉不外购。像这样开动脑筋、节约成本的事，比比皆是。

三连三排是“四好”单位，发扬“穷棒子”精神，自力更生，搞出弹簧阀门，没向矿里要吊车。他们也没有平板车，而是靠肩膀把一直放在一连山头的重达 1 吨的大铁桶抬到了工业浴室。手工缝补棉衣 20 多套，修复坏锁 800 多把，用废铁皮做了大量门扣，没有花钱去买新的，满足了需要；修复了大小阀门、水龙头 150 余个，重新安装了公路洒水降尘装置，主动担负洒水工作；副业生产一马当先，上交食堂蔬菜 200 斤，他们还上山砍铁锹木柄、竹枝，扎扫帚 80 余把，做铁锹把 10 多根。特别是人员方面，由 45 人减少到 38 人，在 38 人中还成立了一个维修班，担负全矿阀门、水龙头和管道的维修工作，完成了过去 45 人的工作。过去设有 11 人的放水班，现在放水的工作由七班（锅炉班）锅炉工兼任放水。面貌焕然一新的三排，哪里有困难哪里就有他们。

四连全连指战员把革命精神和科学求真的态度结合起来，在汽车大修条件不具备的情况下，没有厂房，他们就将旧锅炉房修修补补，变成了厂房。没有设备，他们就利用一台负责零修车的车床开两班。没有技术就学，从四月份开始，大修了九台汽车，试制了一台拖斗。

四连十一班是负责零修保养的，有的同志提出，大修班能搞大修，我们零修班就不能搞大修吗？他们班只有八个人，要担负十六台车的保修任务。有一天，一下子来了七台车的零修任务，人员少，任务重，又要搞大修，怎么办？班长熊民连沉着冷静指挥，除三名继续负责大修任务外，其他五人集中精力打歼灭战，连续战斗十几个小时，胜利完成了任务，确保了车辆的出勤。十一班在第二台大修车即将完成的前一天，大修班的大修车发动了，而自己大修的车发不动。夜里，熊民连就组织大家开“诸葛亮会”，集思广益，第二天，首先检查分电盘，原来是分电盘的位置偏了，于是对分电盘的位置进行调整后，一点火，汽车发动了，大家都欢呼起来……

四连八班何如章，在劳动竞赛中为了使 263 号大修车提前出厂，加班加点工作，不小心弹子片插进肉里还没有取出来，他忍受着疼痛，坚持工作，待任务完成了才去医院取出弹子片。何如章轻伤不下火线，被传为佳话，也赢得了大家对这名共产党员、退伍老兵的尊敬。

四连七班焊接了 60 多块废旧钢板，解决了汽车急需的钢板问题。整个车间是热火朝天的工作景象，人人争当先进，个个工作出色，生产形势喜人。

五连：上半年在雨天多、外部条件差的情况下，生产形势大好，剥离完成计划的 55%，采矿完成 39.3%。抓革命，促生产；吃大苦，耐大劳。张理俊、钟祥石、沈家贵、古金明、陈世祯、黄长水、张增作、李国平、范传琪、江乐珍、喻圣初、邱秀生、钟金福、李传福等人，是全连学习、工作的先进。五班长喻圣初积极配合剥离班的工作，搞好协作，做到生产无缝对接。一、二、四班发扬共产主义协作精神，为兄弟班组创造良好的工作环境。一班长涂三芳看到风钻班四名矿工推50风钻，推不动，立即带领全班人帮助推，感动了兄弟班组的同志们。五连在火热的生产中，涌现出了以身作则模范：喻圣初、牛仕伯、张化启；安全生产标兵：邱秀生、钱桂根、刘兴生。

六连是在原一连三排基础上组建起来的，和一连、五连、七连的工作性质一样，它也是采矿车间。上半年剥离、采矿任务都完成得很好，在劳动竞赛和修旧利废方面都取得了优异的成绩。连队干部以身作则，起模范带头作用。其中，副连长江立弟以干字当先，是众人的领头人，哪里有困难他就出现在哪里，成为工人的主心骨和贴心人。他的雨鞋底部裂开了，就用铁丝扎一下，坚持下井作业。

六连装岩机班是四好集体，在班长郑成金带领下，出色地完成了生产任务，维护好机器设备。他们上班前检查机器是否有问题并加好油，下班前把装岩机擦得干干净净，不把带病的装岩机交给下一班，发现装岩机出现故障，都是主动维修。他们的勤俭节约工作做得好，全班上山砍锹柄 160 多根，节约劳保用品，把剩下来的滤纸、滤布上交，胡应根节约雨衣一套。全班出勤率高，郑成金身体不太好，依然坚持正常上班，高文俊带病坚持工作，轻伤不下火线。陈成忠把爱人开荒种的蔬菜，全部交给食堂，体现了大公无私的精神，受到好评。装岩机班的同志们在做好本职工作外，发扬共产主义协作精神，帮助采矿班的人推矿车、扒矿石。班长郑成金，福建福安人，在部队服役期间多次受到表彰，他所在的守备第 7 师 94 团 6 连 5 班，被福州军区授予“四好集体”荣誉称号，有“六连红五班”美誉。红五班的郑成金、张石助、李俊其等五人又被福州军区授予“五好战士”荣誉称号，俗称“五朵金花”。那时候闽北指挥部一位少将副司令下连当兵，将军来到霞浦白沙镇，在六连五班当列兵，与五班十二名战友打成一片，从他们中发现了军政素质全面的五位优秀士兵，后经培养成为军区的五好战士。“五朵金花”中的郑成金、张石助来到修水铀矿后，郑成金起初扒矿、推矿车，后来开装岩机，兢兢业业地工作。张石助一来到修水铀矿就学物探，做取样组组长，在物探工岗位干了多年。1966 年 3 月，张石助出席江西省公交系统五好职工代表大会，在会上做了发言，介绍了自己的先进事迹，得到与会人员的赞扬。有一次，工友游龙茂的孩子生病，急需送县人民医院抢救，可是他生活困难，一时拿不出钱来，张石助就从自己准备寄回家的钱里抽出十元，假借工会补助的名义给了游龙茂，孩子住了三天医院，病治好了就出院了。他还帮助官高富师傅家做些家务活，劈柴、挑水。张石助不仅在生活中关心爱护工友，在工作中也勇于负责。1964 年 12 月 31 日，两个采样工未按照取样流程作业，取回来的样品，经技术员检验不合格。技术员对张石助说，元旦节后再补样品吧。张石助陷入了自责，个别人急于回家过节，工作不认真，责任在于自己没有管理好，夜里他躺在床上翻来覆去睡不着。第二天，1965 年元旦清早，张石助独自一人上山，在采矿场重新取回了样品，弥补了前一天的过失。

六连副连长江立弟，素有“老黄牛”“牛书记”之称，起初工友们都叫他老黄牛，后来江立弟走上领导岗位，担任党支部书记，大伙就叫他牛书记。上海知青倪龙祥每次上班，只要提前知道是江立弟带班，都会吃得饱饱的——跟着他可是要大干一场的。敢打硬仗，敢啃骨头，敢玩命地采矿，这是群众对江立弟真实的评价。江立弟所带的班组、排、连，都有一股“拼命三郎”的精神。扒石头、撬矿车、砸石头、打炮眼等重活累活，每个人都是抢着干，因为有他这个榜样的力量在影响着每一个人。江立弟身材不高，一米六五，却很结实，虎背熊腰，力大无比，干起活来不要命。他带的队伍出勤率高，劳动纪律遵守得好，工效好，部局、省局的领导多次赞美他，不仅自身做得好，还带出来了一支素质高、纪律严明的好团队。队伍里有的人带病坚持工作，医生开了病假条也不休息，有的人因公受伤住院后，还惦记着山上的生产。

七连地质班的同志，不像过去坐在办公室绘制图纸或者拿个小锤子上山敲敲打打，走走看看，而是哪里需要就到哪里干，而且搞得有声有色，如张铃康等同志就是其中杰出的代表。他们不浪费国家的资源，在北采场把矿石用土箕一担一担挑到溜槽里，物探班的同志看到了，也去挑，经过统计已挑矿石七十吨。这种蚂蚁搬家的精神，受到普遍好评。地质班、物探班的同志们被采矿班顽强的战斗精神所感染，为的是一个共同目的：多生产产品。

在采矿场，共产主义协作精神得到极大发扬，同志们做到心往一处想，劲往一处使。本连队各班组相互协作，连队间也是这样，七连风钻班、绞车班、轨道班的同志们在完成自己的生产任务外，协助其他连队推矿车、扒矿、撬矿石。

七连林桂松、柯亭金、张铃康、宋光浩等三十多位同志带病带伤工作，令人感动；风钻班的同志们在大风大雨中坚持作业，顽强的拼搏精神来自他们对核事业的无限热爱。

七连风钻班是先进群体，工作好，完成任务好，具有顽强的战斗作风。七班组成情况是：班长郑阶兰，副班长王贝吉，风钻工董元跃，放炮工俞方培，修理工李洪文，供矿工杨烈金，物探工张石助。其中，张石助是省部级先进模范，李洪文是市局表彰的先进模范人物。李洪文原来是风钻班班长，在一次打风钻时右肩部负伤，他在矿职工医院住院十五天，伤好后回到采矿场，组织上就安排他搞风钻的修理工作。风钻也像其他设备一样，要维护保养，排气孔的垫圈要经常换，李洪文就把这些工作做到家，保证每个工班都不会因为风钻的问题而影响生产。这个坚强的战斗集体敢于啃硬骨头，善于战胜一切艰难险阻，取得了骄人的成绩。班长郑阶兰，江西省修水县人，1950 年参加中国人民志愿军，在朝鲜战场当了一名防空兵，不怕敌机轰炸，不怕敌人大炮，勇敢战斗。

无论是在抚州铀矿，还是在修水铀矿，无论是露天开采，还是井下掘进，他的风钻打得最好，工友们对他都很敬重。打风钻是最苦最累的活，可是郑阶兰依然保持战场上英勇杀敌的姿态，再大的困难也难不倒英勇无畏的战士，他长期担任风钻班班长，出色完成任务。

七连老工人匡俊忠、卢洪友及文典三、陈家銮、苏成柱等人，学习好、思想好、工作好，他们坚持原则，负责任。还有不少人星期天不休息，修路、修桥、做好事，老工人彭安享就是其中之一。放炮班的同志利用休息时间为医院砍柴 1 000 斤，轨道班的同志利用休息时间上山砍柴，制作铁耙子木柄 150 根。仅仅两个月，全连上交口罩 374 个，手套 62 双，肥皂 4 条，毛巾 2 条，球鞋 2 双，袜子 3 双，共为国家节约劳保用品价值 277.02 元。

生产组：协助二连扩建浸出池，出料轨道需要重新铺设，生产组全体人员出动到现场，和现场的同志商定重新铺设轨道的方案，并和二连的同志一起在不影响生产的情况下，冒着倾盆大雨，用最短的时间完成了出料轨道重新安装铺设的工程。他们开动脑筋，为生产线解决了实际问题，二连锅炉班，煤渣一直没有一个理想的堆放点，成了老大难问题，生产组的同志出主意，将煤渣用在修路上。这可谓是一举两得，既解决了煤渣长期没有地方堆放的问题，又解决了厂区公路泥坑多不平整的问题，厂区的路畅通了。

年初，生产组杨开泉要回家探亲，他到驻矿银行去取存款，工作人员刘同志，因为大意，把十元面额的钱当五元面额的给了他。杨开泉清点后发现多了两百元，当即归还。刘同志很感动，为自己的粗心大意而羞愧。全组五十多人次前往姜家渡五七农场参加劳动，得到锻炼。他们还利用业余时间开荒种地，种植五种叶子菜，屋前门后种了冬瓜、南瓜，将收获的果实送到食堂，改善生活。

后勤组：后勤二排发扬独立自主、自力更生的精神，仅用 28 天的时间，在工人村建成一栋两层砖木结构的单身职工宿舍楼。这栋楼是修水铀矿标志性建筑，极大改善了职工住宅条件。接着，二排又投入到二连水冶厂浸出池扩建工程的战斗中。在没有扎钢筋工的情况下，主动承担这项繁重任务，木工干起了铁工活。敢想敢干，受到工友好评。职工医院救治了三位贫下中农危重病人，同时，在做好本职工作以外，组织人员翻山越岭采摘中草药 215 种，有不少还是名贵中草药，在实际治疗中取得了很大的疗效。豆腐饲养班，在班长陈昌诗的带领下，取得显著成效。养猪 20 多头，长势喜人，还养了种猪，母猪下崽，看到成群的小猪仔，大家都乐哈哈。仓库老工人冷国开利用废料库修复大量旧阀门、旧水龙头，为国家节约了 1 800 多元。

军事化时期，基建科编入后勤组，为后勤二排，赵立杰出任副排长，他主要负责基建项目的施工。在施工现场他既是指挥员，又是战斗员。赵立杰，1928 年 11 月出生于江西省进贤县一个农民家庭，十三四岁起跟着当木工的哥哥在外谋生，目睹了旧中国的腐朽没落，渴望新的生活。南昌解放后，他于 1950 年 1 月参加革命工作，在省建筑公司当了一名木工，1955 年 3 月入党，是土木建筑技术员。在实际工作中，他是从普通工人走到技术管理岗位的工人技术员，虽是干部身份，却保持劳动人民本色。1980 年 4 月，修水铀矿遵照上级统一部署，组织了一次技术考核，开展了一场技术职称的晋升工作。班组对赵立杰的意见：该同志对待工作能积极负责，大胆管理，有时一天上两个班，不分什么星期天，只要工作需要从不计较时间，不计较报酬，不摆技术员架子。同志们有不懂的技术问题请教他时，他从不保守，认真教导，平易近人，有话当面说，能关心群众。基建科对他的意见：同意班组意见。该同志有土建施工和组织生产能力，在技术业务方面较熟悉，对科里交代的任务能及时完成，经常深入工地检查施工的进度和质量，工作是积极肯干的，在施工中能按科里布置的工程进行，能按质按量完成施工任务，能协助科里对职工进行技术业务的学习，希望今后协助科里把工作搞好，为四化做贡献。这一次他被晋升土木建筑助理工程师。赵立杰，1981 年 7 月退休，2007

年病逝，享年 69 岁。弥留之际，他曾流露出死后把骨灰撒在幕府山脉崇山峻岭中的愿望，让自己与这片神奇的土地永远在一起。

古人云：打虎亲兄弟，上阵父子兵。山下，李振德在水冶厂指挥生产，忙得不亦乐乎；山上，李振德的大儿子李传福在生产区的采矿场当采矿工，挖矿、推矿车、铺设轨道，样样都干。李传福是一位从福建前线回来的退伍兵，也成为一名铀矿工人。七十年代初，李传福是第一批在洞下 103 矿点井下推矿车的矿工，工作干得很出色。身边的人有些不理解，问他为啥不通过当官的父亲调离这么危险的井下。此时，他的父亲已经离开水冶厂，在矿部当组织科长。听到工友们向他提出这样的问题，他回答道："井下工作虽然危险，可这是战斗岗位，我要是不来，那就是逃兵，当逃兵是可耻的。" 李传福用实际行动践行了自己的诺言：为核工业铀矿事业奋斗。

李振德、李传福父子俩的奋斗故事被传为佳话，在"矿里人"中广为流传。有人称李传福是"矿二代"杰出的代表，也有人说他是年龄最大的"矿二代"，他的榜样力量鼓舞着更多"矿二代"继承父辈精神，无往而不胜。

25. 积少成多　聚沙成塔

俗话说：巧妇难为无米之炊。铀矿石是水冶生产的专门原料，拥有足够的铀矿石才能满足生产的需要。随着修水铀矿水冶生产处理量不断突破原有设计水平及外运对矿石的需要量逐日增加，1 号金属矿区先后历经六矿和七二四矿两个阶段总计九年的开采，矿源日益减少，工作面越来越窄，生产出现了不平衡的现象。

为了扭转“等米下锅”这一被动局面，修水铀矿落实毛泽东主席大力开发矿业的教诲，敢于斗争，善于斗争，提出“自力更生，向荒山要矿”的响亮口号，依靠自身力量开发新矿点。副总工程师张世海亲自指挥，派出地质物探人员，围绕 1 号金属矿区周围五六十平方公里范围内的山地森林进行实地勘探，寻找新的矿点。

功夫不负有心人，勘探人员经过不懈努力，最后在修水县东津公社的三联大队洞下村找到品位极高的矿点，这里距离修水铀矿矿区八公里。得到这个重大发现，修水铀矿高层极为重视，负责生产的副总工程师张世海和生产负责人杨开泉立即组织相关技术人员，准备进驻洞下村。经过一番技术设备的调试和人员选拔，组建了有十人参加的勘探小分队，于 1970 年 11 月 1 日进山。在东津公社三联大队党支部的帮助下，勘探小分队被安排住在贫农社员方习远家里。方习远一家人给勘探小分队大力支持，尽其所有给予方便。这批向“茅山”进军的拓荒者是测量技术员曾林杞，地质技术员陈代阳、欧阳纪玳，物探技术员刘挥训、宋光浩，测量工杨进兴、罗会宁，地质取样工张玲康，物探工范鸿容，炊事员冷芬来。

旋即，地质勘探小分队在洞下村开展工作，完成地质物探编入、取样化验、矿点地形测量等工作。仅仅用了十天的时间，地质勘探小分队就弄清了矿带情况，圈地储矿量 8 000 吨，并进行了矿点评价，为洞下矿点的开发提供了可靠的依据。担任这次任务的后勤保障是食堂炊事员冷芬来，他进矿时间不长，是半年前从部队退伍安置来矿工作的。这次地质物探小分队进驻洞下村，需要一名炊事员做饭搞后勤工作，组织上派他来完成这项任务。他愉快地服从，发扬军人吃苦耐劳的精神，做好服务工作。冷芬来给勘探队员做美味可口的菜肴，烧洗澡水，给勘探队员炒两角钱的菜，而自己炒菜叶吃，受到同志们的好评。他不但如此，而且除完成本职工作外，还肩负保管、担水、采购、砍柴等工作，在艰苦的环境下，发挥了共产党员先锋模范作用，得到全体队友的赞扬。

精干的小分队，等待着开发“青山”的建设大军的到来。当地人把未被开发的山，称为“茅山”；把开发的山，称为“青山”。无论是第一批来探索“茅山”的勇士，还是后续赶来开发“青山”的建设大军，在洞下这片大山，修水铀矿的矿工们演绎着火热的青春故事。

调兵遣将，击鼓出征。修水铀矿在向洞下村派出地质物探小分队的同时，也在积极做着向洞下矿点进军的准备，并将洞下矿点命名为 103 矿点。洞下 103 矿点位于暗窝里，山洞口在 130 水平线。早在六十年代初期 507 地质队曾在这里找过矿，做过一些开采工作，很快就下马了。

修水铀矿决策层看中了素有“虎将”美名的连长赞、江立弟分别所在的五连和六连。长期奋战在一号金属矿区南北两个采场的是采矿车间，重建时期叫作一车间，有 350 多人，80%是退伍军人，50%是共产党员，是一支特别能战斗、特别勇敢的光荣集体。军事化建制初期改称为一连，下设四个排。不久，一连扩建为四个连，原一连一排改为一连，原一连二排改为五连，原一连三排改为六连，原一连四排改为七连，原二排排长连长赞升任五连第一副连长，原三排排长江立弟升任六连第一副连长。一分为四后，四个连都在 1 号金属矿区，他们开展“比、学、赶、帮、超”活动，看哪个连队生产任务完成得好，争当“四好”连队、“五好”职工的热潮，一浪高过一浪。当得知洞下 103 矿点要上马了，四个采矿连的每个人都欢欣鼓舞，决心多采矿，多为原子能事业提供原料。陈宏信、连长赞、吴让高领导的五连和基建人员第一批进驻洞下，江立弟领导的六连第二批进驻洞下；一连、七连继续留在 1 号金属矿区，这就是兵分两路。采矿事业迎来了丰收年。

11 月中旬，洞下正式上马，五连是先头部队，陈宏信、连长赞、吴让高等连队领导带领先头部队去啃骨头。他们这批人在部队期间都打过坑道，积累了一些经验。原先有一个洞口，连长赞和吴让高带领大家又开了一个洞口。洞口不能太大，也不能太小，选择开洞口要综合多方面的因素，考虑洞内的地质结构。两个洞口开进去的巷道在进洞的五米处的地方连接起来，这样便于通风，有利于井下空气良性循环。随后，又在关门洞小溪架设了一座木桥，便于来拉矿石的翻斗车顺利通行。其后，选择储矿场的位置，来拉矿石的汽车驶入，矿工打风钻，埋设炸药，爆破后，装岩机将矿石装进矿车里，矿工将矿车推到堆矿仓。巷道开采有时一天掘进十米，有时只有五六米进度。井下风钻工、放炮工这两个岗位最为辛苦，其次是推矿车的矿工。

修水铀矿打破传统的勘探、设计、施工、投产的办事流程，一切本着多快好省，土法上马，不向国家要人要钱要物要投资，充分挖掘内部潜力。三连（机修车间）和后勤组二排（基建科）派出精兵强将，用干打垒的方式配套建设起柴油机房、空压机房、工具棚和修理棚等四个临时建筑物。四连（运输修理车间）接送工人去洞下上下班的车辆，从来没有晚点，做到精准服务。这一切都给洞下 103 矿点采矿供矿提供了有力的保障。简易工棚遇到雨天，下大雨漏大雨、下小雨漏小雨，冬天寒风袭人，工作环境极为恶劣。野外山地作业，春夏秋三个季节毒蛇时常出没，存在较大安全隐患，发生过蛇伤人的事件。由于受条件限制，这里没有大型客车，都是用平板车接送工人，六年间去洞下上班的工人，

都是站在平板车上，从未发生过事故。晴天还好，遇到雨天和大雪天，恶劣的环境，考验着他们的意志。

在选择堆矿仓、废料场地点时，五连副连长连长赞心中是有数的，他想起了刘伟副部长当年对他们的叮嘱：少占用良田和耕地，不破坏耕地良田，不破坏森林，保护大自然，不破坏社员的农作物，爱护有经济价值的树木，对茶树、杉树、松树、桐树、柏树等都要保护起来。车辆从农田穿过来上山，便捷，但是占用了良田，于是他们在关门洞河上作起了文章，堆砌起来一座水坝。寒冬腊月，河水冰冷刺骨，五连副连长连长赞、副指导员陈宏信率领职工赤脚走进冬天的河水里，用石头砌桥堵坝，汽车勉强过河，把设备运过河运上山。接着连长赞、陈宏信又组织力量搭建了一座简易木桥，使运矿的车辆在木桥上行驶。春季来临，雨水多起来，河水上涨，水坝的水位相应上升了许多，车辆通行时有发生排气管进水的现象，于是连长赞他们搭建起一座简易木桥，加上在六年的开采中，工农关系融洽，从未发生违反政策的事情，也未发生不愉快之事。修水铀矿人，开矿的过程中以不破坏农田为原则，保护耕地就是保护自己生存的家园。

洞下矿点在边勘探、边设计、边建设、边剥离、边采矿的灵活决策下上马。几十吨的设备、器材、轨道，全部靠人拖肩扛加滚杆的办法，从汽车上卸下来拉往半山腰。从 1970 年 11 月 1 日，地质勘探小分队进驻洞下村，到半个月后采矿先头部队进山破土动工，再到 1971 年 2 月初成功生产“101”产品，经过短短三个月时间的艰苦奋斗就建成年产××××××吨矿石的小矿点，并为国家节省投资××万，随后月月生产任务都完成得极为出色。2 月 1 日，一个具有里程碑意义的纪念日，103 矿点成功生产出第一批“101”产品。这一时期，正是寒冬腊月，赣西北大山里气温时常在零下七八度，可是天寒地冻，丝毫不影响勇士们的战斗激情，火热的胸膛，有着一颗为国防事业献身的红心。

洞下 103 矿点由于井下作业，受作业面狭窄的影响，只能铺设一条轨道，工作量相比露天要强很多。可是面对困难，大家毫不惧怕。

依照山势地形，五连建起了储矿仓、汽车装矿石的装矿斗子、废石场。洞下村是一个只有八户人家四十多人的小山村，村民善良淳朴，由于地方人民公社、大队、小队的支持，整个开采工作中工农关系融洽。

经过五连、六连指战员长达六年的开采，巷道洞深 1 000 多米，西南角是出废料洞口，洞口高 4 米宽 4 米，东北角开了两个大洞，洞口高 8 米，宽 7 米，洞里面最宽处达到 15 米，按照矿床分布带掘进，成 T 字形。洞内还有很多分支，里面铺满轨道，枕木上铺设轨道。在出矿口，有个分叉道，左边一条通向储矿仓，右边一条通向废料场。

铀矿开采，物探工序极为重要，物探素有矿山“耳目”美称，即用探杆和仪器鉴别哪个是矿石哪个是废石，再鉴别矿石的品位含量。这些人的肉眼是无法区别出来的，只能依靠仪器。物探组四班倒，位于南北采场检查站、非 1 号金属矿区的运矿车辆检查站，矿点多，需要的人也特别多。修水铀矿早期物探人主要来自两个渠道，一个是应届大中专毕业生，一个是从湖南衡南铀矿、抚州铀矿、上饶铀矿调来的物探技术员和物探工。同时，也开始自己培养一批物探工，比如：万家会、黄祖观、池方星、陈康意、范鸿容、聂金耀、蔡文金、吉泗州、张炳桃、周茂余、范鸿容、赵长林、朱隆芳、柯传昌等人。张炳桃就是他们这一优秀群体中的一员。他是福建莆田人，1964 年春天退伍到修水铀矿后，在采矿车间推了一年矿车，在矿区警卫班当警卫员，守卫矿区安全。1966 年当起物探工，跟着物探技术员刘挥训、宋光浩等人学习物探技术。他在这个岗位战严冬斗酷暑，一干就是三十年，积累了丰富的工作经验，为铀矿建设做出了积极贡献。

成绩面前，戒骄戒躁再进步。修水铀矿人，有一个好的传统和作风，即埋头苦干，低调谦虚，在表扬时内省。也有人说，这是山里人腼腆，不好意思。

洞下 103 矿点的开山炮声，引来了二机部十二局清产核资办公室的

人员，他们下井下巷道，实地了解情况。带队的丁甲福一行五人，被矿工们如火如荼的战斗场面所感染所震撼，绿水青山的洞下俨然是另一个景象：矿车在矿工的推动下从半山腰间出山，在森林里穿梭，矿车推到倒矿石的矿斗位置，完成卸矿石任务，再由矿工推着原路返回，消失在洞口……

清产核资是一项长期工作，从中央部署到基层落实，各级领导都十分重视。这五位同志到修水铀矿检查工作，结合全国各矿山的工作情况，认为修水铀矿根据自身特点和优势做出了杰出贡献。特别是他们到洞下103矿点井下参观后，觉得这是一个奇迹。不向国家伸手要一分钱，自己勘探自己设计，自己动手，利用旧废料，土法上马，仅用短短三个月时间，建成了年产万吨矿石的洞下矿点，为国家节约投资50万元。眼前的这一切感动着他们中的每一个人，朴实无华的修水铀矿人给北京来的人留下了深刻的印象。

丁甲福一行人回到北京后，向二机部领导及二机部十二局领导分别汇报了修水铀矿独立自主、自力更生的奋斗事迹及取得的成绩，重点介绍了洞下 103 矿点。刘伟、苏华等部局领导极为重视，希望修水铀矿总结经验，不断取得新的成就。同时，十二局领导决定要修水铀矿以现场经验交流会和举办展览的形式，向全国铀矿企业介绍经验，以利推动全国铀矿事业的发展。

丁甲福根据部局领导准备在修水铀矿召开一次全系统的现场经验交流会的指示精神，给修水铀矿领导及清产核资办公室全体同志写了一封长信，建议修水铀矿组织力量把搞好矿山建设的好经验好做法梳理出来，以利于更好地完成生产任务，也有利于其他矿山借鉴学习。丁甲福在信中还写道：希望修水铀矿领导高度重视这项工作，把这次展览办好，办出高水平的展览。

1971 年，金秋十月，二机部十二局在修水铀矿召开了产品成本现场分析会，研讨了该矿水冶厂经过多次改造，产品成本降低的成功经验。

局长苏华亲临修水铀矿主持会议，他带来了二机部领导对修水铀矿的全体工人、技术人员、干部的亲切问候和良好祝愿。他还告诉大家，本来刘伟副部长要来参加现场会，由于临时有重要活动未能成行。苏华在会上，肯定了修水铀矿主动向荒山要矿石的敢为天下先的大无畏精神，对洞下 103 矿点和水冶厂技术革新改造取得的成绩大加赞赏，他说道：

为了洞下 103 矿点的建设，修水铀矿将采矿场原有的人力兵分两路，自己动手，土法上马，整个建设过程以大庆精神为指引，以“铁人”王进喜为榜样，建设者们“宁愿吃尽天下苦，也要拼命多采矿”，干劲冲天，奋力拼搏。

修水铀矿水冶厂，大搞技术革新改造，不断提高处理量，产品成本降低，年处理矿石比原设计量提高了四五倍，重铀酸铵金属每吨成本比上年降低 45%，污水处理，独树一帜，取得了显著成绩，走在了各铀矿的前列，积累了一定的经验。

局长苏华对修水铀矿革新成果展览给予了高度赞扬，将科学技术转化为实实在在的成果，运用到生产中，大大提高了生产效率。展览会上抑或展览会下，宾主双方做了充分交流。有些单位的代表还深入到生产一线取经，把真功夫带回去。

苏华早在 1960 年，曾来修水铀矿指导检查工作，他对这座铀矿十分熟悉。修水铀矿重建后，他又在 1965、1966 年两次来考察。这一次，是苏华第四次踏上这片土地，他对这座矿山有着深厚的感情，这里的人真挚、淳朴、善良。他曾多次表扬修水铀矿的干部职工脚踏实地，像老黄牛一样勤恳。

修水铀矿在全国铀矿系统内属于规模较小的一家企业，又在远离大城市的湘鄂赣三省交会处，历来的领导为人处世谦虚低调，以至名不见经传。如今，取得了突出成绩，成为二机部的标兵和典范，可谓是一夜成名，这是多么崇高的荣誉。全矿男女老少欢欣鼓舞，比过大年还高兴。

由于参加会议的人员多，全国的铀矿企业每个单位都派了一至两人参加会议，加上部局和省局的相关人员，招待所都住不下，有一部分人就住到招待所对面 200 米外的三连（机修车间）职工集体宿舍，被子就用职工的，床单被套都洗得干干净净。

矿办秘书朱永余是会务组主要负责人和具体经办人，为了开好这次会议，他动了不少脑筋。会务组在俱乐部办起了成果展览，朱永余日夜加班绘制展板、选择照片、收集数据，盛宣德、孙修德协助他做了不少工作。苏华局长在每块展板前驻足，仔细观看，不时向张世海询问相关情况。

小型矿，为了早出铀、多出铀，用土办法生产铀浓缩物，取得实际效果。苏华多次对修水铀矿给予高度赞扬，根据《奋斗，为了新中国——苏华回忆录》一书记载：

实践证明，在大厂矿没有建成之前，为了取得核原料，提供科研试验，争取早日制造出核武器，先办小型铀矿，确实是一条出路。小型矿还能起到一定的勘探作用，有的可以发展成中型矿山，比如修水铀矿、开阳铀矿等。

正如苏华所说的那样，修水铀矿就是在这样的环境下发展起来，为第一颗原子弹爆炸提供核原料的。自 1963 年重建的六七年以来，经过不断地革新改造，不断扩大再生产，它已经由最初的小型采冶企业向中型采冶联合体转变。

苏华一行人回到北京后，向二机部刘伟等领导同志汇报了修水铀矿的成功经验，得到了部领导的肯定，并且指出要好好总结及推广经验。二机部十二局向本系统推荐修水铀矿的成功经验，《矿小志气大，增产又节约——修水铀矿勤俭办矿成绩显著》一文刊登在《清产核资简报》第五期，1971 年 12 月 24 日以公文秘密级别通过机要通信渠道发出，在全国铀矿战线引起极大反响。第五期的简报全文介绍修水铀矿的骄人业绩，实属不易，这是对大山深处无名英雄最高的奖赏。全文分为四个部分：白手起家，土法上马（洞下 103 矿点）；土洋结合，中小并举（扶持开发地方小矿点)；改革工艺，产量翻番（水冶新成就)；自己动手，修造设备（革新创造)。文章把修水铀矿建设的新风貌新气象展现了出来，颂扬修水铀矿生产的金属“111”产品，即“黄饼”，其生产成本为全国最低；1971 年 1 至 10 月完成全年利润计划的 316%；赞誉修水铀矿的建设者发扬了“穷棒子”精神，创造了人间奇迹。对修水铀矿水冶厂将碱法浸出工艺改为酸性浸出工艺给予了极高的评价：

修水铀矿水冶厂坚持因陋就简、土法上马、由土到洋、由小到大、逐步改造的原则，花钱不多，见效快，稍加改造，产量翻番，给老厂进行技术改造提供了样板。

最后，二机部十二局对修水铀矿寄予了殷切希望：

修水铀矿的广大革命职工，通过革命和生产实践，进一步提高了贯彻执行毛主席革命路线的自觉性，锻炼了“一不怕苦，二不怕死”的革命精神，促进了人的思想革命化。广大革命职工，现在已经尝到了“自己动手，丰衣足食”的甜头，看到了“自力更生”方针的巨大威力，决心继续沿着毛主席的革命路线阔步前进。

通过这份简报的宣传及修水铀矿现场经验分析会的召开，以往一向脚踏实地、默默无闻的修水铀矿，成为全国铀矿战线的明星企业。这是上级对修水铀矿的鞭策和鼓励。成绩面前修水铀矿人保持清醒头脑，决心不骄不躁，继续努力，争取更大的胜利。

修水铀矿 1971 年度“111”产品提前四个月完成生产计划，“101”产品提前一个月完成全年生产计划，创造历史最高纪录，产品质量显著提高。“111”产品比计划吨成本降低 47.3%，比上一年降低 15%；“101”产品的品位比计划提高 53.3%。

受二机部领导指示，二机部第五研究所派人到修水铀矿，深入一线实地调查，掌握第一手资料，编写了《修水铀矿水冶技术经济调查》的报告。这是一本产品成本分析汇总及技术经济调查汇编，有着极高的经济价值，该报告高度评价和赞扬了修水铀矿艰苦奋斗、勤俭治矿的精神，肯定了水冶流程技术改进所带来的重大成就。这也为二机部向部属企业推广修水铀矿的成功经验提供了理论依据，也为各铀矿间相互学习借鉴搭建了一个平台。修水铀矿由此走进了同行业的视野，一个典型采冶联合企业开启了发展历程的上升通道。

修水铀矿遵照毛主席“两条腿走路”的方针，做两手准备，挖掘自身潜力，凭借自己的力量成功开发洞下 103 矿点的基础上，1972 年，物探班班长林振敦率先在白土矿点做前期工作，该矿点被命名为 101 矿点，也是自行开发的，共采出××××吨矿石。

修水铀矿充分调动地方办矿的积极性，把矿体小、距离矿区远、自己不便开采的小矿点交给地方办，并在技术上给予指导。东津矿点由公社办，茅坪矿点由县里办，本着“不误农时，农忙小搞，农闲大搞，办矿不忘农业，夺矿不忘夺粮”的原则，地方办矿，矿石由修水铀矿统一收购。1971 年 1 至 10 月，这两个小矿点提供了××××吨矿石。随后，又有一些矿点陆续建成。早在 1968 年，修水铀矿根据二机部十二局的指示，就着手与地方小矿点进行合作，他们在实践中摸索出了一条扶持地方办小矿点的成功经验之路。

修水铀矿在自办矿点的同时，还扶持了附近本县马坳、东津、杭口及湖南平江县浆市等地农民办起来的 7 个矿点。其中，马坳区兴办的 1 号矿点最大，7 个小矿点采矿石××万吨，可供简易水冶厂生产八年。通过不断努力，修水铀矿的人认识到：不是“小矿星星点点，不解决问题”，而是只要做到积少成多、聚沙成塔，就可以解决大问题。修水铀矿在开采矿石的过程中贯彻“大小并举、公办为主、与民办相结合”的方针。实践证明这个方针是非常正确的，既节约了投资，充分利用了矿产资源，又及时调整了生产的平衡，是一条密切工农关系、利国富民之道。

26. 革新改造　增产节约

技术改造为矿山带来巨大的经济效益。修水铀矿原有水冶厂工艺为碱法浸出，设计年处理能力不高，虽然经过 1968 年改造提升了一倍的处理能力，但依然是处理量小、回收率低、消耗大、成本高。1970 年 12 月，修水铀矿的工人、干部、技术人员，破除迷信，解放思想，敢想敢干，对水冶厂进行技术改造。增加两个浸出池，由原来三个浸出池改为四组浸出，提高处理能力 25%。1971 年 1 月动工，只用了三个月的时间，花很少的钱，就把水冶厂原来碱法渗滤浸出改建成酸法渗滤浸出萃取新工艺，使处理量提高到最初设计的六倍，回收率、浸出率均有提高，成本下降，实现了高产、优质、低耗。

技术革新带来良好的经济效益。修水铀矿存在矿小设备少、技术力量不足的困难，为了解决运输能力不足的问题，在 1970 年 1 月至 10 月之间，自己动手制造拖斗 22 台，汽车挂上拖斗后，每台车载运量由 3.5 吨提高到 6.9 吨，差不多等于增加 22 台汽车，而每台拖斗的造价只有 4 000 元。修水铀矿位于湘鄂赣三省交会处，距离长沙、武汉、南昌、九江等中线城市都在 300 多公里，矿山汽车多、运距长、路况差，一年有几十台汽车需要送到南昌、上海、衡阳大修，每台车要费时两个月，花钱 5 000 元。

看到实行技术改造带来的显著的经济效益，四连全体职工继续努力，在三连一排木模工、翻砂工的大力帮助下，依靠自己的力量，苦干加巧干，1971 年 1 月至 10 月共大修汽车 15 台，每台车大修只用了 20 天，修理费用控制在 2 500 以内。

为了适应生产的需要，修水铀矿还先后自制成功皮带运输机，以及给矿机、立式钻床、锯床、木刨床、300 吨螺丝压床、轮箍平磨机等多种土设备。到外运结束后，22 台拖斗，留下 6 台入库备用外，其余 16 台给了地方上相关单位，为支援地方经济建设，发挥了作用。

成绩面前是继续努力，还是停滞不前？修水铀矿广大职工一往无前的精神丝毫没有动摇，他们没有躺在功劳簿上吃老本，而是再创新辉煌。

增产节约是清产核资的重要组成部分，江西境内的铀矿都在主动实现做出更大贡献。上饶铀矿在 1971 年 1 至 10 月，完成全年“101”产品计划产量的 187%，完成全年“111”产品计划产量的 94.5%，产品成本比计划降低 17%，比去年同期降低 30%，成绩显著，节约成本，修旧利废。

上饶铀矿十连，1971 年 6 月，二机部系统产品调运任务紧张、产品桶周转不过来，致使大量产品无法包装外运。情急之下，老工人倡议假日不休息，修复产品桶。说干就干，他们组织人员到处寻找破烂产品桶。在老师傅葛嘉荣同志的带领下，铆焊班全体同志日夜奋战十多天，修复产品桶 150 只，胜利完成了任务，按时把产品包装运送出矿，既解决了生产上的问题，又为国家节约了钢材 40 多吨，价值 3 万多元。该连三排是专门负责厂房设备日常维修工作的，他们在大好形势下，干劲一鼓再鼓，除完成日常维修任务外，还积极地投入收旧利废、增产节约的运动中去，抽出人力收集已经磨损不用的不锈钢泵壳，焊焊补补，继续使用，共修复利用 150 只不锈钢泵壳，节约不锈钢材 10 吨，价值 20 万元。

上饶铀矿的机床设备是根据建矿初期生产维修任务配备的，加工能力很小，随着生产的发展，日益显现出机床加工能力之不足。大的加工件一直依赖外援，自己无法解决。几年来，他们一直向上级申请购买一台龙门刨床，价值约 7.5 万元。这件事被老工人杨元昌、许金法知道了，他们建议自己动手，制造土龙门刨床。党委和同事们都大力支持，于是他们就发动全排四十多人，利用业余时间搜集废旧材料，仅仅用一个星期就把报废的电机车底盘从两尺深的泥土中挖出来，把这个底盘作为刨床的底座基础，又在废料堆里拣来旧工字钢拼成一副龙门架，找来皮带机减速齿轮作刨床的传动装置。在加工改制过程中，他们碰到困难，不畏惧，敢想敢干，讲究质量取胜。这种机床的轨道误差要求只能有一根头发丝的三分之一，加工比较困难，他们借来测量用水平仪，利用小孩搭积木的方法，冲破重重困难，硬是把这个问题解决了。在参加制造的五人中，有三人根本没有见过龙门刨，他们仅花费 700 元加工费，终于制造出了龙门刨，为上饶铀矿机床设备填补了一项空白，不仅承担起矿山生产任务，还有力地支援了地方兄弟单位的生产建设。

抚州铀矿在“革新改造，增产节约”的运动中，全矿上下都行动起来，涌现出三十多个先进集体和五百个先进个人，技术革新项目达一百多个。巴泉矿点和白云矿点，就是在这样一个大好环境下建设成功并且投入生产，取得了可观的经济效益。

在增产节约的大好形势下，1971 年 12 月，修水铀矿 1 号金属矿区，采矿生产全部实现机械化，标志着采矿场的铀矿工人从高强度的体力劳动中解放出来，采矿事业迈进一个全新的阶段。

有一位姓冷的老工人，在增产节约活动中成为标兵，他就是在不断学习中提高认识的。人认识事物是有一个过程的，他成为节约能手，也是在不断超越自我中完善的。人不是生下来就一成不变的，事物在发展，在变化，人也一样。随着增产节约活动的不断深入，许多人都自觉跟上集体前进的步伐，不断取得新的成绩。

27. 安全生产　情系生命

洞下 103 矿点是井下开采，安全生产问题各级领导高度重视，加上地质构造及岩石坚硬等原因，从未发生过塌方事故。不用打支柱，装岩机可以开进爆破后的矿石堆作业，汽车在洞下装矿石也未发生过事故。但是，洞下发生了一次装岩机翻车的严重事故，造成了一定的经济损失。有个别领导好大喜功，在没有探明地质情况的条件下，决定于距离 103 矿点井下巷道口三四百米外的一个山洼左侧山上进行露天开采，很多干部和职工提出了反对意见。可是，正确的意见没有被采纳，那位领导还是派了一个班的力量进行剥离。那会儿正值春天梅雨季节，地上湿乎乎，地基松软，轨道铺设后，装岩机行驶中多次出现险情。有一次，又是雨天，装岩机压垮了临近河溪边的地基，掉进了山下的关门洞小溪里。四连的吊车开进了洞下 103 矿点，可是地基松软无法前进，救援失败。六连副连长江立弟组织力量把搅拌机抬到山上，找到两棵大树安装搅拌机，硬是靠人拉机器搅拌的方法把装岩机拉了上来，经过对装岩机线路的维修，很快恢复了运行。这一事故，也提醒这位领导，在问题没有摸清楚的条件下，要稳字当先。没几天，地质报告出来，剥离后的地表下没有发现矿石，矿部立即下令将人员撤了回来。

洞下 103 矿点井下掘进工作量大、难度高。修水铀矿党委加强领导，重视安全生产，各项生产制度科学有效，取得了辉煌成就。从开山的第一声炮响，到终止开采进行收尾撤离，前后达六年之久，这期间没有发生重大人身伤害及死亡事故，创造了奇迹。有一次，在西南角洞口内二十多米处的爆破作业中，一块矿石飞出洞口，从在那里打猪草的女社员樊友英头部飞过，把头皮擦破，她受了轻伤，随即被在现场的工人送往职工医院治疗，她住了半个月院，康复后得到每天两角钱的误工补助。洞下几年开采下来，附近的老乡只有樊友英一人负过伤，实属奇迹。

1974 年春夏之交的一天，一工区的矿工依旧奋战在 1 号金属矿区的北采场，谭玉坤正在操作推土机，突然间发动机熄火，他立即从驾驶室跳下来，打开发动机侧盖叶片检查。一股浓烟扑面而来，原来是电路短路导致电线胶皮冒烟，顷刻间发动机着火，他脱下上衣奋力扑火，就在作业现场不远处的工区主任黄世镯飞奔过去，把身上满是火苗的谭玉坤拖了出来，黄世镯冲向火海灭火。这时值班长李洪文和班长王树林也赶来扑火。火扑灭了，谭玉坤受了轻伤，没有大问题。而黄世镯，则受了重伤，双手手臂上烧了好多泡，身体也有不同程度的烧伤。李洪文、王树林等人用门板把黄世镯抬到他位于工业浴室后半山腰的家中，进行清洗。不一会儿，救护车就在山下公路上鸣喇叭，这是接到求救电话的矿医院的医护人员赶到了。于是，大伙又把黄世镯抬下山，送到医院救治。

修水铀矿党委认真贯彻落实《中共中央关于安全生产的通知》精神，牢牢抓住安全生产这根弦。党委长期坚持每年定期组织两次安全防护学习，借每次召开先进生产（工作）者表彰大会的机会，向骨干宣传安全生产的重要性，从思想上筑牢安全意识的防护大堤，落实安全责任制，最大限度减少事故的发生，将事故苗头消灭在萌芽状态。1974 年度，修水铀矿安防生产形势喜人，生产任务完成好，受到上级的肯定和关注。

酒香不怕巷子深，真金何奈红炉火。梅花盛开迎宾客，迎客松下绘蓝图。1974 年 12 月 17 日—23 日，江西省二机局在修水铀矿召开了安全防护工作现场会议。各铀矿、地质队、机械厂、校共计十四个单位的工人、干部、技术人员 66 人参加了会议，江西省卫生局工业研究所派员参加了会议。会议交流了安全生产、防护工作和三废处理等方面的经验，讨论研究了 1975 年的安防工作，参会者到矿区参观了修水铀矿的污水处理工程，听取了修水铀矿水冶厂负责人郭笔川就污水处理工程建设和生产情况的介绍。1974 年度，系统内许多单位提前超额完成全年生产任务，生产形势大好。二机局对修水铀矿在内的四家铀矿在安全生产、杜绝死亡和重大事故发生、事故率低位运行给予了表扬。地质系统和矿山系统一些作业场所粉尘、氡气浓度达到了国家规定的标准。三废治理也做出了一定的成绩，如修水铀矿在连续八年安全生产的基础上，自力更生，因陋就简，土洋结合，建成了废水处理厂，实现了“化害为利”，投产一年多来，处理了废水×万吨，回收金属若干吨。上饶铀矿土法上马，办起了煤渣砖厂，变废为宝，三年时间已给国家上缴利润×万余元。在运输战线，涌现出五个先进集体，分别是修水铀矿汽运修理车间平板车班、抚州铀矿医院司机班、崇义铀矿车队三分队和 261、264 地质队汽车队。这五个先进集体，不但超额完成了运输任务，而且做到了安全行车。会议对存在的问题进行了分析，提出了解决的措施。

受到这次会议表彰的修水铀矿平板车班所在的汽运修理车间党支部，是一个十分重视安全运输的先进集体。车间党支部发挥战斗堡垒作用，积极响应矿党委坚持安全生产的号召，及时组织汽车司机分析连续发生事故的原因，针对性地进行安全生产思想教育，认真检查《中共中央关于安全生产的通知》措施的落实情况，人人制定具体手段，个个想法子防止事故发生，确保行车安全氛围的形成。经过不懈努力，行车事故明显下降，1974 年发生事故比上一年减少 48%，经济损失减少 26%；评出了十七名安全行车驾驶员，占司机群体的 26.8%。十多年如一日安全行车无事故的郑占法现身说法，他的体会是要领导重视、依靠群众、坚持思想教育，做到胆大心细、集中精力驾驶，保证多管齐下，事故就会减少。有一次，他在行车中发现前方右侧有一位中年妇女同方向前行，他提前按了喇叭，随即把脚放在刹车板上，减速了，当快接近那女人时，她突然横穿马路，郑占法赶紧紧急刹车，当车停下来时，车距人只有一米多的距离，多悬啊！郑占法长期保持高度警惕性，脑子里始终绷紧安全驾驶这根弦，成为安全驾驶的标杆。

二工区（大椿工区）实施井下作业，虽然缺少施工经验，但由于工区领导时常深入现场参加生产劳动，他们依靠工人群众，发现隐患及时排除，成为修水铀矿发生事故最少的单位。副主任江立弟带班作业，由于脑子里绷紧重视安全生产的弦，避免了一次重大事故的发生。事情经过是这样的：他带着一个工班，完成风钻打眼、填装炸药后，三十多人都撤到洞口外，放炮工点燃导火索，也撤到了洞口，可是炮没有在预定的时间内炸响。一分钟过去了，两分钟过去了，这时大家七嘴八舌议论开来，说这是黑炮。五分钟过去了，炮还是没响，一位采矿技术员开口了："江副主任，这肯定又是黑炮，没事了，这类情况遇到多了，大伙可以进去了。"江立弟斩钉截铁道："不行，绝对不能进去，要等到二十分钟以上。二十分钟后，由我和放炮工进去检查，你们在外面继续等候。"接下来，大伙都盯着放炮工手上的马蹄钟看着，滴答、滴答……等到十五分钟的时候，洞内一声巨响，洞口喷出了浓浓的黄色粉尘。所有人都被这声巨响震蒙了，回过神后，大伙都庆幸江立弟指挥有方。如果，三十多人都进了坑道，那后果不堪设想……

1974 年，修水铀矿安全生产形势喜人，水冶车间人身、机械设备事故比上一年减少 50%，一工区放炮班实现多年安全生产无事故。老放炮工俞方培严格执行操作流程，胆大心细，成为安全生产的标兵。同时还注重保护环境，发展生产，他们把生产排出来的废水利用起来，防止对人民的健康造成危害，这对巩固工农联盟是非常有益的。对于这个问题，他们的认识也不是一下子到这个程度的，是有一个不断提高思想觉悟的过程。

早在 1966 年 8 月，修水铀矿水冶厂采用石灰中和法处理污水。那时候经验不足，对一些工艺的应用认识也不深入，单纯认为排出污水金属浓度 8 毫克/升左右，处理污水大有"油水"可捞，有"文章"可做。只从经济利益出发，没有从污水处理可以减少对环境污染的角度考虑。运行了半年，遇到群众运动，正常的水冶生产主业受到影响，像污水处理这样的副业自然而然就停止了，机械设备统统躺在厂房里睡大觉。一年多后，水冶车间广大职工重新提出进行污水处理的建议，修水铀矿又重新启动了污水处理工程，加大投入力度，工艺不断优化，效益逐步提升。

二机部 1972 年衡阳会议后，修水铀矿对污水处理有了新的认识，他们认识到搞不搞污水处理是一个重大的政治问题。污水处理不只是一个经济问题，也是关系生存的大问题，关系对于人们健康负责的问题。清楚认识到自己的责任，向人民负责；搞不搞污水处理，是对人民的感情问题。一切从人民的利益出发，消除污水，为人民造福，是执行毛主席革命路线的具体体现。认识提高后，他们重新组织人员进行污水处理。在二机部十二局的关怀下，自力更生，因陋就简，改建了原来的污水处理设施。根据本矿的具体情况，吸取兄弟单位先进经验，改用离子交换处理。从设计到建成投产仅用了半年时间，一年来处理污水一万八千多立方米，回收金属 1.5 吨，使污水中金属浓度从 180 毫克/升降到 10 毫克/升，大大减少了污染。

二机部十二局一位处长来修水铀矿例行检查，对修水铀矿污水处理工作取得的成就很是满意，十分赞赏。他于现场随手在便笺纸上写下如下字句：

使用固定资产更新改造资金投资××万元，1974 年 2 至 5 月份，仅四个月即回收金属×××公斤，价值×万元，预计十个月即可收回全部投资费用，促进了生产，保护了国家资源，降低了成本，从经济效果来看也是显著的。

“三废”即废渣、废水、废气。“三废”工作，修水铀矿走在全国同行业的前列。此项工作事关重大，涉及民众生命安全，宏观上是涉及国家大政方针，微观上牵涉千家万户的健康。1974 年 5 月，国务院副总理李先念在关于解决上饶铀矿污染问题的批示中指出：“集中力量打歼灭战，解决这个问题”“采取得力措施，迅速解决，这是关系到人民生命安全的大事情”。

为了落实李先念副总理的指示精神，各单位都采取了相应的措施，力争从根本上解决问题，通过技术革新攻克这一长期困扰铀矿的难题。

进入七十年代，江西境内的铀矿山和铀矿地质队的主管上级是江西省第二机械工业局，该局于 1976 年 8 月 16 日在给江西省环境保护办公室的《环境保护规划》上报材料中，制定的环境保护规划目标是：第一，严格控制工业废水对环境的污染，五年内要求 50%～60%的矿山、水冶厂和有主要机掘坑道的地质队，外排废水的有害元素达到国家规定的排水标准，十年内全部达到，使之成为无害企业。要求：全面推广修水铀矿“流化床”处理废水的经验；第二，抚州铀矿的 2 号竖井和 6 号坑道的废水处理今年投产，以便进一步总结经验教训；第三，崇义铀矿的鹿井坑道废水处理 1976 年搞出方案，力争 1977 年投产。

由此可见，修水铀矿在“三废”处理方面走在了全局甚至全国的前列，取得了显著的经济效益和社会效益，成了业内一面鲜艳的旗帜。

先生产后生活，这是那个艰苦奋斗时代的真实写照。生产上的污水处理被重视起来了，生活上吃“污水”的问题也提到了议事日程上。要改善饮水、安定人心，修水铀矿工业用水和生活用水来自同一水源，金属含量 5×10^{-6}/升，大肠杆菌 1 000 个/升，细菌总数 3 000 个/升。雨季时，浑浊度高得像红糖水，曾造成大部分职工有思想顾虑，不安心矿山工作。有文采的“诗人”写了一首打油诗，在矿区及工人村流传起来，诗句为：

修江河水浑沉沉，无数小虫闹翻腾，脏水入肠把病生，哪有精神干工作。

面对这一现实问题，党委书记王来宾高度重视，他多次主持党委专题会，并与矿爱国卫生委员会一道开会讨论，到一线调查研究，提出实施方案。他亲自组织力量把工业用水和生活用水分开储存，加强对生活用水的管理，进行严格过滤，净化，消毒处理。经过一番努力，使饮用

水的细菌总数由原来的每升 3 000 个减少到 4 个，大肠杆菌由原来的每升 1 000 个减少到 1 个，达到了国家饮用水标准。这真是了不起的改进，职工家属成为真正的受益者。有了健康的饮用水，再也不会因为饮用不洁水而生病了，矿里人喜笑颜开。

喝上干净的修江水，“诗人”诗兴大发，打油诗又一次传开来：

修江河水清又淳，小虫遇氯死光光，职工喝下无菌水，身心健康神气爽。

后顾之忧解决了，安定了人心，提高了职工身心健康水平，保证了生产任务的完成。一件利在时下、功在千秋的事，被传颂许久。

有了健康纯净的饮用水，职工及家属喜笑颜开，生活在崇山峻岭中矿里人，沐浴着阳光雨露，生活就像芝麻开花节节高。到处是欢乐的歌声，到处是盛开的鲜花。就是在这样的环境下，矿里人迎来更加丰富多彩的生活。1974 年 12 月 10 日，为了丰富职工家属的文化生活，修水铀矿向省二机局申请添置宽银幕幕布一块和宽银幕镜头一副（两只），第二年，实现了宽银幕进大山。朝鲜电影《卖花姑娘》的上映，职工、家属及小孩简直比过年还开心、还热闹。附近十里八乡的人，都赶来观看。电影曲折感人的故事情节，以及宽银幕彩色电影第一次给人的视觉冲击，令观看者终生难忘。

28. 青春热血　丰碑永在

战争年代，中国共产党人前赴后继、英勇战斗，经历了土地革命战争、抗日战争、解放战争，无数先烈献出了宝贵的生命。新中国进入和平建设时期，这些肩负保卫祖国、建设祖国重任的共产党人，继续努力奋斗，经受着艰难困苦的考验。共产党人薪火相传，不怕苦不怕死，英勇无畏。他们知道这样一个道理：要奋斗，就有牺牲。

共产党员曾兴茂，1935 年 9 月出生于江西赣县一个贫苦农民家庭，五岁那年母亲因病去世，只读过两年小学，1952 年 1 月经乡政府介绍到赣南石灰厂当了一名工人，1956 年加入中国共产党，年年被评为先进。1957 年赣南石灰厂下马，曾兴茂服从组织安排，调到修水白岭的六二四矿工作，任排长，组织上还送他到修水县委党校进修学习。他于 1963 年 10 月调修水铀矿，在水冶车间工作。1966 年上半年，修水铀矿对全体党员进行党员重新登记时，组织上对曾兴茂的评价很高：一位对工作兢兢业业的好矿工。

1966 年 9 月 13 日，曾兴茂像往常一样在水冶车间作业劳动。下午五时许，他在储矿仓驾驶搅拌机，将矿车从山上匀速放行至山下的矿石大漏斗。当工作告一段落，他要沿着山边去另一个地方时，踩到一块摇摆不稳的石头，失去重心，不慎落入山谷，头颅破裂。医生陈福堂接到求助电话，背着药箱紧急赶往现场。一检查，曾兴茂的脉搏、心跳都停止了，没有了呼吸，瞳孔放大。曾兴茂牺牲的场面十分惨烈，鲜血流了一地，陈福堂怀着沉痛的心情，脱下自己的上衣，包裹着他的头部。

原本山边的护栏一直计划要安装，由于忙于生产，一时未抽调人员组织力量安装，造成了重大死亡事故，令人痛心。9月1日，外运才开始，不到半个月就出事了，二机部十二局安防处立即派人来指导善后处理事宜，并代表组织上看望了曾兴茂的妻子儿女，送上了党的温暖。

副矿长李连柱怀着沉痛的心情为曾兴茂穿上新衣服，修水铀矿隆重举行了曾兴茂追悼大会。全矿职工家属一千多人，人人胸前别着白色纸花，手臂上佩戴着黑纱，在追悼大会现场为曾兴茂默哀致敬，深切缅怀自己朝夕相处的工友。矿长李军主祭，含着泪水宣读悼词，悼词高度赞扬了曾兴茂短暂而又伟大的一生，回顾了他参加革命工作以来为党为人民做出的贡献，评价他是一名优秀的共产党员、五好职工，号召全矿职工家属化悲痛为力量，继承曾兴茂未竟的事业，努力奋斗，为国防1铀矿事业做出更大的贡献。追悼大会后，曾兴茂的棺木由水冶车间的八名职工抬上山，全体人员双手捧着砖头依次上山为英雄修建墓穴。站在曾兴茂的墓前，众人依次鞠躬致哀。高规格安葬了曾兴茂，掩埋好牺牲的战友，勇士们擦干眼泪，继续战斗。

得知丈夫的噩耗，赖秀英昏死过去，在医院躺了半个月，眼泪哭干了。直到丈夫下葬后，组织上也没有准许她去见丈夫最后一面，怕给她留下惨烈的印象，造成心灵的伤害。巨大的悲痛，使这个弱小的女子体重只剩70多斤了。

曾兴茂走了，丢下年仅27岁的妻子及三个年幼的孩子，老大不到7岁，最小的不满周岁。面对残酷的现实，怎么办？她想起了丈夫生前对她炙热的爱情，咬紧牙关，发誓要把孩子们抚育成人。曾兴茂牺牲后，妻子赖秀英在当年的12月接过他未竟的事业，成为铀矿的一名工人，分配在招待所做服务员，后到工业浴室做了一名洗衣工，又到食堂当炊事员，在行政科卖过菜，到供应科做修旧利废工作，最后又回到工业浴室工作。干一行爱一行，她多次被评为五好职工和先进生产者。三个孩子到16周岁前，每人每月享受8元钱的抚恤金优待。赖秀英在组织的关怀下，抚育三个孩子长大成人，他们都成为自食其力的劳动者，告慰了丈夫在天之灵。

曾兴茂因公牺牲后，妻子赖秀英忠贞守护近六十年。每年清明、祭日、生日，她都要拎着一个大篮子，里面放着丈夫生前爱吃的饭菜，饭菜上面盖着一层纱布，挡着灰尘，来到他的坟前祭奠，浓浓的悲情催人泪下。长此以往，不论刮风下雨，从未间断，即使全矿的人都离开了，赖秀英一人依旧住在几十年前的老房子里，不肯离开这个她魂牵梦萦的地方，这里有她的亲人。对爱情的忠贞守护，感动了千万人，方圆几十里的人们都在传颂着赖秀英的传奇故事，这位柔弱而又坚毅的小女子用她的真情演绎了一曲现代版的《梁山伯与祝英台》……

曾兴茂牺牲的时候，李连柱进矿时间才三个月，对曾兴茂没啥印象，出于对阶级兄弟的感情，他亲自为曾兴茂穿寿衣。这一举动感动了全矿人。从那以后，无论是什么情况，只要有职工去世，李连柱只要不出差，都会为去世的职工穿寿衣。这成了一条不成文的“约定”，彰显了党密切联系群众的优良作风，也体现了党的干部体恤民众，不忘给失去亲人的家属子女送去温暖。就是在 1980 年，李连柱升任修水铀矿党委书记、成为一把手后，他依然为逝去的工人穿寿衣，这一善举，他一直做到退休，坚持了 18 年。

修水铀矿重建时，较早从赛城湖农场调来的锻工师傅周荣生，在一次浇灌模具时不慎被飞溅的铁水刺瞎一只眼睛，致使终身残疾。退伍军人邵珍在采矿场作业中不慎被推土机压到后脚根部，导致粉碎性骨折，走路一拐一瘸，组织上把他调到工业浴室，安排了一个较轻松的洗衣岗位给他，邵珍仍然坚持上班，完成任务。退伍军人喻圣初，在洞下 103 矿点井下作业时手臂受伤，落下残疾。采矿工丁添生，在井下作业遇到塌方事故，导致终身残疾。他们为采矿作业做出巨大贡献和牺牲，他们热爱这比生命还重要的事业。在伤好后他们重返工作岗位，直至退休。

浸出池在一次平整废渣时，出料工误以为上面没有人了，在没有做好协调工作的情况下，把出料阀门打开，进料工龚隆钦和矿渣一同漏到

等在那里的翻斗车上，幸亏工友们及时发现，把他从废渣里扒了出来，送往工业浴室清洗干净。尽管没有被翻斗车拉到尾矿坝倒入坝底酿成一起人命关天的大事故，可是这样一来辐射对龚隆钦身体造成了极大的伤害。这次事故后，龚隆钦身体抵抗力明显下降，六十岁不到就去世了。

水冶厂石灰中和班工人邹永友，被 1 000 多公斤重的石灰炉倒塌压倒，致使右胳膊多处骨折，在修水人民医院住院治疗两个多月，落下终身残疾，阴天右胳膊还会隐隐作痛。冷清淼也在一次石灰炉塌方事故中负伤，得到及时治疗。

风钻工李洪文，打风钻右肩膀负伤后，组织上安排他在风钻班搞风钻维修。他虽然把风钻维修工作做得很好，但总觉得工作不饱和，待身体恢复差不多后又当起了风钻工，活跃在采矿的第一道工序中。150 毫米大风钻运用到生产中后，李洪文是最早最快地熟练掌握大型风钻操作的人之一。在一次用大风钻攻克一座岩石群时，他移动风钻时，不慎把腰部扭伤，致使腰骨断裂。他被送往修水人民医院住院治疗两个月，后又送二机部所属衡阳 415 医院，住院一个月，未等完全康复，李洪文又回到战斗岗位投入到生产中。由于没有得到根治，加上长期一线超强度工作，腰部伤痛给他留下终身残疾，年迈后需要借助拐杖行走。

1965 至 1978 年，十三年间，修水铀矿因公牺牲 2 人，因公重伤 19 人，轻伤 358 人，平均年负伤率 2.698%。负伤的人都能坚持工作，有一部分人继续留在一线战斗，直至退休。铀矿矿工在露天采矿场、井下坑道、水冶厂放射性环境下长期超负荷工作，防护措施不能完全到位，致使一些人英年早逝。为了国家的利益，他们把一切献给了铀矿。

由于种种原因，矿上出现了同工不同待遇的状况，从事同样的工作，最后的结果不尽相同。在七十年代初期参加工改兵的人，成为中国人民解放军基建工程兵战斗序列的成员，把铀矿改成部队的团、师建制，隶属基建工程兵部队，实行部队、二机部双重领导（业务上继续归二机部领导），其整个运作全部按照部队三大条例执行，正常征兵及复员、转业、退伍。到八十年代中期国家根据实际需要，又将工改兵的部队编制，由士兵改回工人了，也就是恢复了原来纯工矿的建制。年纪大的同志全部作为干部转业到地方，享受转业军人待遇，而一直在矿山工作的，即使以工代干，最终也是工人编制，甚至有不少人担任过排长、副连长、副指导员，支部副书记，结果依然是工人身份。在 1978 年底改革开放前夕，80%的职工在三级工以下，没有参加工改兵，一辈子是工人，待遇极低。

职业病鉴定依赖的标准以及职业病界定的范围，在实际执行过程中很呆板，粗线条，职工被认定为职业病困难重重，这是长期困扰一线铀矿工人的老大难问题。比如，在水冶厂老虎口工作的老工人，常年在粉尘大的环境下工作，肺部全是黑的，患病后很难认定为工伤。“老虎口”是吃人的代名词，这里从事的是水冶生产的第一道工序，将坚硬的矿石碾磨成粉末状，生产过程会产生大量的粉尘，破碎工长期在这样的恶劣环境下工作，均不同程度患上肺部疾病，严重的患有硅肺病。

退役军人郭森辉是老虎口破碎岗位的破碎工，历任副班长、班长，长期在粉尘浓度极高的环境里作业，粉尘吸入多，慢慢积累，前期他的肺部常有不适，在部属 415 医院住院治疗，一直未被认定工伤。最后，过多的粉尘导致他的肺部支气管堵塞。医生看了他的胸片后问：从事粉尘工作吗？时间多长？郭森辉自发现身体不适到去世不到两个月。

长期在高辐射环境下工作的周具生，后来肺部出现问题，组织上就没让他担任班长，工作相对轻松了一些，病情却加重了。最后，周具生因患肺癌去世，生前生病住院期间未按照工伤待遇处理。后经子女多方积极努力，基层组织落实执行了上级有关从事放射性工作认定工伤的相关规定，周具生等四人被确定为职业病，享受工伤待遇，遗属享受工伤抚恤。

有一部分人负伤后经过治疗，留下了残疾，劳动部门鉴定了工人的工伤，却因为级别低，他们没有享受每月领取抚恤金的待遇，这让很多人难以理解。有些人想不明白，出生入死地奋斗，身上留下伤痛，看病还要自己承担费用。

这一切，都留下令人无法释怀的痛，逝者带着遗憾而去，生者在期盼中度过余生。这一代人在青壮年的时候，正值国家建设的高峰期，只有付出，不求回报，到了暮年，企业改制破产，各种矛盾接踵而至。他们长期生活在艰苦的环境里，生活堪忧，留下许多困惑。

1964 年那一批从福州军区来江西核工业的“五千兵”退伍大军中，绝大多数人将自己美好的青春年华献给了铀矿 1 事业。也有极个别人，来到大山里，被困难吓破了胆，当了逃兵，不辞而别，属于自动离职，这些人以福建籍为多。在当时的情况下，这些自动离职的人，回到农村原籍，失去党籍、公职，又失去商品粮，起初生活较为艰辛。随着改革开放，这些人依托福建沿海经济发达的优势做起了小生意，日子红火起来，成为先富裕起来的一批人。昔日战友，分别后二十年、三十年再聚首，来了一个一百八十度的大掉头。相比之下，铀矿职工捉襟见肘，子女待业，生活负担重。对比之下，具有讽刺意义，也促使有关主管部门反思，要在这些耄耋老人有生之年改善他们的生活。

一些特殊的名称带来特殊的记忆。比如，半粮户，姜家渡，矿里人等。

半粮户。“半粮户”即临时户口，这是特殊年代造成的一种社会现象。矿工本人是城镇户口，吃商品粮，妻子和孩子是农村户口，吃农业粮，却跟着户主生活在矿区，家庭里只有职工一人是商品粮户口，这在当时是普遍现象。这类家庭俗称为半粮户。半粮户一般都住在工人村附近的山上，自己动手盖起了茅草屋。这类家庭生活大多较为贫困，自己开荒种地，临时户口家属私下都会养一头猪，提高家庭生活水平。不过按规定，一旦被发现一律按照平价收购，职工本人会受到组织上的诫勉和批评。临时户口家庭，只能靠购买高价粮解决吃粮的困难问题。可是，购买高价粮是违法的，这种行为会被扣上“破坏国家粮食统购统销政策”的大帽子，轻者口头批评教育，重者要受到纪律处分。一位张姓退伍兵矿工是典型的困难户，家属长年有病，又有四个年幼的孩子。粮食不够吃怎么办？只能私底下买高价粮，屋漏偏逢连夜雨，被人告发，受到处分，罪名是破坏国家统购统销政策。可是，临时户口家庭不自己想办法，会饿死人，于是各连队后勤、机关都成立了互助会，有困难的职工会得到及时救助，职工之间也发扬团结友爱精神，节约粮食，把粮票支援给有困难的临时户口人员。子弟学校对临时户口的子女，在受教育方面也出台了措施，比如开办乐器爱好班，临时户口的子女不能报名参加。这在很大程度上伤害了一部分学生的自尊心。

姜家渡。“姜家渡”是个在修水铀矿人心中有着特殊感情的地名，围绕着这个地名，出现了众多令人难忘的故事……

姜家渡渡口，姜家渡河滩，姜家渡农场，姜家渡大桥等，都与修水铀矿人结下不解之缘。

姜家渡渡口位于修江河与修江河支流金沙河交汇、金沙河上段 300 米处。姜家渡渡口距离修水铀矿 18 公里，去南昌、九江、永修杨家岭、修水县城等方向，或由这些方向到矿里的车辆，都要在此摆渡过江。一般过江都要花半个小时以上的时间，有时候摆渡船停在对岸，要等对岸有车过来才能摆渡，这样花费的时间就更长。这个渡口，是从南昌、九江、永修杨家岭等地回矿的路上最后一个渡口，到了这里似乎就看到了希望，急迫归家的心愿更加浓厚，姜家渡成了修水铀矿人的希望之地。

修水铀矿重建初期，矿里一部汽车在姜家渡木桥发生了一起严重的事故，汽车冲坏木桥，头部掉桥下，当时车上有主驾驶文洪庆和副驾驶，车由副驾驶操作，由于采取措施不当导致事故发生。事故发生的当天，受损木桥由老工人赖庆喜带一组人员修复，其本人留下来守护车辆一夜。

1969 年，修水铀矿根据当时形势发展的需要，也为了落实毛泽东主席的“五七”指示，在姜家渡建设了一个农场，对外称修水铀矿“五七”干校，投资 1.5 万元，有水田 20 亩、旱地 30 亩，还开展养鱼、养猪、养牛、养羊等畜牧业生产。不断有职工去参加劳动，收获的农副产品送回

矿部各食堂，给职工改善生活。1973 年 11 月 19 日，修水铀矿党委根据当时形势发展需要决定停办农场，后续撤离工作至 1974 年上半年完成。

姜家渡增加摆渡轮，提高摆渡效率：原来姜家渡只有一艘摆渡轮船，来往车辆行驶极为不便。修水铀矿的“101”产品外运后，姜家渡渡口成为一个瓶颈，车辆在此要花费较多时间，严重影响了外运任务的完成。为此，修水铀矿出资购买轮船，提高运力。

六十年代末，修水铀矿出资，地方上的公路局承担修建任务，建设姜家渡钢筋水泥大桥，大桥于 1972 年初建成通车。大桥通车后，修水铀矿与外界的联系更加畅通，矿石外运及物资运输的效率也得到极大的提高。

姜家渡大桥通车那年的 4 月 30 日下午 1 点半，由于车速过快，修水铀矿一部牌照为：12-66114 满载浓硫酸的汽车从杨家岭转运站返回时，在大桥连接大山的右急弯处撞到山体，汽车 180° 翻车，汽油流出，遇到电瓶搭火，燃起大火，养路段工人及随后同事的汽车赶到，大伙一起把火扑灭，车辆严重损坏，两位驾驶员负轻伤，去县城电影院取电影片的放映员陈大平搭顺风车返回正好在车上，他身负重伤，失去一只眼睛。陈大平在部队就是放映员，经验丰富，工作认真，很少出差错，为此赢得了大家的尊重。他康复后回到工作岗位，继续自己的放映生涯。球场上、山坡上，到处都是方圆十几里赶来的民众。那个年代，观看露天电影是件很时髦的事。矿上的家属、小孩老人，谁是矿长书记不一定都知道，而放映员陈大平可谓家喻户晓，就是孩童见到他都要问：今天有电影吗？他都会回答，绝不欺小。即使是附近社员问他哪天会有电影，他也有问必答，绝不欺生。

姜家渡拥有一片很大的河滩，沙子存量丰富。修水铀矿生产、生活所需的沙子都是来此取用，职工及职工家属常在姜家渡河滩装沙子。职工家属参加集体劳动，有的人家中十岁左右的孩子没有人看管，他们就带着孩子来，孩子在此随意玩耍。但这里发生过两起少儿玩水淹死的事故，给这些家庭来了无尽的悲痛。

矿里人。“矿里人”是独有的称谓，独特在这些人来自祖国的四面八方，说着普通话。有些神秘，也有些神奇。他们由于特殊的身份，生活在当地，热爱当地一草一木。有的人娶了当地人为妻，生儿育女，长期定居于此，可是他们不会说当地话，依然保持乡语乡音，保持着家乡的生活习俗。矿里人是那个特殊时代的产物，也是那个特殊时代的见证者。他们中的很多人到死的时候，人和灵魂都留在了当地，留在了那被人称为“矿里人”的地方。

然而，随着岁月流逝，那些曾经感天动地的人和事，似乎成了遥远的传说。他们中的许多人已经不在人世，健在的都已经是耄耋老人，垂暮之年依然抱有拳拳爱国之心。物质生活的贫乏、国企改制面临的困境、破产带来的窘迫，丝毫不影响他们成为精神世界的百万富翁——他们是民族的刚强铁汉，青年人学习的楷模，新时代需要这样的“两弹一星”精神。

29. 英雄风采　军人本色

大浪淘沙沙去尽，沙尽之时见真金。修水铀矿重建初期，退役军人占职工总数的65%以上，这些人中有不少人参加过抗美援朝、“八二三”炮战、援越抗美战斗；有一部分转业干部还参加过抗日战争、解放战争、抗美援朝，这些人经受过战火的洗礼，为民族独立、人民解放、保家卫国做出过杰出贡献，来到 1 号金属矿区后，他们保持军人本色，在铀矿采冶战线再立新功！

1964 年春天进矿的 512 名退伍军人群体，具有特别能战斗的优良作风，始终保持人民军队的光荣传统。他们中有 20 余人从一线生产者成长为中层以上的干部，连长赞、江立弟、黄世镯是他们中的杰出人物。

特殊的年代，国家刚刚度过三年困难时期，物资匮乏，生活条件较差。修水铀矿的职工们节衣缩食，不怕苦，精神世界极为富足。他们心中时刻想到的是：苦不苦，想想红军二万五；累不累，想想革命老前辈。

脚踏实地、建功立业。从退伍军人中，走出了省部、市局级先进模范人物：张石助、王树林、周立可、陈兴树、苏伯根、李洪文、冷文谱。周立柯成为全国工会工作先进个人。有老黄牛美称的李洪文，还当选了江西省第五届人民代表大会代表；核工业部蒋心雄部长赞誉陈兴树为铀矿战线一面不倒的红旗。

“黄饼”，是铀矿人追逐的梦想，是中国铀矿人心中的“宝物”。退役军人宋友俊、周宗利等人在押运产品的过程中都遇到过产品渗出的现象，都是用手拾起渗出物。

退役军人、萃取班长黄德珠，重活累活抢着干，最危险的活他冲在最前面。有一次检修，他下到萃取槽里清理渣质，零距离接触放射物，待他处理好爬出槽口时，脸色已经发黄，在场的人都为他捏着一把汗，而他显得很平静，权当啥事也没有发生。1968 年国庆，黄德珠作为铀矿工人代表到北京受到毛泽东主席亲切接见，毛主席还送了一只杧果给他。当黄德珠从北京回到修水县城，全县人民都为之欢欣鼓舞，这是伟大领袖毛主席对工人阶级的深厚感情，修水铀矿十多人在李振德同志的带领下前往县城迎接黄德珠回矿。修水铀矿派了许秀川驾驶一部小车，由李传福陪同黄德珠，到全县各公社做巡回宣讲，宣传毛泽东思想的伟大胜利，歌颂工人阶级的伟大贡献。从那以后，这段难忘的经历，是黄德珠努力工作的动力，也使修水铀矿人引以为荣：自己从事的事业看似微不足道，却是那么的崇高，得到人民领袖的赞许。

2019 年深秋，原水冶厂值班长李长芳在接受本书作者采访时说道："早期水冶厂 80%都是军人出身。我们只想着多出产品，哪里考虑过个人的利益。"这些从军营走出来的钢铁战士，在危急时刻，首当其冲，以国家利益高于一切的精神，全然不顾放射性污染对自己身体的伤害，心中只有一个目标：为了祖国的强盛，贡献毕生精力。

他们中很多人的妻子和子女户口长期得不到解决，一直是临时户口，生活较为困难，只好私下购买社员家中的多余谷子，一旦被发现或被人检举，涉嫌破坏国家统购统销政策，轻则批评教育，重则纪律处分、经济上处罚。

家属小孩在白土大队第 8 生产小队插队落户的就有李洪文、吴振泽、候照忠、陈君昌；在第 9 生产队插队落户的有何楚怀等人；在大场大队落户的有钱学山、谢恒本等人。这一时期，这批退伍兵处于事业发展的高峰，身强体壮，经过十年的磨炼，生产上已经积累了丰富的经验，可谓是骨干、中坚力量。可是，他们多数人的家眷都是农村户口，没有商品粮，一个家庭一般都有三四个孩子，多的有五六个孩子，家属又没有工作，家庭负担重。一部分人为解决夫妻分居两地的问题，将家属和小孩的户口迁到附近农村插队落户。

李洪文的家属和小孩没有商品粮户口，一家人住在附近农村，他工农关系维系得非常好。洪水来袭时，他参加生产队抢险救灾，保护了集体的财产。

有一天，李洪文像往常那样下班回家，走着走着，看到前面有一个挑着重担、步伐较慢的人。当那人看到后面有人来了，立即丢下担子，撒腿就跑。李洪文上前一看，原来是盗窃犯在生产区偷窃了钢材，他再一看，扁担上写着“甘某某”，他立即将这担钢材挑回家，暂时存放好，顾不上还没吃晚饭，立即到保卫科袁守宽家做了汇报。袁守宽随即带上一位保卫干事跟着李洪文来到白土大队，顺藤摸瓜，在大队书记、大队长的协助下，找到甘某某。在证据面前他承认盗窃了生产区的钢材，他们在甘某某家的屋后找到了用稻草掩盖的一堆钢材，后经过磅秤称重有800多公斤。经过修水县公安局审讯，这位叫甘某某的人在此之前还盗窃了矿上1 000公斤钢材，全部卖给了本地一位邱姓人开的铁匠铺。抓获盗窃犯，李洪文立了一大功。

有一次，听说生产队队长甘宝平的母亲身体欠佳，李洪文想看看老人家，他在门口喊了几声，没人答应，他就直接进去了。一看老人跌倒在地上，口吐白沫，不省人事，他立即把老人抱到床上，做人工呼吸。慢慢老人苏醒过来，他给老人喂了一点水，就跑步到大队赤脚医生家里，请医生来给老人看病，并帮着背药箱。经过医生及时治疗，老人脱离了危险。甘宝平事后得知李洪文救了自己七十多岁老母亲的命，十分感谢，并给修水铀矿党委送来了表扬信。毛泽东主席说过：“一个人做点好事并不难，难的是一辈子做好事，不做坏事。”李洪文就是这样的一个人，他是毛主席的好战士，是全心全意为人民服务的好干部。

李洪文不善言辞，只会脚踏实地做事。他多次见义勇为，深得修水铀矿职工家属和附近村民的爱戴和尊敬。有一次他骑着自行车去东津镇办点事，看到东津河边聚集着很多人，并听到喧闹声。他上前一看，原来有人投河自尽，他二话没说就跳入河中，游近一看是一位三十岁左右的女青年，他抓着落水者一个劲往岸边拖，这时候人已经蹬腿了。上岸后，李洪文给她按压腹部排水，人很快就苏醒了。这时候她的家人得到消息也赶到了。原来是两口子为家庭琐事闹不开心，一时没想通就走绝路了。这位女青年名叫余小花，是东津本地人。后来她和丈夫专程来感谢李洪文的救命之恩，李洪文告诫他俩懂得珍惜生命，处理好家庭关系。从那以后这对夫妻相敬如宾，家庭生活很美满。

在全民开展“深挖洞、广积粮、不称霸”运动的时期，矿区退役军人发挥了骨干中坚力量的作用。1969 年 3 月，中苏在珍宝岛发生武装冲突，形势非常危急。苏联在战败后，反应十分强烈，在边界陈兵百万，并开始计划利用其在远东地区的中程弹道导弹，对中国进行核打击，一时间，核战争的阴云笼罩在中国上空，黑云压城城欲摧。1969 年 8 月 27 日，周恩来总理找到毛主席，汇报了当前的中苏形势，感到事态越来越不好控制。然而，毛主席镇定自若地对周总理说：“不就是打核大战嘛，原子弹很厉害，但鄙人不怕。”毛主席停了一会儿，又问：“恩来，你读过《明史》没有？我看朱升是个很有贡献的人，他为明太祖成就帝业立下了头功。对了，他有九字国策定江山，‘高筑墙、广积粮、缓称王’，我也有九个字，能不能对付核大战呀？这九个字是‘深挖洞、广积粮、不称霸’。”

毛主席说完这些话，又幽默地补充了一句，他对周总理说：“你看看，有没有剽窃之嫌啊？”

周总理听后，也哈哈大笑，同时也在心里吃了一颗定心丸。按照毛主席“深挖洞、广积粮、不称霸”的指示，全国很快进入备战状态，中央决定成立人民防空领导小组，各省、市、自治区也纷纷成立各级人防领导小组，在全国广泛地开展了挖防空洞和防空壕的运动。

修水铀矿根据上级的指示，紧急备战，提前做好迎战准备，制定了《修水铀矿作战方案》。方案分为当前战备任务，地形和敌情，兵力组成，地区疏散和任务，信号、记号和规定，组织指挥，物资保障等章节。为

了加强作战和组织指挥，修水铀矿成立反空袭反空降指挥小组，军代表林轩亭任总指挥，高俊峰、李连柱、张广德、黄盘根等四人任副总指挥，由陈新金负责上报和传达工作任务。作战指挥小组的任务：在平时做好对民兵和职工的政治思想工作教育，在战时组织各连战斗消灭敌人。指挥小组的地点设在矿武装部。

根据修水县人民武装部的统一部署，组织预备役军人重返部队。重返部队的前期选拔工作顺利进行，修水铀矿“五百兵”中有孙修德等六位预备役军人整装待发。后来，形势趋于缓和，上级下达了停止预备役军人重返部队的工作。孙修德等人尽管没有实现二次入伍的理想，但是拳拳报国之心可见。“若有战，召必回”的信念早已扎根于预备军人心中，红色薪火代代相传。

1968 年、1969 年，修水铀矿按照上级的统一分配，接收了一百多名退役军人。这批人都是超期服役的老兵，有服役八年以上的老兵十余人，党员比例达到 80%，大部分人参加了援越抗美战争，经受过战火的洗礼。他们的到来，给修水铀矿增添了新鲜血液，带来了新生力量。这批人中修水籍的胡国利、巍根泉、樊启炳、黄国发等人就来自步兵第 84 师，当年“五百兵”中的第 84 师退伍兵启程离开部队的时候，欢送的人群里就有他们的身影。万万没有想到，老兵们会去自己的家乡从事国防建设。进矿后，有一次，黄国发听见有人在喊他，他回头一看，是同一个连队的老兵周克旺。原来他们是第 84 师 251 团山炮连的新老战友，那会儿黄国发是新兵刚到连队，与老兵周克旺相识，欢送周克旺等老兵退伍，他万万没想到，几年后，他也来到修水铀矿，与老兵们一同为铀矿事业奋斗。

30. 相互协作　齐心奋斗

一个好汉三个帮，一个篱笆三个桩。修水铀矿重建初期派出了多批次人员前往本系统湖南郴县铀矿、湖南衡南铀矿、上饶铀矿、抚州铀矿学习开采、风钻、爆破、轨道铺设、装岩机及挖掘机驾驶等技术。外出学习的人回到工作岗位，都成为技术骨干。那个时候，为了拓宽思路，修水铀矿也派人到系统外单位学习，比如前往兴国画眉坳钨矿学习。走出去，请进来；走出去取经，也把系统内同类型单位有经验的技术员、技术工人请进来传经送宝，相互取长补短，共同提高。

修水铀矿重建后的十年时间里，不断支援兄弟单位建设，为全国铀矿企业建设提供了及时的帮助。修水铀矿重建的第三年就向新疆铀矿企业调去十余位技术工人，支援那里的铀矿建设。甘肃迭部铀矿，1967 年筹建，1968 年修水铀矿调去了 57 人，参加初建工作。该矿矿部及水冶厂设在兰州市郊，矿山所在地位于毛尔盖，那里一年中有半年大雪封山，只有半年的生产期。贵州开阳铀矿的水冶厂在六十年代初中期下马后，人员大部分调往修水铀矿。国家为了在西南腹地建设水冶厂，处理贵州开阳铀矿和广西大新铀矿的矿石，于 1971 年 5 月决定在息烽县全面动工兴建二七六厂。这是一个中等规模的水冶厂，在七十年代陆续有早期从开阳铀矿调修水铀矿的技术工人李祖红（卷扬机工）、刘精明（萃取工）、冉启西（钳工）、杨庆芳（萃取工）、林开美（塑料工）等人调贵州省息烽二七六厂工作，直至退休。

1971 年，修水铀矿还派出十名汽车司机去上饶铀矿贵溪 65 号矿点支援剥离，时间长达半年之久。那会儿，上饶铀矿新开发了贵溪矿点，剥

离量大，需要兄弟单位支援。他们在二机部十二局的协调下派人到修水铀矿洽谈具体事宜，于生龙负责此事，他亲自部署，指示四连派出技术过硬的十名驾驶员前往支援。去的同志出色完成任务，受到上饶铀矿的高度赞扬，并给修水铀矿发来了感谢信。

陕西蓝田铀矿，1971 年筹建，1973 年修水铀矿调去三十多人参加建设。这家位于西北的铀矿，是中型采冶联合企业。在修水铀矿工作期间积累了扎实实际工作经验的技术员李治国调到蓝田铀矿后，发挥专业优势，在技术岗位上出色工作，取得优异成绩，成为高级工程师，并出任矿副总工程师。也是在 1973 年，修水铀矿有三十多位技术骨干调往崇义铀矿，参加崇义铀矿的初建工作。

随着国家总体布局，六十年代后期和七十年代初第三批铀矿企业迎来了建设的高潮。江西赣南的崇义铀矿就是在这一时期建设的，主要由湖南郴县铀矿抽调力量组织建设，修水铀矿与崇义铀矿的工作联系多了起来。

崇义铀矿是国家建设的第三批铀矿的重点工程项目。1969 年 2 月二机部十二局决定由湖南郴县铀矿支援建设。郴县铀矿副矿长于振铎带领一批精兵强将，从湘南转战赣南，这里面就有智勇双全的工人出身的工区长、部劳动模范吴吉祥，经 6 月开工筹建，矿山井下工程和露天工程分别于 1970 年 5 月和 1971 年 3 月开工建设，水冶厂工程于 1972 年 1 月开工兴建，1982 年底全部建成，1983 年 7 月 1 日正式投入生产。于振铎任党委书记兼任矿长，吴吉祥任副矿长。

于振铎是河北武强人，1924 年 9 月出生，高中毕业，1939 年参加革命工作，同年加入中国共产党，1959 年调二机部十二局，任副处长、处长，1962 年调郴县铀矿任副矿长，1969 年奉命到赣南筹建崇义铀矿，担任矿党委书记、矿长。1981 年调江西二机局，任党组副书记、副局长（主持全面工作）、顾问，1984 年离休。于振铎敢于排除干扰抓生产，善于调动和发挥知识分子的积极性，使他们心绪舒畅，齐心协力，为基建而出力。1983 年崇义铀矿工程竣工验收，该工程获“国家优质工程奖”。他作风踏实，深入一线，每从外地出差返矿，必先到井下、工地了解情况，看望上班职工。他经常和群众谈心，帮助他们解决实际生活上的困难。每当有新调来的和分配来矿的学生，他都去欢迎，给他们背行李，以至新来的同志都把他当作老师傅。他在建矿初期为崇义铀矿职工进行传、帮、带，培养了好传统、好作风。

在第三批建设的铀矿中，最有故事的当属开国上将许世友创办的南京小铀矿。六十年代末，中苏两国军队在珍宝岛爆发了武装冲突。面对苏联扬言用核武器发动对我国进行侵略战争，形势一度紧张起来。在一次政治局会议上，毛主席说起原子弹的重要性，说要大力发展原子能事业，要大搞铀矿建设。时任南京军区司令员、江苏省委书记、省革委会主任的许世友听后就向毛主席表示：我来搞这个事，江苏也要找铀，也要发展核工业。

1970 年 5 月 1 日，许世友参加“五一”庆祝晚会，毛主席在天安门城楼上会见了他。许世友向毛主席报告：“主席，南京发现了铀矿，需要中央支持。”毛主席听到这一消息非常高兴。恰好二机部刘杰部长在旁边，毛主席说：“就让刘部长支持你。”有了毛主席指示，并且国防事业有需要，所以哪里有矿哪里就上马。

二机部为了落实毛主席指示，决定大力支持许世友兴办铀矿。许世友是军人，说干就干。

1970 年下半年，为了支援许世友的南京铀矿，遵照二机部的统一部署，西北 182 队和华东 608 队的支援地质勘探人员，分别安排在安徽金寨和江苏溧水；抚州铀矿支援采矿部分，去了 26 人；修水铀矿支援水冶部分，前期去了 3 人，后期又去 3 人，后期去的两人参加了工改兵，留了下来。

修水铀矿去的人，由水冶车间负责人、水冶技术员、具有丰富的理论和实践经验的黄代宽带队，随行的人有浸出工万金保、压滤工林金龙。

他们先到北京二机部十二局接受任务。三人到达北京后，即到十二局报到。第二天，他们迫不及待来到天安门广场照相留念。这是神圣的地方，他们心中充满着敬意之情。

黄代宽，四川江安人，生于 1934 年 11 月 25 日，早年毕业于成都工学院，本科学历。自 1965 年到修水铀矿工作后，长期在水冶厂工作。1970 年 7 月 1 日，由周兴福、郭森辉介绍光荣加入中国共产党。为了培养发展黄代宽入党，党委特别把周兴福从供应科调到水冶车间，负责近距离考察黄代宽，帮助他进步。等到黄代宽按照正常组织程序入党后，周兴福又调回供应科继续担任科长职务，足见组织上对基层骨干技术人员的高度信任和重视，充分体现了党的知识分子政策，也说明知识分子是工人阶级队伍中的一分子。基层的锻炼使黄代宽逐渐成熟起来。

黄代宽一行三人，在北京接受了一个星期的培训。到达南京后，黄代宽负责水冶厂的全面工作。这个水冶厂极为简陋，起步过程困难较多，为此，许世友对水冶厂的工作很重视。许世友几乎每周都要来水冶厂检查工作，一到简易水冶厂，就会来找黄代宽，询问生产进度。在黄代宽心目中，许世友司令员可是赫赫有名，得以近距离接触，他做梦也没想到。许世友十分健谈，问了很多专业上的问题，黄代宽都一一回答。

有一次，许世友风趣地问黄代宽：“你什么时候搞一颗原子弹给我玩一玩呀？”

黄代宽听后，哈哈大笑。许世友，也情不自禁笑了起来。

二机部领导对许世友将军开办的小型铀矿给予了极大支持，江苏省也为了支持许世友司令员亲自抓的这个项目，成立了“70 办公室”，专门为之配套服务。

许世友，河南新县人，1906 年出生。1926 年 9 月加入中国新民主主义青年团，1927 年 8 月转入中国共产党，参加著名的黄麻起义。他忠于党，忠于人民，忠于马列主义，把毕生精力贡献给无产阶级革命事业。他善于学习和运用毛泽东思想，积累了丰富的作战经验，指挥过一系列的重要战役、战斗，组织过大兵团作战，表现出卓越的军事才能，是我军从战士逐级成长起来的难得的优秀军事指挥员之一。毛泽东主席曾赞誉他："许世友是员虎将，打红了胶东半边天，了不起、了不起。"1955年9月，他被授予上将军衔，荣获一级八一勋章、一级独立自由勋章、一级解放勋章。

许世友开办铀矿的地点很分散，第一个矿点是南京郊区的幕府山，第二个矿点是溧水县洪兰镇的"七一"工地，第三个矿点是安徽省金寨县响洪甸的铀矿点。这些矿点许世友常去，设在南京郊区的水冶厂，他也常去，每次去都会单独找黄代宽了解生产情况。黄代宽负责这个简易水冶厂，人员在20个左右，林金龙、万金保成为重要骨干，传授经验。

在许世友司令员直接领导下工作，黄代宽感到骄傲和自豪。过去对许世友的传奇经历有所耳闻，近距离接触后，发现许世友司令员平易近人，没有一点官架子，说话随和，对自己提出来的工作上的建议大力支持，需要上级解决的问题，都会立即落实，雷厉风行。这些都给黄代宽留下深刻印象，当然也给他心中留下少许的遗憾——未能与许世友将军合影留作纪念。

跟随黄代宽一同来的万金保、林金龙，他们在南京水冶厂工作期间，心情舒畅，任务也完成得很出色。不久，上级又把修水铀矿的黄文怀、李洪才（江苏人）调来帮忙。黄代宽还负责培养破碎工、浸出工、萃取工、压滤工等工人，使之能独立完成工作任务。

万金保，江西南昌人，1959年3月入伍，在炮击金门的战斗中，荣立两次三等功。退伍到修水铀矿后，多次被评为五好职工、先进生产者、矿劳动模范。这次跟着黄代宽前往北京受命，再到南京，他一路心情舒畅，工作起来特别卖力，希望通过自己的努力，多做贡献，帮助这里尽快拿出产品。

时间到了1971年春天，许世友将军兴办的铀矿要实行工改兵了，黄代宽接到二机部十二局的通知，要做好移交工作，随时做好撤退的准备，

他们决定站好最后一班岗。不久，部队接收的人到了，做好工作移交后，黄代宽等人返回了修水铀矿。因工作需要，李洪才（江苏人）正式办理人事手续调入南京铀矿；不久，修水铀矿化学分析技术员沈厚培也办理了人事手续调到南京铀矿工作。

根据中国人民解放军总参谋部正式下达“关于南京军区组建铀矿地质团”的命令，南京军区下达了《关于组建基建工程兵第六〇七团的命令》，该命令对六〇七团的番号、代号、性质特征、主要职能、机构设置、人员编制、隶属关系、职权范围、业务性能做了极为具体的阐述。至此，许世友将军开办的铀矿，完成了工改兵工作。

到 1972 年 12 月，二机部十二局在湖南省株洲召开了地方和军队办的小铀矿负责人座谈会，会议讨论了铀产品收购中的具体问题，交流了降低成本的问题，确定了铀产品的收购价格，并提出将小铀矿纳入国家计划以解决小铀矿的生产材料问题。此时，全国地方和军队办的小铀矿共有 32 个，分布在湖南、广东、云南、浙江、江苏、山东、新疆等省市、自治区。其中地方办的 13 个，军队办的 9 个，生产建设兵团办的 7 个，综合利用的 3 个。许世友将军开办的南京铀矿就是这 32 家中的一员，它的成功建设反映出当时社会发展的需要，从一个侧面折射出社会主义社会集中力量办大事的制度优势，也凝聚了修水铀矿人、抚州铀矿人付出的辛勤汗水。

267 大队于 1974 年 10 月 1 日在修水县组建。主要由 263 队 4 分队、364 队 4 分队、265 队 8 分队抽调人员组成，时称 267 队。1979 年改称二机部华东地质勘探局 267 大队，该队主要任务是对修水地区的铀矿储备进行勘探，也为修水铀矿开采做保障。

索小兵，山西原平人，最早到修水地区探矿的地质队负责人之一，他到达修水地区，即在修水铀矿的帮助下安家在那里。1974 年，267 大队 5 分队通过 1:5 000 伽马详测对修水铀矿所在地修水异常点进行地表揭露，作出初步评判。1974 年 10 月，267 大队对异常点进行深部探索，取得显著成效。从 1974 年开始，267 大队在普查中，对前人发现的矿点做进一步调研。为扩大地质成果，267 大队重新进行区域普查和老点调查，完成区域调查面积 60 平方公里，普查面积 50 平方公里，调查老点 11 个。

同时，修水铀矿也派出几十位地探工作者，随 267 大队工作，分配到各小队找矿。刘交成、胡庆龙等人参加了这项工作，最长时间者工作时间达一年零三个月。不久，还有一些人，因工作需要正式办理人事手续调入 267 队工作。

协作楷模，久久颂扬。修水铀矿与当地县、区、公社、大队相处和谐，彼此成就对方。重建初期，大部分是部队退役军人和大中专毕业生，没有过冬的大衣和棉被，地方上解决了棉絮和棉花的问题。六十年代末修水县人民委员会原副县长高俊峰来矿工作，任革委会副主任；七十年代初期修水县革命委员会副主任韩魏风来矿工作，任革委会副主任。六十年代中后期，修水铀矿出资改建三都渡口、姜家渡渡口，增加轮渡，提高运力；六十年代末七十年代初先后出资修建姜家渡大桥、修水大桥、沙滩大桥，造福一方百姓。曾任修水县溪口区工委副书记的傅朝玄回忆，当年修建沙滩大桥时得到修水铀矿大力支持，他们为繁荣地方经济做出了不可磨灭的贡献。每年的春耕插秧、夏季的水稻双抢、秋节收割、采摘茶籽等农忙时节，修水铀矿都会组织大规模人力物力支农，金岭、新联（梧坪村）、大场、东津等大队的田间地头洋溢着工农联盟的深情厚谊，社会主义赞歌久久传颂。同时，地方上的各级组织和当地农民对修水铀矿的建设给予大力的支持，做出了巨大的牺牲。

一曲工农鱼水情深的凯歌：1969 年 8 月 31 日凌晨两点钟，从修水县上杭公社高坪大队送到矿医院的一位病人，病情十分危急。病人是 42 岁的贫农女社员李小英，值班医务人员经过对她的详细检查，认为病情十分严重、复杂，必须立即会诊。值班医生彭开鑫马上把情况向院领导做了汇报，领导当即决定把全院所有医务人员从睡梦中叫醒，赶来医院会诊，经过会诊，李小英的病情诊断为：宫外孕。最后医生决定就地手术，

但需要大量血源。矿领导亲自到广播站向全矿职工家属喊话，号召为抢救阶级姊妹献血。听到广播后，有两百多人迅速赶往医院准备献血。经过血型比对，陈发信、戴定普、王永远等二十多人献了血，修水县驻矿工宣队队长包希才三次献血。由于这些同志纷纷献出大量的鲜血，为手术的开展铺平了道路。全体医务人员，经过十几个小时的奋战，克服了种种困难，终于胜利地完成这次抢救和手术工作。当日值班医生彭开鑫和护士十四个小时没有下火线，其他医护人员也同样战斗了十几个小时，没有一个人离开医院，直到手术全部顺利结束，他们才陆续放心地各自回家吃饭和休息。这次抢救体现了救死扶伤的人道主义精神，也是工农联盟的一曲赞歌。

与兄弟单位在工作上也同样是团结协作、互相支持，如湖北大冶钢厂一部汽车在矿区的附近翻了，矿领导李连柱闻讯后和四连调度室的同志开着吊车赶到现场，在当天晚上 10 点钟把汽车吊了起来，车上的机件坏了，四连的修理工把车修好，并且安排了司机的住宿。当司机回到单位向领导把事情的经过一五一十地说了，大冶钢厂派专车给修水铀矿送来了伟大领袖毛主席的宝像和感谢信。

修水铀矿仅在 1970 年 1—5 月，支援修水县、永修县、武宁县运输化肥、粮种、农药、水泥和生活用品等物资达 217 193 吨公里。三连、四连利用自身技术优势，修好了附近的东津、程坊、马坳、东港、司前、西港、上杭、杭口等公社的柴油机、水泵、拖拉机、电瓶和其他农业机械设备，有力支援了农业生产、工业发展，促进了地方经济的繁荣。

遵照毛主席“救死扶伤，实行革命的人道主义”的指示，据统计，矿医院仅在 1970 年上半年为贫下中农治病 500 余人次，接收住院治疗的为 33 人。新联大队社员吴美材一只手的动脉、神经、肌腱等折断，经过医务人员抢救恢复了正常，出院后她继续从事农业生产劳动。医术精湛且情操高尚的修水铀矿医务工作者，被当地民众赞誉为妙手回春，华佗再世。

在江西省修水、武宁，湖南省平江，湖北省通城、崇阳、通山等地，修水铀矿汽车修理水平被业界认可，工人们不仅技术精湛，而且热情服务。外界流传这样一句话，修水铀矿的修理工，人人身怀绝技，没有他们修不好的车。

31. 关怀备至　温暖人心

白栋材心系铀矿，助力核工业建设。

江西省委负责人白栋材对原子能工业的建设极为重视，并给予大力支持，多次为铀矿企业排忧解难。

1959 年 2 月，时任江西省委工业书记的白栋材召集省粮食厅、交通厅、重工业厅等部门负责人联席会议。会议商议援助抚州铀矿生活、建设物资事宜，解决建设初期诸多困难。那会儿，抚州铀矿正是大开发大会战的时候，千头万绪的工作，出现了不少问题，遇到了许多困难，急需地方上帮助解决。在江西省委的大力支持下，昌乐专线铁路从省城南昌修到抚州铀矿的腹地江边村，为矿石外运到衡阳水冶厂和上饶铀矿提供了便捷通道，也为各类物资进矿带来了便利，促进了生产的发展和生活质量的提升。江西省委还大力支持抚州铀矿矿区内的小型电站及金石山电厂的建设，在人力、物力、财力等多方面给予了支援。

十二年后的 1971 年 5 月，分管工业的江西省委副书记白栋材到修水视察工业企业。白栋材到修水后，第一站到修水茶厂参观考察，听取了伏洪俊厂长的工作汇报。第二天，他在县城参观了电池厂等县属企业。第三天，白栋材乘坐一辆上海牌轿车在九江地委的安排下视察了修水铀矿。这是白栋材第一次到江西境内的铀矿企业考察指导工作，他在矿工人俱乐部对班长以上干部作了《国际形势和国内省内形势的报告》，给全矿干部职工极大鼓舞和鞭策。

在报告会上，白栋材的开场白是：江西住了 22 年，第一次到这里来，你们这个矿据说是 1963 年重建，这次来主要是看看同志们，了解一些情况。你们这个地方比较偏僻，除了看到报纸之外，消息比较闭塞。同志们想了解国家大事，趁这个机会讲一些，我也不知道很多，离开省委上十天了。

白栋材向同志们介绍了国际、国内、省内形势。国际上，主要是越南老挝边界的九号公路大捷，美军在越南战场的大失败以及中国外交路线的伟大胜利，详细讲解了美国乒乓球队访华的细节和重要意义，也谈到美国总统尼克松想来华访问及西哈努克亲王在华组建流亡政府等国际形势。他就国内、省内情况也做了介绍，国内、省内工农业形势喜人。工业产值一季度比去年同期增长了 24.2%，有 44 种产品大幅增长。全省 3 900 万亩早稻在五一前完成了插秧任务，粮食连续多年增产；农、林、牧、副、渔和粮、棉、油、茶的生产稳步发展；工业好，农业好，财贸各条战线的形势也很好。

白栋材寄予修水铀矿殷切的希望：你们这个矿山很重要，中央、省都很重视。搞什么东西你们比我更清楚，是具体贯彻毛主席“备战，备荒，为人民”伟大方针的重要措施，是最好的备战，是最大的备战。我们打仗主要靠人，但是武器还是要的，敌人打武器，我们拿什么回击？原子弹我们要搞，没有你们这个玩意儿不行，你们在这个矿工作是很光荣的，对中国革命、世界革命是有贡献的，人类历史上会记住你们的功绩。你们这个队伍 80%～90%是转业退伍的，成分好，路线斗争觉悟高，组织纪律性强，对毛主席的阶级感情深，要把你们的工作与世界革命联系起来。当然工作也是艰巨的，九百多人，47%～48%的党员，这样的队伍到哪里去找？队伍非常好，如果你们加强学习，努力学习毛泽东思想，你们的步伐会更大，对中国革命和世界革命的贡献会更大。

白栋材在报告中结合自己从小参加革命的光荣战斗经历，勉励同志跟着毛主席继续革命，不断改造自己，不断进步，不断前进。

最后，白栋材说道：

希望你们加强学习，多做贡献！

你们矿的各级领导班子都不错，做了很多工作，出现了生机勃勃、团结战斗、一不怕苦、二不怕死这样的局面，没有什么困难不能战胜，没有什么任务不能完成。我相信你们矿，今年将能做出更大的贡献，响应毛主席的伟大号召："团结起来，争取更大的胜利！"

来看望同志们，矿领导要我说几句话，就说了，说错了的请同志们批评。向同志们学习！向同志们致敬！再见！

修水铀矿宣传部门及时将白栋材的重要讲话下发全矿学习。全矿干部职工学习了他的报告，士气高涨，对各项工作的开展起到了极大的鼓舞和鞭策作用，工人、干部、技术人员齐心协力，踔厉奋发。正如白栋材所希望的那样，这一年，是修水铀矿取得新辉煌成就的一年，这一年修水铀矿各项生产数据载入了中国核工业史册，成为功勋矿山。修水铀矿 1971 年第一次提前一至四个月全面超额完成国家的各项生产任务，采矿和水冶生产能力比原设计分别提高一至四倍，工业总产值比 1969 年增长 167%，比 1970 年增长 56%；劳动生产率比 1969 年提高 159%，比 1970 年提高 54%；外运"101"产品和水冶"111"产品的单位成本比 1969 年分别下降 52%和 70.5%，比 1970 年分别下降 34%和 45%；利润完成年度计划的 416%，除偿还 1967、1968 两年亏损的×××万元外，还为国家积累了×××万元，大力支援了社会主义革命和社会主义建设。

白栋材，陕西清涧人，11 岁参加革命，19 岁光荣入党，是陕北老红军，党的七大代表。解放战争时他进军东北，1949 年 5 月南下江西，先后任中共南昌地委书记、南昌市委第三书记兼南昌军分区政治委员、南昌市长、中共江西省委第三副书记兼工业工作部部长、省委书记处书记，省委副书记，省委书记、省委常务书记、省人民政府省长、省委第一书记、江西省军区第一政治委员、中央顾问委员会委员。2014 年 4 月 1 日病逝，享年 99 岁。

白栋材在修水铀矿视察期间住在老旧的招待所，轻车简出，随行三人分别是司机、秘书、警卫。作为省委书记的白栋材平易近人，给修水铀矿职工留下了深刻印象。时间过去五十多年，当年聆听过白栋材报告的江立弟回忆这段往事，滔滔不绝地讲述起来："白栋材素有陕北红军秀才美誉，他口才好，写得一手好文章，而且是实干家，对江西的工业建设做出了重要贡献。从他的报告中，我们了解到许多国际国内省内的大事，开阔了视野，增长了知识，他对我们铀矿职工寄予殷切希望，给我们鼓了干劲。"

白栋材在大食堂吃饭时，遇到炊事员白雨亭。白书记与白雨亭是老熟人，他们拉起家常。白书记问他，怎么到这里工作了？白雨亭就把原委说了一遍。一个是普通工人，另一个是省委书记，谈话是那么的亲切。老白师傅告诉同事们，他曾多次为白栋材做过饭炒过菜，白书记虽然是大干部，可是没有一点官架子，对像自己这样的服务人员很尊重。在共产党的队伍里，没有贵贱之分，只有分工不同，干群关系亲密无间。

白雨亭，俗称"白老头"，也有人称呼他为"老白师傅"，河南宜阳人，他生于 1897 年 3 月，身高 1 米 84。白雨亭也像修水铀矿老工人况扫帮一样，历经清朝、民国、中华人民共和国三个历史时期，目睹了旧社会的腐败和没落，为了生存到处颠沛流离。他 30 岁到南昌，做过炊事员、搬运工。新中国成立后，他参加了革命工作，特别珍惜社会主义社会的好时光，还成了家，结束了单身生活；后在江西省军区招待所食堂做厨师，工作很努力，即使是休息时间也是随叫随到。他厨艺精湛，深受干部战士爱戴。1968 年省军区招待所食堂解散，组织上让他在二机部位于南昌和修水的企业任选一家，他选择到修水铀矿做了一名炊事员，1975 年 12 月退休。白雨亭在修水铀矿可谓是年纪最大的人，虽然已经年逾古稀，可是工作上依然保持着年轻人的激情，拥有健康的体魄。他不仅做得一手好菜，工作也很卖力。食堂卸大米，他左手夹一包右手夹一包，多次被评为五好职工和先进工作者。他工作积极主动，埋头苦干，提早上班，推后下班，遇到小毛病照常工作，利用休息时间把食堂内外卫生搞得干干净净，对食堂炊具的清洁度要求很高，亲力亲为。白雨亭作为有着丰富厨艺的老师傅，从来不保守技艺，做好传帮带，深受大家的尊重。他特别爱护炊具，炊具未有损坏的现象发生，还经常亲自修理老旧炊具；他爱惜节约粮食，对浪费粮食的行为敢于批评和教育。

白栋材在修水铀矿视察期间，还见到了老朋友周文康。周文康曾当过省委领导的保健医生，此时的他和夫人陈美丽正下放在修水铀矿，夫妻俩都在职工医院工作，他当医生，他夫人当护士。周文康原是江西省人民医院的外科医生，医术高明，情操高尚，医者仁心，为全矿职工家属及附近社员所爱戴。有一次，江立弟骑自行车时不慎摔跤，大腿受伤肿起来后，在职工医院看了医生，不见好转，周文康了解情况后，上山摘草药给江立弟贴敷，很快就消肿了。又有一次，江立弟大儿子嘴上长了一个脓包，他用苦瓜和茶籽油捣碎涂抹上去，第二天就好了。他用草药土方法治好了很多人的疑难杂症。群众都赞誉他，救死扶伤，妙手回春。周文康，广东阳江人，外科主任医生。

白栋材了解到周文康在基层努力工作的情况，极为满意，回到南昌后积极为他落实政策。一年多后，周文康回到原单位江西省人民医院。周文康在修水铀矿的三年多时间里与工人阶级打成一片，为工人家属服务，上山采摘中药、草药，到农村送医送药，为贫下中农看病治病。他救治过很多病人，在幕阜山留下了许多令人难忘的故事。他调回南昌工作后，依旧关心着修水铀矿，直到他患病去世前，还与修水铀矿的许多老工人都保持着密切的联系。

32. 探索前进　成功之道

治矿秘籍：两参一改三结合。修水铀矿认真贯彻“鞍钢宪法”，实行“两参一改三结合”的治矿方针，长期执行，这是通过实践反复证明行之有效的好办法。“两参一改三结合”是制胜法宝，也是建设者的治矿“良方”。两参，即干部参加劳动、工人参加管理；一改，即开展技术改造；三结合，即成立干部、技术人员、工人组成的三结合技术攻关小组。

干部不分级别大小，也不分职务高低，一律参加生产第一线劳动，分配与工人同等的工作量。凡大学生、毕业生进矿，都要在一线岗位当工人，接受艰苦环境的锤炼。采矿车间出现了“班班见领导”的场面，领导深入生产现场及时发现问题，并且能做到及时解决问题。领导干部与工人同推一台矿车、同操作一台风钻枪，密切了干群关系，促进了矿山建设。早期采剥作业基本是靠土箕、三角耙子、人工推车、打眼放炮为主要手段，在这种氛围下，干部往往冲在最前面。比如，1966 年，采矿车间超额完成计划剥离量的 60.8%，优异成绩的取得，也有干部参加劳动产生的积极作用。

党委书记王来宾身先士卒，到井下巷道扒矿、推矿车，起到先锋模范作用。他倾听工人心声，在生产一线考察干部，注重干部务实作风的培养。王来宾身材高大，在巷道里窄的地方，常要弯下身子扒矿，这样很费力，没多久就出了一身汗。带班的干部劝他到洞外休息，他依旧坚持。王来宾每次去洞下 103 矿点参加劳动，都会提前到工业浴室换好工作服，到集合的地方乘车，从来不坐在驾驶室里，他像工人一样爬上平板车，站着到目的地。

工人参加管理，成立经济委员会，工人代表所占比例很高。职工代表大会通过审议大政方针，使工人有了话语权，工人参加管理，以实践中积累的丰富经验弥补决策层中某些方面的欠缺。大椿矿点筹建时，成立了五人基建领导小组，李连柱副矿长挂帅，另有干部三人，还有一名工人出身的土木技术员赵立杰。赵立杰在修水铀矿木工建筑行业中有“第一人”之称。他干练、灵活，有着丰富的经验，解决实际工作中的问题有一套行之有效的办法。在全矿范围内，工人在企业管理上有充分的话语权，他们热爱党、热爱人民，扎根矿山建设，是生产的生力军。他们通过职工代表大会参与企业重大事件的决策，审议企业发展规划。

工人参加管理，创造性充分调动起来，提高了生产积极性，工人群众中孕育着极大的创造热情。水冶车间的黄文怀、范伟双、孙修德等人积极撰写合理化建议，得到车间和生产科重视，都被采纳，促进了生产向合理、高效运行。

技术攻关小组干部参加，技术员、工人参加，每个层面都有代表参加，充分发扬民主，畅所欲言，拿出最佳技术攻关方案。在实施过程中，不断提高，不断完善。

在修水铀矿，“两参一改，三结合”形成了一种制度，并在实践中改进、充实。

向技术革新要效益，汽车大修不出矿。修水铀矿重建初期的五六年间，汽车大修要送到相隔 700 公里的本系统衡阳机械修造厂，每台仅大修费用就在 5 000 至 6 000 元之间，耽误运输时间 2—3 个月，严重影响了矿石外运的速度。

1969 年，汽修车间的干部职工提出了“汽车大修不出矿”的口号，面对修理技术奇缺，缺师傅、少设备一大堆问题，他们不畏难，勇于挑战。在 56 名修理工中，除刘怀洋老师傅是 5 级工外，其余人都是 3 级至 1 级工。汽修车间设备简陋，只有一台旧车床、一台旧钻床，厂房狭窄。

他们自己动手将简陋的车库改造为修理车间，制造和加工了部分设备、工具。劳资科从技术力量较强的机修车间调出熊民连、丁正周、何昌帝等老师傅充实到修理队伍，还从机修车间调出部分设备。钳工韩关吾师傅，善于动脑筋，解决了不少难题。大家上下齐心，奋战 80 天，圆满完成 9 台汽车的大修任务，1969 至 1970 年共大修汽车 48 辆，既节约了维修费用，又保障了外运矿石任务的顺利完成。

1970 年初，修水铀矿组织了自制侧翻拖斗会战三结合攻关小组。机修车间和汽修车间通力合作，老技术员王守义和技术员王明生领衔，依靠广大职工的智慧，自力更生制造拖斗。在铸钢件上遇到困难，木模工杨焕昌连夜加班赶制模具，翻砂班老师傅仲金洪、耿鑫堂与翻砂班诸位同事一起熔铸出一种具有铸钢性质硬、耐磨性强的高级铸铁，将这种特殊性能的铸铁作为汽车拖斗的轮壳和零部件的原料。几个月的反复试制，一台载重三吨的自制拖斗 5 月成功诞生。这种实用型拖斗不仅每台造价为 4 000 元，而且使运输能力提高了 30%，接下来至 1971 年底，共生产了 22 台，投入矿石运输，既大大节约了成本，又提高了效益。

这一凝聚“三结合”攻关小组人员心血的成果，在二机部系统内得到推广运用，反响甚好。有前来参观取经的，也有走出去传经送宝的。

汽修车间在以王守义为首的技术革新小组攻坚下，搞了很多技术革新，取得很好的成绩，受到了矿和部局领导的表扬。他们在成绩面前不骄傲，继续前进。

1971 年，二机部十二局在湖南郴县铀矿召开技术革新交流会。会上，修水铀矿出席会议的代表做了自制侧翻拖斗革新项目经验介绍，赢得阵阵掌声。苏华局长高度赞扬修水铀矿在自力更生方面很有作为，指出只有走技术革新之路，才能保证我们的铀矿采冶事业蓬勃发展。

经过不断的技术改造，修水铀矿在 1970 至 1972 年间，采矿量连续三年超过原设计能力的 50%，采矿成本、产品成本大大下降，多次受到二机部、二机部十二局表彰。

1979 年 9 月，修水铀矿召开矿务会议，为加强科技工作，形成技术管理体系，充分发挥技术人员作用，决定桑任广兼任水冶车间技术组组长，沈宝发任机修车间技术组组长，王守义任汽修车间技术组组长，朱建初任二工区技术组组长，陆永德任基建科技术负责人。这再一次彰显了修水铀矿坚持科技先行的精神，充分体现了不断攻关、向技术进步要效益的目标。

为了早拿出产品，修水铀矿重建时的水冶厂被冠以“简易”为名，所谓简易就是厂房、设备简陋，在少花钱，甚至不花钱的前提下，水冶厂正常运作起来。修水铀矿的简易水冶厂，真是名副其实。1965 年 4 月修水铀矿重建正式投产时，铀回收率只有 66.67%，浸回差为 8.54%，尾渣品位却高达 0.027%。二机部十二局根据修水铀矿的矿情要求他们在半年之内将水冶回收率提高到 70%，浸回差缩小到 5%以内，尾渣品位下降至 0.02%以下。自接到上级指示后，工人、干部、技术人员同心协力，四次对简易水冶厂进行重大的技术改造，提高了水冶生产水平，增加了生产能力，在规定的时间内，完成了任务指标。这四次改造是：第一次改常温浸出为加温浸出；第二次更换破碎设备改进出料方法；第三次改碱法流程为酸法流程；第四次以不锈钢阀门代替塑料阀门。

就拿第一次改常温浸出为加温浸出的工艺改革来说，修水铀矿党委和四清工作队党委协同，组织干部、技术人员、工人“三结合”的技术攻关小组，采取了一系列的措施：一方面加强企业管理，健全操作，稳定生产，减少金属损失；一方面积极进行加温浸出试验，探索浸出率的最佳有效措施。首先通过 9 号、10 号浸出池的加温试验，逐步推广到其他浸出池。在浸出池底下，安装蒸汽盘管进行加热生产。实践证明：加温浸出比常温浸出率和回收率分别提高 11.6%和 13.57%，各项指标均超过了二机部十二局指令的要求，同时使浸出时间缩短 40%～50%。

在郭笔川主持下，水冶车间为了保证提高金属回收率，经过工人们充分讨论，制订了生产“四不受理”的岗位责任制：破碎组发现一车间供给的矿石含水分不合格，不受理；破碎粒度超过规定，浸出组不受理；

浸出液不合格，酸化组不受理；酸化质量不佳，过滤组不受理。他们还制订了“三不接班”制度：工具不全不接，工作场地不安全不接，不标明矿石不接。

这些成绩的取得，“三结合”的技术攻关小组起到关键作用。每个车间都有这样的组织，向技术攻关要效益蔚然成风。

修水铀矿在成绩面前不骄傲，征程路上再起航。1972 年 3 月 31 日，二机部正式决定开发修水铀矿大椿矿床，前期进驻的人员，吃苦耐劳，克服重重困难，为井下巷道掘进做足了准备工作。4 月，建设者动工井下开采，由于地质结构的原因，风化石一遇空气就氧化，松动、塌方不断地发生，影响进度；12 月，修水铀矿水冶厂本年度处理矿石为设计能力的 5.8 倍，水冶产品由二级品上升到一级品。

技术攻关，蔚然成风。成立“三结合”技术攻关小组，实行干部、技术人员、工人三结合，发挥各自优势，攻克技术难关。1 号金属矿区的技术改造带来了显著的经济效益。

江西省第二机械工业局于 1973 年 6 月 15 日—20 日，在抚州铀矿召开了矿山系统安全防护座谈会，会后到各矿、厂进行安全检查，至 7 月 15 日结束。会议认为各矿、厂自贯彻《中共中央加强安全生产的通知》和十二局衡阳安防会议精神以来，在各级党组织的统一领导下，经过思想和政治路线教育，深入开展安全大检查，安全生产的形势大好，各级领导重视安全防护工作。各矿都成立了安防科，充实了安防专职人员。加强了企业管理，建立和健全了一些合理的规章制度，充分发动群众，积极开展安全防护工作，出现了一些好的单位和个人。

如上饶铀矿党委重视，矿有安防科，车间、工段都有专人负责抓安全防护工作，班组配有兼职安全员，形成了群众性安全网。执行制度严格，凡影响一个班生产的行为都视为轻伤，要及时上报。

上饶铀矿压风机班建立完善了多项管理制度，多年来都保证了设备的安全运行，并为国家节约了大量机油。他们的计量监测工作多年未间

断过，积累了大量数据，为研究改进防护工作提供了可靠资料。上饶铀矿汽车司机、共产党员漆海青同志，政治觉悟高，思想好，责任心强，是多年安全行驶汽车驾驶员，安全驾驶 45 万公里。

如修水铀矿认真贯彻安全生产的方针，加强企业管理。自 1967 年以来杜绝因公死亡事故，减少了重伤和设备事故，持续五年实现了安全生产。修水铀矿汽车司机、共产党员郑占法同志，为革命开车，十七年如一日，安全行驶 55 万公里。

如抚州铀矿四工区领导重视安全生产，依靠群众，积极采取预防措施，连续十年没有发生重大伤亡事故，实现了井下安全生产。该矿一工区放炮班，认真吸取血的教训，加强安全管理，严格规章制度，持续八年没有发生重大人员事故。抚州铀矿运输队汽车司机、共产党员惠朝义同志，不为名，不为利，一心为革命开车，十几年如一日，安全行驶 35 万公里，被群众誉为“革命的老黄牛”。惠朝义是老军人，参加过抗日战争、解放战争和抗美援朝。

这次会议对今后工作提出了三点要求，其中第三条是：遵照毛主席关于“综合利用，大有文章可做，要注意”的指示，积极开展对“三废”的研究处理和综合利用工作。修水铀矿正在做废水回收工作，变害为利，变废为宝，这是个方向。上饶铀矿也应把这项工作抓起来，希望在最近时间做出成绩来。抚州铀矿和崇义铀矿望尽快提出废水处理方案报十二局解决。各级领导必须高度重视这项工作，并认真抓好，严格控制污染面的扩大。

由此可见，修水铀矿在“三废”问题上，迈出的步伐最早，走在江西各铀矿的前列，也走在全国铀矿的前列，经历了大胆的尝试，积累了较为丰富的经验，取得的成绩有目共睹。

水冶生产，硕果累累。在废水处理方面，修水铀矿经历了较长时间的探索和革新。首先利用石灰中和处理，然后又发展到固定床处理，再升级到流化床处理。1965 年，二机部十二局拨专款×万元给修水铀矿，建设废水处理工程。修水铀矿自行设计施工，至 1966 年 9 月，建成拥有 100 平方米的废水处理工程。水冶生产过程中产生的废水经过石灰乳化学中和，再由板框压滤机过滤排放，这一方法对生产初期废水处理起到了一定积极作用。

但是，石灰中和处理废水，石灰消耗量大，石灰沉积很多，遇有洪水冲击，废水随之渗出，造成新的污染，矿环保人员对废石的水质水量进行长期监测发现，水中铀含量有逐月增高的趋势。为此，修水铀矿组织人员到湖南郴县铀矿进行参观和试验，摸索经验。

1972 年，根据二机部十二局对矿山废水处理的要求，确定选用离子交换塔（简称“固定床”）处理污水。在修水铀矿党委的组织领导下，集思广益，经多次群众性“诸葛亮”会议讨论，“三结合”技术攻关小组决定以塑料代替钢板，制成塔体，经过两个月的奋战，成功地创造了五座符合标准的“固定床”。不久，五座“固定床”陆续安装并投入使用，污水处理能力大大提升。

“固定床”月处理废水有很大提高，原液铀浓度降幅 96.6%，吸附率达到 96%。化害为利，取得了显著的社会效益和经济效益。然而，由于废水成分的变化，其含固量和总溶固量显著增高，吸附生产过程出现的大量凝聚物，使树脂结块，液流短路，致使铀回收率降低。如何克服设施本身的缺陷，使废水达到排放标准？对此，又从“固定床”处理发展到流化床吸附，移动床淋洗（简称“流化床”）的流程。当时，国内尚无现存经验借鉴，只有根据国外资料介绍“流化床”的新工艺，自力更生，大胆创新。

1974 年 6 月，修水铀矿成立了以实验室主任桑仁广、技术员陈家禧牵头的污水处理项目技术组，桑任广、管学富、周仁均、周具生、孙修德等人组成的调研小组，先后到部第五研究所、第四设计院、株洲铁路管理局进行调研学习，受到启发和帮助。8 月，调研组在广泛征求意见的基础上拟定出试验计划。9 月，湖南第六研究所派出李尚远工程师来矿指导试验工作，他深入班组，与技术人员和工人师傅讨论、分析，共同拿出解决问题的办法。

桑任广、陈家禧是这个项目的牵头人，不少技术性总结材料均出自他俩之手。污水处理班的工人，都在铀水冶战线工作了多年，具有丰富的实践经验，完全是工人、干部、技术人员的“三结合”班子。

特别是污水班班长周具生，发挥了很大的作用。周具生，山东微山人，1956 年 3 月入伍，是我国第一批义务兵，在福建前线部队服役。他所在的部队在抗美援朝战争中参加过上甘岭战役，他在功臣一连当兵，不久保送师部军士教导队学习，成绩优异，各门功课全部最高分五分，受排、连队前（全连集合）口头嘉奖一次，受营部通令嘉奖一次，他的营长马继良在审批他被授予中士军衔时，高度赞扬这位山东兵是个勇敢的战士。周具生 1960 年元月入党，1960 年 3 月退伍，分配到上饶铀矿水冶厂当了一名控制分析工，后入选矿车间化验室任副值班长，1963 年被上饶铀矿授予“保纪保密积极分子”荣誉称号，1965 年调修水铀矿，一直在水冶厂工作，直到退休。

周仁均，上海老师傅，是机修车间长期派驻水冶厂的机械维修工，常年在水冶厂巡视，哪里有问题他就出现在哪里。他的技术很全面，在整个矿上，只要一提起上海的老师傅，就知道他们个个都是能工巧匠。他是个开朗风趣的人，成天笑呵呵，工作起来不要命。可是下了班，他下河抓鱼摸虾、上山打猎样样来。他爱好打篮球，是篮球裁判，玩起来和年轻人一样，在工友中口碑极佳。

郭笔川，湖南益阳人，1938 年 4 月出生在湖南省益阳县一个中农家庭，1958 年 8 月毕业于长沙有色金属工业学校三年制选矿专业，先后在二机部所属中南矿业公司、贵州化工三厂、贵州开阳铀矿工作，从事铀水冶技术工作。其间，郭笔川两次赴北京六所学习深造，铀水冶的理论水平和实际工作经验得到提升。由于他思想进步，工作积极努力，1962 年 9 月加入中国共产党。1965 年 5 月，他调修水铀矿工作，任水冶车间技术负责人，1968 年 12 月任矿生产组计划员，1971 年 1 月回水冶车间主持生产工作，全面负责生产。

郭笔川主要抓了水冶厂 1965 年试生产的总结和分析，改革了水冶工艺和设备，使生产能力不断提高、产品质量上升，提高了污水处理的金属回收率，加强科学管理、不断提高水冶回收率等。郭笔川将在贵州开阳铀矿水冶厂担任技术员时对水冶离子交换树脂吸附的运用和炼汞老炉渣的酸化焙烧试验等项目积累的经验，运用到实践工作中，他善于思考，敢于探索，在他的带领下，铀水冶工作取得多项技术突破。

他还改变劳动组织形式为四个大班，每个大班人数基本相等，各班工种配备齐全，水冶全车间共有两百余人。由于生产不均衡，白天与晚上工作量不一样，即晚上工作量小，工时利用率低，为了节约劳动力，郭笔川提出了新的劳动编制方案，即把原来的四个大班制改为按照工序编班，四班倒的工序，在班内分四个组，人员可由班里统一调配。即，破碎分成三个班，出料两个班，锅炉、酸化过滤各一个班。经过实施，效果很好，生产能力大幅提高，在册人数减少了，轮休人员也少了，全车间由两百余人减少到 1966 年的平均 136 人。培训的第一期汽车司机为矿石外运提供了人力资源，这一期学习开车的学员除为供应科输送了搬运工万德海、陈奇恒及汽车电工谢品才外，水冶车间的邓国珍、贾克定、金依进、胡美菊、熊启洪、高在龙等三十多人也是在这样的情况下，调去学习汽车驾驶的。这一时期，各个单位都是任务繁重，人手严重不够。而郭笔川提出并被实施的水冶人员编制改革方案大大节约了人工成本，剩余的劳动力正好用在急需的汽车驾驶员培训上了，这是郭笔川早期对矿山建设做出的积极贡献之一。

全矿实行军事化建制时，郭笔川担任过二连连长，该连为水冶车间。1973 年 4 月 5 日，经修水铀矿党委研究决定并报请江西省二机局批准，郭笔川由一般干部提升为水冶车间副科级第一副主任，1976 年，他升任水冶车间主任，他的老搭档黄代宽升任副主任。

他们还对破碎、浸出等设备进行了改造。首先因条件限制，设备不配套，粗碎是 250×400 颚式破碎机，而中细破碎是采用实验室用的 175×250 颚式破碎机和直径 200 m/m 对辊两台，每个浸出池容积为 17 吨左右，随着形势的发展，要求扩大处理量。他们先后将原矿仓坡度容积加大了，将中细碎设备换成 600×300 和 600×400 的对辊机，细矿仓由侧面排料改为中心排料、皮带装料，以及破碎厂房扩大、改进破碎设备等措施，改善了劳动条件，增大了破碎能力。

工程搞大了，出渣相应也多了，给出渣工手工出渣增加了劳动强度。于是最佳的出渣方法在生产中应运而生。最初，是时任负责人的朱长举提出来的，他和李军去水冶厂参加劳动时，亲身体验到工人穿着长筒大水鞋爬进浸出泥池，一铲一铲把矿渣甩出来，这样高强度的操作，工人太辛苦了，费力费时。朱长举发现出料池的底部有一个四十厘米的阀门，他灵机一动对身边的李军说，能不能在那个地方开个口子，又在池子底下铺上轨道，矿渣就可以自行流出去，直接流到矿车里。李军表示认同，他们立即把郭笔川、赵惠清找来。赵惠清一听：好想法！立即着手实施。后来又经过几次完善，自动出渣设施更加科学、实用。

于生龙重回修水铀矿工作后，对于生产线的主要岗位都巡视了一遍，及时处理了一些实际问题。在水冶厂，郭笔川向他反映破碎的进口日晒雨淋，工作环境较差，工人们提出在老虎口建一个舌头形状的挡风挡雨板，需要几捆油毛毡和一些木料。尽管工程不大，出于节约的原则，于生龙没有批准。没多久，于生龙和一些机关干部到水冶厂参加劳动。于生龙正好被值班长分配到破碎班，破碎工孙修德就对他说：“你就在给矿机那坐着，发现两块大石头卡住不动时，用棍子拨动一下，工作量不大。”于生龙点了点头，上了岗。平时这里也需要一个人，皮带轮经常会被大石头卡住不动，尽管这个岗位任务不重，可是人完全暴露在露天下，冬天寒风凌厉，人有时冻得发抖，夏天太阳底下，时间一长人就大汗淋漓。此时正是炎热的夏季，于生龙体型肥胖，干活不一会全身衣服就湿透了。

他对孙修德说，这么热，你们是怎么坚持过来的？赶紧想办法。孙修德就把大伙准备建一个老虎口形状木板房的设想详细告诉了他。于生龙立即同意，事后郭笔川表扬孙修德不愧为老兵，有勇有谋。

1970 年 3 月，修水铀矿水冶厂改人工装料为皮带装料，将浸出池加高 1 米，使年处理量增加 3 倍。浸出泥池几次改造，由以前用人工将尾渣一铲一铲用力往外抛，改为底部开孔往外耙，同时，由于池子加高，每个池的容积扩大到 32 吨。

多年以后，孙修德深情地回忆起当年参加多次技术攻关的情形，也为自己在实际工作中形成的工匠精神而感到自豪。工人阶级有着极强的组织性和纪律性，对党的事业无限热爱，在技术攻关方面发挥了至关重要的作用，通过实践中积累出的丰富经验，大大验证了科学理论的正确性，也推动理论知识向更深更广的领域发展。他先后干过破碎工、污水处理工、表面污染防护、仪器仪表修理等工作，干一行爱一行，而且专一行，他在行行都是生产能手。有一年，孙修德作为污水处理方面的工人技术骨干代表，还同总工程师张世海、水冶技术员陈家禧、土木建筑技术员陆永德一道出席了江西省二机局年度生产计划调度会议。

33. 工艺革新　硕果累累

科技先行，工艺革新带来新面貌。工艺流程在生产中不断地改革，修水铀矿在摸索中前进，取得了骄人业绩。由于矿石性质随着 1 号采矿场标高和采矿地点的变化而发生变化，虽然采用了加温浸出等措施，但浸出率仍有下降的趋势，由 1966 年的 82.41%下降到 1968 年的 71.33%，显现出由碱法渗滤浸出改为酸法渗滤浸出的必要。随着浸出工艺的改变，压滤和萃取工艺也随之用上，致使 1972 年生产指标达到历史最高水平，即年矿石处理量×万吨，金属回收率达到 77.82%，产品品位 65%左右，生产成本降至×万多元/吨金属，取得了显著的成绩。从 1965—1979 年共处理矿石××万吨，为国家原子能事业提供了一定数量的产品。

从加强质量管理入手，努力提高金属回收率。水冶车间从 1965 年投产以来，由于采用渗滤浸出，加上矿石性质不断变化，回收率一直比较低，浸出和回收差也比较大。这一长时期困扰修水铀矿人的难题，一直没有得到有效的解决，大伙总是对大幅提高回收率信心不足，强调设备陈旧，矿石浸出性能不好等客观原因，着眼于重建新水冶厂。在如何提高现有回收率方面，下功夫不够。

通过国家 1978 年和 1979 年两次全民质量月活动，水冶车间看到了自身在思想上、工作上的差距。同时，矿生产科根据实际情况提出了 1979 年水冶车间提高回收率的具体要求指标，即在 1979 年度回收率平均为 67.66%的基础上，提高到 70%，并制定了有关奖惩办法。围绕回收率这一关键问题，郭笔川带领的技术团队做了一些积极工作，采取了各种有效措施，如加强了质量管理，开展了技术培训，建立了较为严格的交接制度，重申了以岗位责任制为中心的各项制度，加强了设备维修，制定了具体的奖励细则等。全体职工一条心，在七、八月的生产中，浸出、回收率有了明显提高，七八两月平均达到了 78.3%，超过了历史最高水平，与 1979 年平均比提高了 10.64%。由于回收率的提高，取得了可喜的经济效益，即七月份盈利××万元，八月份盈利××.×万元，生产成本为×.××万元/吨金属，比 1978 年平均下降 40%。为何能达到这样好的水平？他们的做法和体会如下：提高信心，落实奖励办法，调动每个人的积极性。他们目前处理的矿石是 1 号、2 号点剥离的零星矿，对该矿石的水冶特性曾做过一些小型试验，发现在较好的条件下，浸出率可达到 85%左右。可是，以往生产中的浸出率在 75%左右，回收率在 65%左右，其主要原因是工艺参数达不到小型试验的水平。

虽然以前也采取了一些措施，想出了不少办法，但往往无济于事。在新的形势下，加强企业管理、采取必要的经济措施，可否较大幅提高回收率呢？管理团队分析是完全可能的，只要统一认识，行动一致，劲往一处使，没有攀登不了的高峰。特别是全国科学大会的召开，给了他们无穷无尽的力量。首先通过各种会议，层层动员，把握有利条件，分析关键因素。具体任务、奖罚办法，已移交给群众进行两天充分讨论，绝大部分同志信心百倍，决心在提高回收率中各显其能。他们认识到水冶车间的生产好坏是与每个同志的工作质量分不开的，而且班组管理将是重要的一环。在以往的生产中，车间干部、值班长等人每天都在抓劳动纪律、上下班考勤等，没有精力考虑如何提高回收率等方面的问题。所以，他们在这次评奖细则中规定，提高各项指标的完成情况，评出各班等级，然后由班根据本班的受奖等级，按不同等级所规定的得奖人员的比例评比个人成绩，这样不但把班组的荣誉感调动起来了，而且班组任务完成好坏与个人的经济利益联系在一起，形成了正副班长认真抓，人人互相学习、互相监督的正气。通过一个月的实践，大家尝到了甜头，自觉性更高了。如七月份出料班部分人员对车间规定的有些制度有意见，在强调出料班的特殊性后，八月份就没有人提意见了，大家方向更明确，劲头更足了。

污水处理，变废为宝。修水铀矿污水处理工程的试验与投资开始于重建初期，随着矿山的开采与水冶厂的生产提速，产生了大量废水。这些废水如不经过处理而直接注入修江河内，将会严重污染环境，造成金属流失。

遵照毛主席关于“综合利用大有文章可做”的教导，修水铀矿从1972年开始再次开展了从废水中回收金属的工作。在湖南六所有关同志的大力帮助下，先后采用了固定床吸附、流化床吸附进行废水处理。至1979年止，从中回收了××吨金属，初步达到了变废为宝、化害为利、保护环境、造福人民的目的。修水铀矿的废水主要是采矿场沸水堆的废水，其次是水冶厂浸出尾渣堆放场和水冶车间的废水，以前平均浓度 50%，随着时间的推移（采场已停产），浓度不断下降至时下的约20毫克每吨。为了集中从中回收金属，在近几年采取了喷淋废石场废石等措施，扩大了吸附设备。目前，每小时可处理45立方米废水，每月能回收200～300公斤铀。这一工作是在湖南六所的帮助下依靠群策群力，自己动手，不断改进开展的，主要设备都是自己加工的。在实践中，一支具有一定水平的废水处理队伍在不断成长。

水冶厂建厂初期，修水铀矿曾采用石灰沉淀、压滤进行固化分离的方法处理废水，其滤液可达国家允许排放的标准，但因过滤设备小滤渣无单独存放的地方，就与浸出尾渣堆放在一起，有再浸出的可能，加上铀成分没有得到回收等，所以就停止了处理。从1973年开始，修水铀矿曾采用的固定床出现了如下问题：1. 铀回收率低，吸附尾液中铀浓度往往超过原设计（25%左右），有时达 20 毫克每吨；2. 因废水中含固量和总溶固高（25%左右），在吸附过程中，容易出现大量凝聚物，使树脂结块、液流短路、生产不能正常进行。为了寻找出路，解决问题，他们参考了有关资料，在湖南六所同志们的帮助下，做了大量地采用流化床吸附方面的工作（已有多次报告和总结）。通过多年的试验和生产实践，取得了一定成绩，现在认为流化床吸附较固定床吸附有如下方面的优点：1. 设备少而紧凑；2. 液流速度高，因而处理量大；3. 树脂一次装入量小；4. 生产操作方法简便，运转稳定；5. 对含一定细泥和总溶溶固高的废水具有较强的适应性。在废水处理方面虽然他们做了不少工作，取得了一定的成绩，但在怎样解决生产中存在的问题上也颇费了一些心机。水冶车间停产后，废水处理自成系统以及对吸附尾液进行再处理，使废水中其他有害元素均达到国家标准以下，尚待进一步发动群众，依靠群众扎扎实实进行工作。

污水处理系统工艺设备改进，简易水冶厂工艺流程改为酸法流程后，污水产生量明显增加，为 300—600 立方米天，其中铀质量浓度 10—30 毫克/升，原有的污水处理能力满足不了实际需要。原污水处理工艺采用固定床离子交换法，因污水中悬浮物多，固体含量高，使得固定床离子交换树脂易结块，液流短路，吸附尾液铀浓度较低，污水处理能力有限，生产运行难以正常。1975 年，修水铀矿与核工业第六研究所合作，研发出流化床吸附、移动床淋洗的工艺设备，并首次用于处理铀浓度较低的污水。流化床吸附塔和移动床淋洗塔均属穿流式筛板塔，根据对吸附塔的筛板开孔率和筛板距的系数试验研究结果，确定两个精准数为吸附塔筛板开孔率 6%和筛板距 400—450 毫米，作业方式由原来的连续式改为间隙式，设备经设计、加工、安装、调试后，于 1976 年 9 月投入运行。具体的改进措施有：（1）原固定床改为流化床，采用流化床吸附、移动床吸附的离子交换新工艺；（2）新建污水处理车间，完善污水处理系统；（3）建立尾矿堆场废水、1 号废石场废水处置（包括淋浸液）配套设施。采用新工艺和新设备，扩大了污水处理能力，更有利于环境保护。吸附尾液中铀质量浓度小于每升 1 毫克，1976—1982 年，共从污水中回收铀 14.52 吨。该设备在当时属于创新性先进设备，获得 1978 年全国科学大会和江西省科学大会的表彰和奖励。

1974 年 5 月，国务院副总理李先念在关于解决上饶铀矿污染问题的批示中指出："集中力量打歼灭战，解决这个问题""采取得力措施，迅速解决，这是关系人民生命安全的大事情"。二机部层层贯彻落实李先念副总理的指示，把"三废"工作放到事关人民生命健康的高度上来认识，下大力气，减少污染。

这个项目的总负责人桑任广，在化验室主任岗位上工作时间最长。他所带领的团队，有一个特点，工作扎实。他后期负责污水处理的组织领导工作，依靠技术工人，虚心听取他们的意见。

早期的污水处理班力量较为强大，班长周具生，副班长严国锦，成员有林森凡、毛春芳、孙修德等人，其中毛春芳为党小组长，孙修德为技术指导。

经过充分准备，1975 年 7 月，进行了流速、流花、pH 和连续操作等试验与吸附塔开孔率试验。连续五次试验，取得了较为满意的效果。在试验过程中，参加试验的人员细心观察，详细记录，找出最佳技术参数，"流化床"的建设凝聚了全矿职工家属的心血，是集体智慧的结晶。那场面正是"全矿齐动员、干群齐努力、各方来支援，为建设流化床化害为利走在前"的真实写照。

技术改造，大有作为。污水第二期工程，从设计到施工，从制造到安装，在六所同志的帮助下，他们依靠自己的力量搞起来。在制造、安装过程中，一车间污水处理班，二车间钳工班的同志们，以"实践论""矛盾论"为武器，在干中学，在学中干，边干边学，互教互学，从实践中找真理。遇到技术复杂的问题，他们开"诸葛亮"会，组织攻关，学习"两论"，用理论武装思想，老中青三结合的技术团队披荆斩棘，用九个月的时间完成了试验，取得了一千多个数据，并建成了直径 500 毫米的吸附塔的直径 300 毫米的流化床。在取得试验成功的基础上，他们乘胜前进，用较短的时间又建成直径 800 毫米的吸附塔和直径 500 毫米的流化床。在试验过程中，发现吸附效率不高，当时参加试验的工人和技术人员一致认为是布水不均匀，经过多次改装调试，布水均匀了，本来以为吸附效率会提高，但是吸附效率仍不显著，他们遵照毛主席关于“实践、认识，实践，再认识，再实践”的教导，反复实践，向国外资料介绍的内塞板开孔率开刀，经过五六次的拆塔试验，终于成功找到了符合修水铀矿流化床特点的塞板开孔率，提高了吸附率，为修水铀矿污水处理蹚出来一条新路，受到北京部、局和江西局多次赞扬，并推广修水铀矿污水处理的成功经验。

1976 年 9 月 28 日，“流化床”离子交换工程正式试车投入生产，日处理污水×××立方米。这座高 8 米、直径 500 毫米的吸附塔和高 7.6 米，直径 300 毫米的淋洗塔，大大超过了原有固定床的处理能力，使原液铀浓度下降到 0.66 毫克/升，解决了固定床存在的种种弊端。又一次质的飞跃，实现了修水铀矿人“攻坚不畏难，科技兴矿不停步”的豪迈精神。

流化床离子交换树脂回收废水组是水冶厂废水处理班抽调精兵强将组成的小分队。污水处理班班长周具生，山东人，1956 年参军入伍，所在的部队曾参加过著名的上甘岭战役，他的营长马继良是著名的战斗英雄。周具生于 1960 年退役分配到上饶铀矿水冶厂工作，修水铀矿重建初期调来后，一直在水冶厂工作。污水班的严国锦、毛春芳、孙修德、林森凡等人都是工作兢兢业业的好同志，大多是共产党员、退伍军人，能吃苦，能战斗，什么样的困难都难不倒他们，特别是孙修德有“技术参谋”的美称，他勤奋好学，干一行钻研一行，成为污水处理的行家里手。周具生后来患上肺气肿，组织上调芦根生来接任班长职务，周具生一边治疗，一边从事一些轻便的工作。

该工程项目《树脂离子交换流化床吸附从污水中回收铀》获得 1978 年全国科学大会、江西省科学大会、江西省国防工业科学大会奖。大满贯的获得，充分显示了三结合小组勇克难关、敢登科技高峰的硬骨头精神和聪明才智。

再到后来，修水铀矿在污水处理中有了新的突破，上了一个更新更高的平台。即又从流化床演化到逆动床，污水从逆动塔底部向上流动，到达13米顶部后反复翻动，金属被树脂吸附，通过十五个小时固化，吸附达到饱和状态后，通过硫酸淋洗，最后金属沉淀下来。这种工艺的运用，大大提高了金属回收率。

修水铀矿自1966年开始污水处理工程，前后十多年不懈追求和努力，为国家、社会、人民做了突出贡献，自身也打造出一支工人搞科研的队伍。在生产实践中，广大职工为了发展生产的需要，不断地进行小革小改工作。机修车间依靠群众大胆革新，改造加工工艺和工具，解决了过去不能加工小型压风机的曲轴和大部件加工工序复杂的难关，提高了质量，满足了生产的急需。

抚州铀矿的闵耀中代表江西核工业系统出席了全国科学大会、江西省科学技术大会，陈代阳和流化床离子交换树脂回收废水组被江西省国防工业科学大会分别授予“先进工作者”和“先进集体”的荣誉称号。陈代阳，江西高安人，毕业于中南矿冶学院，大学本科学历。1979年2月，二机部政治部任命张世海为修水铀矿副矿长，分管生产、科技、安防工作，这位1964年10月投身核工业建设的副总工程师，迎来了他核事业的高峰，在后来的十余年间带领科技人员为修水铀矿第二次腾飞做出了杰出贡献。

修水铀矿重建后的初期，采用的水冶工艺流程为碱法渗滤浸出—酸化煮沸—氨水沉淀—产品过滤，1971年改为酸法渗滤浸出—清液萃取、反萃取—产品沉淀。1965至1982年，该简易水冶厂共处理铀矿石××.××万吨，生产重铀酸铵产品×××.×吨。

为了经济有效地处理修水铀矿接续点大椿铀矿床的矿石，1982年开始修水铀矿实施水冶厂的改建工作。改建后的水冶厂采用的工艺流程为：矿石—湿式自磨机磨矿、分级—酸法八丘克槽搅拌浸出—浓密机逆流倾析、洗涤—双层滤床检查过滤—混合澄清器胺类萃取—混合澄清器硫酸铵+氨水反萃取—不锈钢夹套搅拌氨水沉淀—板框压滤机过滤、洗涤—重铀酸铵产品。该流程在 1985 至 1996 年生产期一直被采用。

修水铀矿还进行了磨矿分级系统工艺设备改进。原设计为自磨机与螺旋分级机，形成闭路作业，分级机的返砂用斗式提升机返回自磨机。因所处理的矿石密度较小，且易泥化，从自磨机排出的矿浆黏度较大，粗粒级大，造成螺旋分级的分级率较低，分级机溢流液固体积质量比较大，即粗粒级（+1 毫米）含量较大。分级机的返砂具有表面光滑比较难磨、含泥率低、铀品位低的特点。用直线筛取代螺旋分级机对矿浆进行分级，并将部分难磨且铀品位低的粗粒级返砂外引去堆浸场处理。改进之后，矿浆液固体积质量比降低到 0.6 左右，使化工材料消耗大幅降低，也有效地控制了粗粒级矿砂进入后面工序，有利于提高浸出率和回收率。部分粗粒级返砂外引后，减轻了斗式提升机的运行负荷，提高了自磨机的处理能力（8%），加工费用有所降低。

34. 志存高远　战天斗地

修水铀矿全体职工，志存高远，战天斗地，一如既往拼搏奉献，续写辉煌。

汽车运输维修车间制造了助钩举重器，减轻了体力强度，提高了工效。同时，还发动群众修复了大量配件，解决了配件不足的困难。

一工区装载机传动轴胶垫坏了，仓库无配件，装载机驾驶员、退伍军人许均喜同志敢想敢干，采用塑料块代替轴承胶垫，解决了急需，保证了矿石装运。刘居太，福建周宁人，1959 年 3 月入伍，也是“五百兵”退伍大军中的一员，挖掘机驾驶员，实干家，推土机、装载机、装岩机，什么都会开，而且样样精通。有一年，他生病在家，生产区要吊装一件重型设备，领导找到他说明来意，他二话没说从床上爬起来，带病完成任务。还有一次，也是吊装大型设备且是高空作业，从抚州铀矿请来援助的八级工老师傅被大水困在杨家岭转运站，水冶厂安装工期迫在眉睫，领导想到了他，他又一次临危受命，想出一个大胆的方案，成功完成任务。事后，矿里额外拿出一个加薪指标，给他涨了一级工资。

二工区机修班在力量薄弱、加工能力差的情况下，发扬蚂蚁啃骨头的精神，大修了三台装岩机，为加快剥离速度做出了贡献。遵照毛主席关于“生产与节约并重”的指示，修水铀矿职工进一步发扬勤俭节约、艰苦奋斗的优良传统，在修旧利废、节约代用方面作出了很大成就，这也是建矿以来的传统项目，成为他们的优势。

据统计，二工区机修班在 1976 年 1 至 10 月期间，修复各种备品配件 39 种，价值 10 750 元，回收劳动保护用品 16 种，价值 11 490 元，回收钢铜的价值达到 13 200 元，废板皮 11.4 立方米，石灰渣复用 17.4 吨，节约各种物资价值达 77 810 元。

坚持干部参加集体劳动的好传统，保持着艰苦奋斗的优良作风。修水铀矿自重建以来，矿级领导干部和中层干部及机关干部，自觉参加集体劳动，实行“三同”，养成了参加集体劳动的习惯，在生产一线向工人阶级学习，锻炼自己的才干。特别是毛主席关于社教的批示发表以后，使广大干部深深认识到，如长期脱离群众，就必然得不到锻炼和成长。

张世海曾在二机部十二局组织的一次技术研讨会上做了发言，其中有这样一段话：“修水铀矿重建后，其水冶厂自 1963 年 9 月开始建设，依靠自己的力量，由工程技术员、技术工人自行设计、自行施工、自行安装设备，1965 年 2 月投入生产，一次性成功拿出产品。水冶工艺水平不断改善，金属回收率逐年提高，走出了一条良性发展的道路。”曾在上饶铀矿工作二十多年，被业界称为十大核工业专家的闵耀中，于 2014 年 12 月，在内部资料《中国铀水冶》一书的序言中指出：“我们可以自豪地说，到 20 世纪 80 年代中期，中国常规铀水冶工艺技术和部分关键设备水平已经达到国际同行业先进水平，尤其碱法浸出液季铵盐萃取工艺、碳酸铵反萃取工艺和磷类萃取协同萃取的淋萃工艺更是我国独创。”

向大庆学习，大干了还要大干。进入 1976 年，修水铀矿拥有了雄厚的技术实力，涵盖地质、物探、测量、采矿、水冶、选矿、核物理环境保护、机械、电气、仪表、化学分析、土建等十多个专业的成龙配套的技术队伍。

1976 年，修水铀矿在党委先后组织了“大战开门红”，广大职工战严寒，斗冰霜，实现了第一季度开门红，“101”产品完成年计划的 25.02%；大战六月，迎接“七一”建党纪念日的到来，实现了时间过半，任务完成过半。当唐山发生地震，修水铀矿提出“坚决响应党中央的号召，以抓革命、促生产的实际行动支援灾区人民”。

一工区继四月份超额完成全年剥离任务后，八月份又完成了全年产矿任务。这时，党支部提出：完成任务怎么办？是踏步不前，还是多为国家做贡献？一工区职工响亮地回答："要像大庆那样，大干了还要大干。"他们说到做到，保持高昂的战斗姿态，大干劲头不松懈，多快好省搞生产，生产不停步。全年剥离共超额完成计划的 111.7%，"101" 产品超额完成 58.4%。

二工区四个采矿班，开展"对口帮"，形成了你追我赶、热火朝天的景象，二班在冷文谱同志的带领下，全班十一人分两路突击，五人用装岩机装了 210 车，其他六人用肩膀挑了 600 担，创造了人工剥离最高纪录。

水冶车间污水班全体为了向国庆献厚礼，他们在人员少、任务重的情况下，以主人翁的姿态加班加点，工作不计时间，劳动不计报酬，大干苦干，连续奋战 50 天，干完了原计划 120 天才能干完的工程，加工和安装了 500 毫米、800 毫米两座塔，投入了试验生产，向国庆献了礼。基建科的同志们，为了污水处理第二期工程在国庆投产，积极主动密切配合，大干实干，加班加点，把基建工程抢在最前面，为安装试车创造了有利条件。

为了加快二工区基建剥离，早日投产，修水铀矿党委组织二工区基建剥离大会战，矿党委书记王来宾和几位主要领导亲赴第一线，在二工区党支部统一部署下，动员大量人力物力投入大会战。广大职工齐心协力，努力奋战，自大会战以来剥离量直线上升，一个季度比一个季度完成得好，到十二月底超额完成了 11 300 立方米，为加快基建速度打开了局面，奠定了基础。后勤食堂（行政科食堂）为了生产的需要，把饭菜、开水、冷饮送到厂房、采矿工地，增添了工人同志的革命热情，鼓舞了士气，提振了干劲儿，促进了生产的发展。

随着"工业学大庆"运动不断发展，修水铀矿涌现了一批先进集体和个人。有老典型机修车间；有在战斗中前进的大椿工区；有化害为利崭新图，为修水铀矿污水处理做出新贡献的水冶车间污水处理班；有"活着就要干革命"的共产党员崔应元同志；有朝气蓬勃的共产党员、退伍兵李洪文；有精心保护车辆、安全行驶60万公里的汽车司机郑占法；有严格遵守劳动纪律、埋头苦干的陈诗宝同志……

当伟大领袖毛主席去世，党委又号召“化悲痛为力量，以实际行动悼念伟大领袖和导师毛主席”，广大职工战高温夺高产，超产了还要再超产。党委书记王来宾亲临生产第一线，到山头的南北采场，到洞下 103 矿点井下，推矿车，掌握生产进度，给工人们鼓劲。他还到水冶车间，了解生产情况，对污水处理不断取得的技术突破给予高度赞扬，在老虎口倾听郭森辉提出的合理化建议，督促相关人员尽快落实到位。水冶车间搞扩大试验的同志，为了早日拿出试验成果，以实际行动悼念伟大领袖毛主席。他们不怕脏，不怕累，抢时间，争速度，一天连续上三个班，突击加工矿样 25 吨。

1976 年 12 月，江西省二机局召开工业学大庆经验交流会，大会的总结报告指出：修水铀矿以大庆为榜样，坚持自力更生、艰苦奋斗、大干苦干的优良传统，战天斗地，迎着困难上，千方百计地提前 12 天完成了 1976 年的生产任务，“101”产品完成年计划的 100.97%，处理“101”产品完成 100.97%，“111”产品完成 160.78%，生产剥离完成 311.7%，基建剥离完成 137.7%。

35. 无缝衔接　正确决策

二机部在 1972 年 3 月 31 日决定修水铀矿开发大椿矿床。接到上级的命令，修水铀矿于十天后派出第一批人员开赴距离矿部 50 公里外的大椿，开工建设。

由于有党委的正确领导，全矿一条心，想早日建成新的接续矿床。经过两年多的建设，修水铀矿大椿矿区工业、民用建筑群及采场风、水、电等系统于 1975 年基本形成。在建设大军里，老英雄莫桂华再次出山，担任机电方面的总指挥。他带着两位机电技术员奋战多日，真是老将出马，一个顶俩。选好柴油机发电房位置，在探讨发电机底座要挖多深的时候，清华大学毕业的技术员说理论上需要挖四米深，莫老开口前，用力跺了跺地，在四周走了走，仔细观察了地形地貌，然后斩钉截铁地说道："两米，出了问题我负责。四米，要浪费一半的水泥等建筑材料，同时还要浪费大把的人力。"身边的两位技术员都不吱声了，于是施工的人就按照莫桂华的命令办。经过二十多年的运行，电厂一切正常。大伙纷纷说，莫老是我们矿山建设的宝贵财富。

大椿矿区生产并不顺利，一开工就遇到大麻烦。在海拔 200 米标高平巷掘进中，因岩层破碎，巷道支护架起来后，很快下沉，井下掘进极为困难，多次发生塌方事故。矿区的山体属于风化石结构，这类山体在有植被覆盖的情况下，不易发生塌方。一旦山体挖开，巷道被打通，气流进去了，石头一遇到风和光就容易风化，山体慢慢松动，造成塌方。风钻工丁添升，就是在井下安装炸药时发现岩层松动，眼看要塌方，推开身边的两位工友，自己还没撤退就被巨大的塌方掩埋，后经过工友奋力挖土搬石头，将昏迷的丁添升救出来。工区立即用救护车把他送往修水人民医院，他腿部断裂，造成终身残疾。工区副主任江立弟，遇到一次塌方，一块大石头砸中他的安全帽，巨大的冲击力直接把他打翻，倒在地上不得动弹。在井下作业的支柱工卢同模，带着几名徒弟，费了九牛二虎之力搭建支柱，可刚搭建起来的支柱，不到半天时间就塌陷了。

值班长胡庆龙经历的井下洞口半边山坍塌事件，可谓是命悬一线，极为惊险。那天，幸亏工人还在洞口外待命，晚塌方几分钟，三十多人都有生命危险。事情的经过是这样的：值班长胡庆龙正在集合队伍，有几个工人拿工具还没到，他就等了五六分钟，点名后，三十多人都到了，准备下井下上工，因为需要对这几天井下时有塌方进行安全防护的再警示，他多强调了一些注意事项，多用了一些时间。就在他们向进口走去的时候，井口上方有石头和土块滑落，不好，要塌方了！胡庆龙大声喊道："快后撤！"石头土块落下的速度越来越快，最后只听"轰隆"一声，洞口半边山坍塌下来。接到大椿工区给矿部生产调度室的汇报，王来宾陷入了沉思。显然，大椿矿区井下开采方案存在耗费大、速度慢、效率低、安全性差等弊端。从巷道动工到 1976 年 6 月，平巷掘进到 41 米时，每米耗费超过计划的三倍。在客观上已经证明需要采取新的开拓方案。

有一次，江西省二机局韩礼和局长到修水铀矿蹲点，在为大椿矿区井下开采拟改露采的问题上，王来宾与韩礼和产生了意见分歧，甚至是激烈的辩论。王来宾为使上级领导真实掌握第一手情况，陪同韩礼和到大椿矿区实地调研，听取技术人员和工人的汇报。最后，韩礼和同意修水铀矿拿出一个露天开采的设计方案先报省二机局，经审定后再向二机部十二局请示，争取解决好这一困扰修水铀矿发展的大难题。

修水铀矿为了落实韩礼和局长的指示，也为了扭转大椿矿区建设的被动局面，加快矿山建设速度，充分发挥多年露天开采的有利条件和极大限度地利用现有设备，在矿长孙德安的主持下，组织了技术人员反复论证和研究。1976 年 4 月 13 日，孙德安向江西省二机局提交了《大椿矿

区井采改露采的设计方案》，该方案经韩礼和局长及李向光副局长组织专家审查，基本同意，待上报二机部十二局最后批准。

1976 年 5 月 31 日，修水铀矿派人远赴北京再一次向部局做了汇报，汇报会由苏华局长主持，他听取了修水铀矿总工程师张世海的详细汇报。张世海从大椿矿区的地质构造到井下掘进遇到的实际困难，从投入的人力物力到产出，都进行了分析；还对井下开采和露天开采的利弊作了对比。会议认为，只要技术上可行，经济上合算，大椿矿区可改为露天开采。三天后，二机部十二局、二机部第四设计院、江西省二机局领导共同审阅了大椿矿区井下开采改露天开采的设计方案，一致认为大椿矿区“北部露采，南部井采”可行。同年 6 月 24 日，二机部四局以（76）二机字第 166 号文下发《关于修正修水铀矿大椿矿点开采方案的通知》。通知下达后的六个月的时间里，修水铀矿凭借人工和简单设备，在北采场完成剥离 46 531 立方米，在剥离过程中，矿体赋存复杂，围石破碎与施工技术状况不相适应，要使南采场继续执行井下开采方案难以实施。

这次会议不久，苏华局长带了两位助手来到修水铀矿，实地考察了大椿矿区。江立弟、连长赞等工区领导陪同苏华局长视察了大椿矿区的北采矿场露天作业区及南采场井下坑道，并与采矿工进行了亲切交谈。这一次是苏华局长第五次来到修水铀矿，看到工人依旧保持着顽强的战斗精神，很是高兴。但是，苏华当天到食堂吃饭的时候，发现工区领导为他炒了几个小菜，其中有青蛙、黄鳝、香菇等“山珍海味”，他有点不高兴，批评了工区领导，让把这些菜给刚下班的工人们吃了。他自己排队打饭吃，从包里拿出搪瓷碗装饭，搪瓷茶缸装菜，付了饭票和菜票。

修水铀矿经过不懈努力，南采场由井下开采改为露天开采，北采场依旧实行井下开采，也就是说大椿矿区开采方式的问题没有得到完全解决。为此，修水铀矿两次向部局做了汇报，写了报告，希望南北采场全部实行露天开采。1978 年 8 月 10 日，修水铀矿派员向部局汇报 1977 年上报基建调整及 1978 年基建计划时，再次提出了大椿矿区全部改为露采的方案。8 月 18 日，二机部副部长苏华在北京亲自主持召开大椿矿区露采的专题会议。参加会议的有二机部一局、四局、十二局、修水铀矿、江西省二机局的领导及有关技术人员。此时的苏华刚由十二局局长升任二机部副部长，接替刘伟副部长的职务，分管十二局等局的工作，而刘伟升任二机部部长。大会听取了修水铀矿关于大椿矿区全部改露天开采方案的汇报，经过反复商讨，会议同意了修水铀矿的意见，并命令修水铀矿自行设计。根据部局决定，修水铀矿对大椿矿区全部露采设计作了修改补充，并将《关于大椿矿区全部露采设计的报告》上报二机部四局。二机部（78）二机字 1 号文件确定了大椿矿区的井采全部改为露采，同意了设计总投资额。大椿矿区采矿方案的变更技术可行，经济合理，资源利用充分。实践证明，修水铀矿党委坚持实事求是，二机部及十二局决策正确。

成就辉煌，青史留名。韩礼和于 1977 年 1 月，在江西省二机局“工业学大庆”经验交流会上的讲话中指出：一些基层单位，一跃跨进先进行列，如修水铀矿大椿工区，前几年工作比较被动，去年大学大战一年，成为全矿学大庆的先进集体（1978 年 1 月，二机局授予先进集体荣誉称号）。修水铀矿的实验成果并投入生产的流化床，新法处理污水，每年可回收金属三四吨，基本解决了废水的问题。这就是坚持科技革命的显著成果。修水铀矿，在年底前动员大战五十天，超额完成了“101”产品生产和处理计划。

关于铀水冶生产经验交流会的情况简报如下：二机局于 1977 年 11 月 20 日—12 月 3 日，召开了一次铀水冶生产经验交流会。会议开始，同志们认真学习了中共中央关于召开全国科学大会的通知、邓小平副主席 8 月 8 日在科技教育座谈会上的讲话、方毅同志在全国科学技术大会预备会议上的讲话，会议代表还参观了修水铀矿、上饶铀矿、抚州铀矿的水冶厂，到修水铀矿时还参观了他们的污水处理装置，听取了第四设计院对修水铀矿水冶厂技术改进设计方案的介绍，在技术革新和试验研究方面修水铀矿取得重大成果一项（流化床）、较大革新两项。

1980 年 5 月，二机部十二局局长刘坤来江西局调研修水铀水冶厂的改建问题，矿党委书记王来宾向刘局长汇报了自筹资金、三年完成水冶厂改建工程的方案，随后向十二局呈报了《关于自筹资金改建水冶厂的报告》。7 月 18 日，部十二局批准了这个方案。不久，以二机部第四设计院负责人郭英明为首的设计人员进驻修水铀矿，援助工作的科技人员有陆惟善、郑毓伦、李经纬、王德明等一批人。他们不辞辛苦，深入一线，在众多技术攻关上与修水铀矿技术工人及科技工作者一道，实现重大突破，为新水冶厂建设贡献了力量。陆惟善，江苏常州人，高级工程师。早在六十年代初、中期就参与修水铀矿重建的多项工程设计，二十多年间与那里的干部职工结下深厚的友情。1984 年 12 月 15 日，江西矿冶局企业整顿验收团到修水铀矿，对该矿企业整顿工作、水冶厂改建工程和大椿矿点基建收尾工程竣工进行了全面验收。企业整顿评为“一类企业”，两项工程建设均为合格，其中水冶厂改建工程被核工业部授予优质工程奖。1984 年 12 月核工业部召开“五讲四美三热爱”先进集体、先进个人表彰会，江西矿冶局系统受到表彰的先进集体 3 个（修水铀矿职工子弟学校榜上有名）、先进个人 3 名。1985 年 1 月 1 日，修水铀矿新水冶厂、大椿矿点正式投产，进入了第二次创业的辉煌阶段，第一代建设者继续谱写可歌可泣的故事。

36. 科学春天　鸟语花香

1977 年 5 月 30 日，中共中央政治局召开会议，听取方毅、李昌、武衡等同志汇报中国科学院工作。中央委员会主席华国锋同志代表党中央和国务院作出了召开全国科学大会的决定。华国锋同志说：“我国的科学技术水平，和先进国家比，总的说，水平低，但我们有信心搞上去。‘四人帮’的干扰在科技方面确实很大，打击了科技队伍的积极性。要把科学技术在二三十年内努力搞上去，要揭批‘四人帮’，肃清流毒，澄清思想。我们要认真地搞。考虑要开个科学大会，把劲儿鼓起来，人数要多一点，这个会要使全国震动，科学大会的规模可以大些，把大家积极性调动起来。对人民有贡献的专家和群众，要给予表扬，戴红花。他们应受到国家和人民的尊重。要送个‘红本子’，要拍电视、电影。把全国有成就的科学家请来。”这次政治局会议决定：在 1977 年冬季或 1978 年 1、2 月份召开一次全国科学大会，由中国科学院和国防科委负责筹备。

在 1977 年 8 月 12 日召开的中共十一大会议上，华国锋同志在大会政治报告中正式宣布：“中央决定，在适当的时候召开全国科学大会。这次大会要交流经验，制定规划，表扬先进，特别要表扬有发明创造的科技工作者和工农兵群众，把科技战线上广大干部和群众的积极性充分调动起来，向科学技术现代化进军。”

1977 年 9 月 5 日—15 日，全国科学大会召开预备会议。会议传达了华国锋关于科学工作的重要指示和邓小平在科教座谈会上的讲话，讨论了代中央草拟的《关于召开全国科学大会的通知》，研究了大会代表名额分配、典型材料、评选办法、规划工作、成果展览等各项筹备工作。1977

年 9 月 18 日，华国锋主持召开中央政治局会议，通过了《关于召开全国科学大会的通知》，确定了全国科学大会的基本任务。1977 年 9 月 23 日，《通知》正式发表，《通知》指出：中央决定，1978 年春，在北京召开全国科学大会。全国科学大会的任务是，高举毛泽东思想的伟大旗帜，贯彻执行党的第十一次全国代表大会的路线，交流经验，制定规划，表扬先进，特别要表扬有发明创造的科学技术工作者和工农兵群众，动员全党全军全国各族人民和全国科学技术工作者，向科学技术现代化进军。

春天来了，迎来了科学的春天，这给大学一毕业就来到修水铀矿的万宝生增添了青春的力量。万宝生手抄叶剑英《攻关》诗句：攻城不怕坚，攻书莫畏难。科学有险阻，苦战能过关。这位在核工业铀矿战线工作了半辈子的科学技术人员，心情格外激动，万宝生与铀矿科技人员、工人师傅们辛勤努力，勇攀科技高峰，二十年磨一剑，这是共和国的神剑，是人民共和国的大国重器。

1978 年 3 月 18 日—31 日，全国科学技术大会在北京召开。这是一次由中共中央召开的动员全党全国各族人民向科学技术现代化进军的大会。这次大会从筹备到召开，都是在邓小平亲自主持和领导下进行的。邓小平在大会开幕式上发表重要讲话，阐述了科学技术是生产力，科技工作者是劳动者（工人阶级的一部分）的重要论点。方毅副总理做了有关科学技术的规划和措施的报告，大会宣读了中国科学院院长郭沫若的书面讲话：《科学的春天——在全国科学大会闭幕式上的讲话》，会上先进集体和先进科技工作者受到表彰。大会制定了《1978 年至 1985 年全国科学技术发展纲要（草案）》，号召大家树立雄心，立壮志，向科学进军。这是国家在百废待兴的形势下召开的一次重要会议，是中国科技发展史上具有里程碑意义的盛会。

1978 年 3 月 18 日，江西二机局副局长江彬，先进单位代表上饶铀矿闵耀中，先进科技工作者代表、抚州铀矿李远洲出席了全国科学大会。江西铀矿冶战线 11 项科技成果得到嘉奖，上饶铀矿作为科技工作先进单位受到大会表彰。其中，修水铀矿的“树脂离子交换流化床吸附从污水中回收铀”科技成果，获得全国科学大会奖。

科技为纲，纲举目张。在修水铀矿党委高度重视科技工作的良好氛围下，党委常委、总工程师张世海亲自领军，组织科技人员及技术工人经过两年多的准备，到 1978 年 10 月，修水铀矿制定了《1978 年至 1985 年科技发展计划大纲》。这个大纲分为采矿部分，水冶部分，“三废”综合治理及环境保护，技术革新、改造和新技术推广，文教卫生部分等五个方面的内容，提出了七条主要实施措施。

张世海负责组织编制了《1978—1985 年修水铀矿科技发展规划项目表》，有改善水冶厂技术经济指标、铀矿水冶过程自动化、低品位矿石提铀、三废处理、矿山地质工作规律、露天采矿工艺等十类中心课题及大椿矿石工艺试验、大椿矿石加工方法的研究、建续逆流矿浆吸附的研究、泥质矿生产实践与改进、董坑矿石加工方法的研究、破碎系统自动化、浸出过程的自动化、产品包装自动化、流动床操作自动化、废石场低品位矿堆浸的研究、细菌浸出的研究、扩大流化床处理污水的研究、综合治理污水中有害元素和物资回收、界面测量、水冶厂外排气体的净化和有用物资的回收、沉积淋滤型铀矿床赋存规规动的研究、露天矿生产探矿的研究、辐射取样方法的研究、露天采矿方法的研究、露天矿边坡“喷锚”支护稳定性的研究等四十四个课目，规定了完成的时间，明确了承办单位和协作单位责任，成为未来几年修水铀矿再创辉煌的科技基础。

这个科技发展大纲在同年 11 月 13 日—16 日召开的第一次科技大会上，经过充分的讨论予以通过实施。第一次科技大会是修水铀矿一次具有里程碑意义的盛会。参加会议的各级领导、技术干部和岗位上的技术骨干共一百〇八人，民间俗称修水铀矿的水泊梁山好汉一百单八将。

会议期间总工程师张世海传达了全国科学大会和江西省科技大会精神，并对《1978—1985 年矿科技发展规划》做解释和说明，矿长孙德安作矿科技工作报告，分组学习华国锋主席、邓小平副主席在全国科学大会的重要讲话和江渭清、黄知真同志在江西省科技大会上的报告，分组分析了矿科技工作的实际情况，对《1978—1985 年矿科技发展规划》进行了讨论。会议最后一天各方面代表做了发言，党委书记王来宾做会议总结。广播站把会议进展及会议精神做了专题报道，连续四天放映电影，在电影放映前都播放会议专题幻灯片。全矿职工家属子弟无不欢欣鼓舞，崇尚科学、文化的良好氛围得到进一步的巩固和发扬。

出席这次会议的水冶车间主任郭笔川甚为激动，他在大会发言中回顾了科技兴矿取得的成就，说明只要坚持走科技发展的道路，一定能取得胜利；同时，他也对水冶厂将来的工作提出了建议，赢得了与会同志的高度赞扬。

1981 年 6 月，郭笔川由水冶助理工程师晋升为水冶工程师。时任副矿长的张世海在对郭笔川技术工作进行总结时，做了如下中肯的评价：经过二十多年的学习和实践工作，郭笔川同志基本上掌握了铀矿水冶的理论知识和技术知识，具有水冶生产的组织和指挥能力。生产管理和业务管理的经验比较扎实，能解决生产中发生的比较复杂的技术问题。二十四年的铀水冶实践，长期超负荷工作，致使郭笔川的身体越来越差，但是他始终带病坚持战斗在一线。1982 年 11 月 14 日，郭笔川因患多发性骨髓瘤，医治无效去世，享年 46 岁。郭笔川英年早逝，是修水铀矿的一个重大损失。

郭笔川生前注重对后备人才的培养，1969 年从衡阳矿冶工程学院毕业进矿的李昌华就是其中之一。李昌华，湖北钟祥人，将所学知识融入水冶生产实践之中，他刻苦钻研业务，从技术工人岗位到水冶技术员，再从技术员到水冶车间主任，近二十年成为水冶生产和管理的核心骨干，是郭笔川、黄代宽的好助手，为水冶事业做出了积极贡献。他还在矿子弟中学初创时期的一年半时间里，担任两个班的化学课及农机课的老师，深受学生爱戴。56 岁那年，他因积劳成疾去世，天妒英才。

37. 开矿先锋　成绩斐然

标杆集体，在千锤百炼中铸成。大椿工区采矿二班奋勇在前，革命有声有色，生产不断创新，提前 75 天完成任务，以昂扬的战斗姿态跨入 1978 年。大椿工区成立不久，二班人员都是原来采矿五、六、七连抽调来的，形成强大的战力。成为先进集体不是一件容易的事，二班自 1975 年建班，连续三年被评为矿先进集体，在 1977 年社会主义劳动竞赛中连续五个月被评为"流动红旗"班。1977 年度被修水铀矿授予"标杆集体"荣誉称号，1978 年 7 月被江西省第二工业局授予"先进集体"荣誉称号。

火车跑得快，全靠车头带。这列火车的车头就是退役军人、班长、共产党员冷文谱。冷文谱，江西修水人，从部队退伍到修水铀矿后，推矿车，打风钻，任劳任怨。领导和同事一看，纷纷竖起大拇指，部队又给我们送来一员虎将，一名钢铁战士。

冷文谱多次被评为矿、省局先进生产者，同志们都称他是"一位好钢"。冷文谱工作打先锋，生产是闯将。他处处以铁人为榜样，发扬了吃大苦、耐大劳、勇敢战斗、不怕疲劳的革命精神。他身上曾六次负伤，遇到天气变化，就浑身疼痛。可是，他全年出满勤，干满点，上班走在前面，下班走在后头。一个人干几个人的活，全年加班加点二十多次。有一次，在采矿场作业，他头部负伤，伤口未愈，他就带着还化脓的伤口坚持上班。顾大家，丢小家。

有一天他上早班回来，得知家属病重，他便请假回家，做了必要的安顿，可心里牵挂着采矿场的事。为了不耽误工作，他于次日零点从家里步行 50 里山路赶来上班。当他出现在生产岗位时，同志们看到了都很感动，说：“老冷啊，你一年到头辛辛苦苦，工作勤勤恳恳，家属有病，请一天假有何不可呀？”冷文谱却不以为然地笑着说：“没有关系，她吃了药很快会恢复的。”

1977年元旦，大椿工区党支部发出号召，“大干元月份，实现开门红”。冷文谱组织全班同志认真讨论了党支部的号召，分析了完成任务、实现“开门红”的困难条件和有利条件，制定措施。赣西北的寒冬大雪纷飞，冰封千里，气温降至－8℃～－10℃，采矿场上，风水管冻结，无法打风钻放炮。照常规在这样恶劣天气情况下，只有等到冰雪消融再干。面对这样的大困难，冷文谱坐立不安，组织全班同志研究对策，大胆提出：清除积雪，破冰打眼放炮，困难再大也要实现“开门红”的战斗口号。

全班同志被冷文谱的豪迈激情所感动，在他的带领之下，他们手工打眼，挖洞放炮，坚持大干，取得了不少的成绩，同志们都备受鼓舞。由于天寒地冻，风雪交加，厚厚的大雪覆盖在作业面上，阻碍着他们前进。到了元月29日，班产还差318车才能完成生产任务，冷文谱吃不下饭，睡不好觉，当晚召开全班“诸葛亮”会，集思广益，最后决定第二天，即元月30日星期天不休息，继续上班，大干一场。工区领导对他们给予了极大的支持，食堂提前为他们做早餐，电厂在凌晨4点钟为他们提前供电。天还没有亮，全班人都爬上了山，到了采矿场。人人精神气十足，迎着鹅毛大雪，开始了一天紧张的战斗。采矿场被厚达半寸的积雪覆盖着，道路被雪淹没，轨道看不见，冷文谱用手摸着轨道往前爬行，蹚出清晰的轨道线路。他还和同志们一道清除风水管的积雪，用火烤化水管里的冻冰，克服了一个又一个困难。放炮的轰轰声响彻天空，欢笑声回荡在山谷。经过一天的奋战，二班终于实现了自己的誓言，提前一天完成了元月份的生产任务，实现了1977年的“开门红”。

大力挖掘潜力，创造条件夺高产。按常规，一个班在一个工作面作业，人多了只能轮番推车，而二班同志为了多生产，多剥离，宁愿多吃苦，多开工作面。一次，全班只有十二人上班，按照过去安排岗位，开一个作业面已经够紧张了，可是冷文谱和吴文康两位正副班长一合计，制定了“兵分两路，以少胜多”的作战方案：由班长冷文谱带领四个人用装岩机机械作业，副班长吴文康带领五个人用手工作业，还专门抽调一个人做维修轨道、整理土箕耙子、送开水等辅助工作，分工明确，有条不紊。在冷文谱那一组，他亲自开装岩机，操作熟练，动作灵活。装岩机巨臂翻滚，其他四人推着矿车来回奔跑。冷文谱一个工班装了 210 车，四个推车的同志也推了 210 车。推车的人在几百米的轨道上来回赛跑，你追我赶，汗水点点滴滴洒在了轨道上，可是谁也不甘落后。副班长吴文康带领五个人，找来两把耙子、三根扁担、十担土箕，又具体分工，两个人负责扒土，四个人负责挑。扒土的人又与挑土的人展开了竞赛，扒土的人银锄飞舞，装得快、装得满；挑土的人像运动员赛跑一样，川流不息——好一派你追我赶的动人景象！他们经过紧张艰苦的奋战，战果辉煌，每人完成 100 担剥离任务，折合 25 矿车，这样全班十二人共完成剥离 235 车。冷文谱作为先进生产者及先进集体的代表，光荣出席了二机局工业学大庆会议。1978 年，二班在冷文谱的带领下，继续保持高昂的斗志，完成全年计划任务的 130%。他再次被江西省第二工业局授予先进生产者荣誉称号，在他的身上有着一股精神及敢于拼命的钢铁意志。

副班长是老师傅吴文康，江西南康人，这位 1953 年参加革命工作的老工人，忠厚老实，心地善良，一切服从组织安排，叫干啥干啥，从赣南到赣西北，二十多年如一日。

党小组长是万武玉，他回家探亲只有三天，得知班里大干一百天的消息，他第二天就赶到班里参加了战斗，大家看到他的时候，真是既惊讶又感动。班里的共产党员晏国信、晏开桂、李进国等人，处处以党员标准要求自己，脏活累活干在前，起到骨干作用。

润物细无声，榜样的力量在悄无声息中影响着周围的人。二班新工人韦烈彪等两人，也是军人的后代，他们的父辈六十年代初转业到铀矿

工作，老一代无私奉献的精神血脉延续在他们身上，看到班里的老师傅精神饱满，为采矿事业出大力流大汗，他们很是感动，生活在二班感觉到无上的光荣，因而工作积极主动。有一次，韦烈彪生病住院，人在病床上，可心早就飞向了热火朝天的采矿场，出院时医生给他开了七天病假条，而他一天也没休息就上班了。1977 年度，韦烈彪被评为先进生产者，他们这一批一同参加工作的十名新工人，还有两人像韦烈彪一样成为先进生产者。这对既是矿二代，又是新工人的韦烈彪是多么大的鼓励和鞭策啊！

在团结向上的氛围里，榜样的力量是无穷的。采矿二班所在的大椿工区，距离矿部 44 公里，工人村是综合性的小社会，也是修水铀矿总部窑坳工人村的微型版。大椿工区经过几年的建设，取得了骄人业绩。1976 年度分别被评为江西省“工业学大庆”先进单位、江西省第二机械工业局“工业学大庆”先进单位，1978 年被江西省第二机械工业局评为先进单位。1976 年 7 月，二机部批准大椿工区由井下开采改为露天开采。露天开采好处多，困难也不少，剥离量大，机械设备不适用，给高效率地生产带来一定的困难。工区党支部不怕任务重，勇于挑战，在时间紧、设备少的情况下，在党委领导下，组织基建剥离大会战。骄阳似火的大热天，全靠人拉肩扛把笨重的机械设备从山下搬到山上，五吨重的装岩机，就是靠人力绞盘机拉上了高四五米，倾角三十度左右的山头采场。从 7 月开始的三个月，月月超额完成生产任务。接下来的第 4 季度，“工业学大庆”的运动在大椿工区更加蓬勃地开展起来，生产形势空前高涨，完成全年生产任务的 151%。

进入 1977 年，大椿工区在元旦那天发出“奋战元月、喜迎开门红”的活动。2 月，在全工区掀起了“比、学、赶、帮、超”大干社会主义的热潮，根据全部十八个班组的具体情况，提出了政治学习、完成任务、团结协作、安全生产为主要内容的“赛思想，比觉悟；赛干劲，比贡献；赛团结，比风格；赛管理，比纪律”的四赛四比活动。他们采取月评比、工区大会授奖、班组敲锣打鼓送旗、广播宣传大造舆论等办法，使被评为流动红旗的班组家喻户晓，人人皆知。另外，在办公室的墙壁上张贴“流动红旗评比情况表”。红五月，也是大椿工区的高产月。这个月里，以直接工班计算，工班工效每人平均为 2.5 立方米。5 月 5 日，是工区的高产日，这一天工班工效每人平均为 3.5 立方米，被评为当年全矿标兵的采矿二班，在 5 月 2 日那天，创造了工班工效每人平均 6.3 立方米的高产纪录。采矿一班也不甘示弱，在夺高产的“红五月”中，完成了 895 立方米的基建剥离，成为“红五月”中的高产班。在热火朝天的社会主义劳动竞赛中，采矿一班詹太山奋起直追，经常一天上两个班，有几次为了生产任务的完成，他和党小组长崔应元一起在山上打眼放炮，从早晨一直干到下午。中午了，他俩的家属左顾右盼也不见他们回来吃饭，就把饭菜送到了山上。这样为了工作顾不上吃饭的事情，在其他班也发生过，举不胜举。三班副班长金顺喻同志，为了完成本班的当月生产任务，两次推迟回家探亲的时间。

6 月 15 日，修水地区遭遇了一场罕见的特大洪水灾害。凶猛的洪水冲垮了大椿和新庄的公路桥，去矿部的公路被冲塌了好几处，电话杆被冲倒了，电话线路中断，和矿部失去了联系。工区党支部和广大职工没有坐、等、拿，而是在思考如何尽快恢复交通，保证生产的正常进行。他们一面派副主任江立弟和二班党小组长万武玉步行回矿汇报情况，一面带领职工和家属投入抢修大桥和公路的战斗中。

江立弟、万武玉不辞辛苦，十万火急，长途跋涉，翻山越岭，翻过海拔 1 000 多米高的大山，步行 80 里来到窑坳工人村，向党委做了汇报。王来宾亲自部署，连夜抽调精兵强将一百多人，准备第二天由党委副书记带队跟随江立弟、万武玉去大椿，他俩没有顾得上休息，在食堂吃饱饭，就连夜返回了。

晚上，王来宾又到招待所看望江立弟、万武玉，送去了组织上的关怀和温暖。叮嘱他们要依靠党的领导，战胜困难。

党委副书记殷毓松同志受王来宾的委托带着党委的亲切关怀，步行来到大椿工区。矿电影组放映员李宝康同志，肩负党委的嘱托，不辞辛苦，肩扛电影放映器材，步行三十多里，来到大椿工区放映电影《东方红》，极大地鼓舞了工区职工战胜洪水灾害的斗志。工区领导相信群众，依靠群众，带领职工、家属发扬“自力更生”的精神，投入了修复公路的攻坚战。干部以身作则，困难的事干在先，重活累活抢在前。

江立弟回到大椿后就赶上架设大椿桥的战斗中。他带领四五十名工人，冒着危险，跳入急流之中与洪水搏斗。他们人拉肩扛，用了六七个小时，把两块用钢轨穿连而成重达四千斤的特殊桥板从激流漩涡中拉到河中心，架起了便桥。工区领导组织食堂的同志，准备了滚烫的姜汤，浑身是水的同志们喝着姜汤，温暖在心头，更加增添了下水架桥的同志们的豪情。江立弟在架桥的过程中，被一颗枕木砸到腿部，受伤后依然坚持到架桥工作全部完成，轻伤不下火线。

工区领导和职工同志一起，在急流中捞石头砌路基，从沙滩上拉沙石铺路面。职工同志说：“干部能下海，我们就能擒龙！”一些同志在战斗中轻伤不下火线，重伤不叫苦，一直坚持到胜利。目睹他们奋战洪灾的老百姓都很受感动，伸出大拇指夸奖说：“四矿的职工就是厉害！没话说！”工区领导抓住这个典型事例，做好宣传鼓动工作，把广播报道做到现场，食堂饭菜送到现场，生活用品供应到现场，材料运到现场。工人们说：“领导想得周到，我们干劲儿更高。干群一条心，天灾能斗倒。早日修通路，早传生产捷报。”

经过全工区干部、职工的努力，他们只用了三天时间就完成了预计五天才能完成的任务。三天中，他们堆砌了七十米长、一米多高的路基，垫铺了百米长的路面，开筑了一条五十多米长的排水沟，重修了一条排水暗沟，排除了二百立方米的塌方。抗灾不误生产，他们发扬连续作战的精神，夺回被洪水灾害耽误的时间，补回因交通中断造成的损失，提前一天完成了六月份的生产任务。

大椿工区的领导在关键的时候主动站在战斗的第一线，赢得了群众的赞扬，也起到了榜样的带头作用。工区领导在平时能积极深入群众，认真参加集体生产劳动。工区副主任连长赞、江立弟同志参加劳动的天数每月达十天以上，1977 年，他俩参加劳动的天数都超过了 120 天，始终保持普通一兵的战斗本色。

1977 年 2 月的一天，一位矿工在采矿场作业，不慎负伤，当时大雪封山，上山的公路被厚厚的积雪覆盖，道路阻隔，救护车开不进去。副主任江立弟第一时间得到消息，他带着医务所的人二话没说，扛着担架就奔向采场，把伤员抬回医务所治疗。还有一次，职工钟祥石和徐九生的小孩病情严重，但因厚厚的积雪未融化，交通中断，无法送矿部医院医治。工区领导和医务人员积极想办法，在简陋的医务所进行急救。夜深了，在病人缺氧时，副主任连长赞又组织人员摸黑到两里路远的维修车间抬来了氧气瓶，给病人输氧。发电房的同志为了配合急救延长了发电时间，经过全力救治，两个孩子转危为安。大椿工区凡有职工病重住院，工区工友领导都会前往探望，送去温暖。

山上采矿场出了工伤事故，工区领导多次跟随救护车一起到达现场，参加抢救。矿党委常委、工区主任张广德同志已年过半百，依然参加劳动生产，起模范作用。在华主席领导全国人民粉碎“四人帮”以后，张广德更焕发了革命青春，有一分热发一分光，努力做好本职工作，坚持参加集体生产劳动。由于身体不好，在劳动中工人同志都非常关心他，重活不让他干，但他总要找一些力所能及的事干。

张广德是黑龙江依安人，1947 年 11 月参加中国人民解放军，1949 年 2 月入党，解放战争参加了辽沈战役、平津战役、衡宝战役及解放海南岛的战斗，从东北一直打到海南岛，历任战士、副班长、班长、排长、副政治指导员、政治指导员、副政治教导员，荣立小功三次、大功一次，受师、团、营通令嘉奖各一次，1964 年退役分配到修水铀矿。工区领导在实干中清楚地明白这样一个道理：大干社会主义，领导必须带头。只

有在大干中才能了解群众，了解生产。指挥大干，经常参加劳动，带头大干，干群才会有共同语言，才能大干再大干。在开展“工业学大庆”、组织社会主义劳动竞赛的热潮中，大椿工区党支部在党支部书记秦承俊带领下坚持集体领导、分工负责的原则，充分发挥支部一班人和工会、团支部、家属委员会的作用，凡有重大事项，都要经过支委会研究决定，形成决议的东西，就一定坚决贯彻执行；凡属个人工作范围的事情，就放手让分工负责的同志去做，有了责任，逐步承担。1977 年除了经常性的一般碰头，共开了 11 次支委会。

38. 心系矿山　着眼未来

王来宾身材高大魁梧，一口河南普通话，说话办事雷厉风行，果断沉着。由于从小受过良好的教育，参加革命工作后，一直在地方担任领导工作。1956 年，他奉命调二机部工作，转战新疆、浙江、江西多地，具有丰富的领导和管理经验。

王来宾自 1973 年 5 月调修水铀矿后，摆在他面前的有两件大事，一个是 1 号矿区资源即将枯竭，大椿矿区作为接续点的开发，水冶厂的工艺能否与之匹配，而达到就地生产的理想目的；另外一个就是职工子弟的教育及繁荣矿山文化生活的问题。随着 1964 年退伍兵的子女陆续到了读书的年龄，读小学的孩子人数逐年增加，预计在七十年代末及八十年代初，小学和中学的学生人数将会爆发式增长，独立办学、建设较为完整的校区迫在眉睫。

乐翔令是被王来宾相中第一个出来搞教育的人。他被水冶车间抽调出来担任子弟中学副校长，成为第一届子弟中学负责人。半年后，邓毅从机关办公室秘书岗位调子弟中学任党支部副书记，主持学校的全面工作。

王来宾在与当地公社大队的负责人接触中，了解到在河源寺里建学校较为合适，地方上在征地方面给予了大力支持。这个地方曾经是佛教寺院，新中国成立前有多位和尚驻足诵经念佛，这里是风水宝地，惠及子弟。

基建科受领新建校舍任务后，安排土木建筑技术员陆永德设计。设计图纸拿出来后，由工人出身的技术员赵立杰负责现场施工。这会儿，赵立杰刚刚完成在大椿工区四年的生产区厂房及工人村生活区食堂、办公室、招待所、职工宿舍的施工组织工作，可谓是大椿建设初期的重要功臣之一。回到矿部，赵立杰再次受领重要任务，他感到很高兴，这是组织上对他的信任。到 1978 年 10 月，天气开始转凉的时候，工程也接近了尾声。随后，机修车间派人着手建设通水通电工程，宣教部门添置教育设备的工作也在紧锣密鼓进行中，一切都在计划中完成。春节过后，春季开学搬进了新校舍的师生格外高兴。陆永德、赵立杰两人以学校为背景照了一张照片，留作纪念。

新校舍占地面积大，都是一栋一栋三层钢筋水泥楼房，三面依山，一面朝向农田，风景秀美。1979 年春季开学，一千多名师生搬进宽敞明亮的新学校，无比幸福，无比激动。子弟学校在发展中成绩喜人，不少成绩优秀的莘莘学子考上中专、大专、本科。

1984 年 12 月核工业部召开“五讲四美三热爱”先进集体、先进个人表彰会，江西矿冶局系统受到表彰的先进集体有 3 个，先进个人 3 名。其中，修水铀矿职工子弟学校榜上有名，成为先进集体。

王来宾，生于 1922 年 8 月，河南原阳人，1945 年 3 月参加革命工作，1947 年 1 月入党。抗日战争和解放战争一直在原阳县、新乡市、郑州市从事地方工党团工作。1956 年 7 月由郑州市委组织部干部科长任上调新疆 519 队第 9 队任党委书记，1958 年 8 月任新疆 519 队第 16 队党委书记，1960 年 4 月任华东 608 队第 8 队党委书记，1962 年 12 月任华东 608 队第 3 队党委书记，1973 年 5 月由华东地质勘探大队 263 队党委书记任上调修水铀矿工作，与军代表做交接。1973 年 7 月 30 日主持矿党委工作，1976 年 1 月 20 日任修水铀矿党委书记。1980 年 6 月调离修水铀矿，任本系统 270 研究所党委书记。1983 年 9 月以厅级待遇离职休养，2020 年 3 月在河南郑州病逝，终年 98 岁。

王来宾在修水铀矿工作的七年时间里主持党委工作，带领党委一班人加强党的建设，狠抓生产，各项工作都取得优异成绩，特别是在党员教育、组织生活和拨乱反正、落实政策等方面做了大量卓有成效的工作，作风严谨，扎实稳健。

修水铀矿遵照二机部十二局统一部署于 1977、1978 年连续两年对大部分人员调升了工资，大大提高了职工工作积极性，特别是对 1964 年那批退伍老兵普遍工资低的现象做出了根本性的调整。王来宾深入基层了解到有一位 1959 年 2 月就到核工业战线来的老技术工人，自 1965 年 7 月调来修水铀矿后，当年就被评为五好职工，后来又连续十年被评为先进，1975 年度是“工业学大庆”先进个人。1976 年肝炎复发，病假超过调薪的规定，两次无缘调升薪水。1979 年再次有部分职工调升薪水的机会，王来宾想到了这位老工人。王来宾贵为一矿之最高领导，亲自到这位老师傅家访问，嘘寒问暖，要他正确对待，也要他相信党委是公正的，不会忘记他对矿山建设做出的贡献。他告知这位老师傅，要耐心，稳住，他这次在调升名单的第三榜，前两榜公示都没出现这位师傅的名字。这位老师傅 1956 年上半年定级五级工，二十多年未涨过工资，到修水铀矿后还被取消了因地区差产生的保留工资，心中也是憋着一肚子火气。在党委书记的亲切关怀下，他调升了半级工资，心情舒畅起来，原来患的病也慢慢好了起来。八十年代初期他出任一个后进班班长，带领全班改变面貌，成为矿先进集体，这件事也成为一段传奇故事被传扬。

谈到党委书记王来宾，陈福堂记忆中有两件事刻骨铭心，它们彰显了党的领导干部关心群众疾苦，勇于担当的精神。有一年，有位老工人听说生吃鱼胆能明目清毒，于是就试着吃。起初他一次吃一个生鱼胆，吃了后没有啥不良反应，接着就一次吃三个生鱼胆，这下麻烦大了！毒性发作，中毒后病情严重，生命垂危。王来宾亲自到医院看望，决定派救护车送他到长沙湘雅医院，并派医生陈福堂护送。王来宾叮嘱陈福堂，要不惜一切代价救活这位老师傅。北协和南湘雅，湘雅医院是距离修水铀矿最近也是最好的一家医院，到了湘雅医院。接待的医生听陈福堂介绍病情，一听是吃生鱼胆中毒就摇头。时下有不少吃生鱼胆中毒送来的病人，有的救过来了，有的没救过来，陈福堂转达了单位领导的话，请求湘雅医院不惜一切代价救活这位老工人。医院经过全力救治，挽回了这位老工人的生命。这位老工人后来调大椿矿区工作，在那里独当一面，做出了积极贡献。

还有一次，女职工周兰英在1979年患病，那时候陈福堂刚从长春人民医院进修回来不久，根据周兰英的发病情况，判断为蛛网膜下腔出血。他在长春人民医院进修期间曾听指导老师分析过这类病例，并且他还诊断过这样的病人。矿医院按照陈福堂的诊断，进行了消炎保守治疗。这个时候周兰英的家属提议从上海请专家来会诊，王来宾当即表示同意，承担了上海专家来回坐飞机的费用。上海专家来矿后，对矿医院采取的治疗方案给予了肯定，加大了治疗力度，挽救了周兰英的生命。这位专家还到修水县人民医院做学术报告，把周兰英的病例做了全面分析，陈福堂、彭开鑫、赵良等修水铀矿职工医院的医生都前往听报告。后来，修水铀矿组织上考虑到周兰英后续康复，把她夫妇调往距离上海较近的上饶铀矿（矿冶技工学校）工作，便于她赴上海做康复治疗。

丁添升在大椿井下塌方事故负伤被送往修水县人民医院的当天，王来宾得到消息，赶往修水县人民医院看望丁添升，嘘寒问暖，叮嘱医生全力救助，并关照工区副主任江立弟，做好家属安抚工作。当医院下达丁添升病危通知书时，王来宾再次来到医院，密切关注病情发展情况，最后转危为安，挽救了他的生命。

修水铀矿党委为了丰富职工业余生活，组织力量建设DCH—10Z电视差频转播站工程，克服困难，如期实现预定目标。王来宾多次指示有关科室和车间，要通力合作，尽早让修水铀矿看到电视。

由于电视信号电磁波的直线传播特性等，直至七十年代末，电视广播还只限于地级市和少数县城，不够普及。为丰富职工的业余文化生活，变听新闻为看新闻，修水铀矿决定建立电视差转站，解决职工看电视的问题，为此他们筹集资金并令刘挥训和朱维初二人负责这项工程的技术工作。站房施工、供电及通信线路分别由基建科和机修车间负责。

这项工程先后经过前期考察、九江军分区无线电频率使用申报、站址选择、机器设备选型、验收、避雷接地网开挖与敷设、设备安装调试等几个阶段，每个阶段工作开展都遇到一些意想不到的困难，参加该工程的工人、干部、技术人员通力合作，想方设法克服困难，顺利完成任务。

前期考察主要参观了修水县凤凰山电视差转站和湖北省通城县电视差转站，了解到一些差转站的基本情况。无线电频率使用报军分区获批准后，便开始了站址选择工作。通过多日在工人村邻近山顶测量电视信号电磁波场强的工作，并考虑到供电、安全、方便维护等因素，最终选定在发电厂对面的山顶。设备选型，选浙江淳安无线电厂生产的 DCH—10Z 型电视差频转发机，该厂技术力量雄厚，产品质量好，在全国差转机市场中占有很大的市场份额，用户口碑很好。主要性能指标：输入信号强度 10 微伏～10 毫伏；发射输出功率（图像峰值）≥10 瓦；接收噪声系数≤8 分贝；整机通带宽≥8 兆赫等。

站房建成后，为了加快工程进度，朱维初和刘挥训分头行动，朱维初负责组织接地网的施工：8 条长 20 米深 1.5 米金属接地导体呈辐射状由站房向山下延伸，工程量不小。刘挥训前往浙江厂家检查测试设备，验收，押运回矿。

设备运回后，他们立即着手安装，经过反复检测，核查有关电路参数准确无误，并精心调试，开机发射成功，在相距一千米外的工人村可收看到差转站转发的电视信号，图像清晰，伴音悦耳。

刘挥训和朱维初各制了一套设计思路不同的遥控开关机装置，可在工人村操作，实施对差频转发机遥控开机、关机，方便、安全对差转站进行监管。还有就是为了加强工人村的电视信号场强，使图像更清晰，他们采用了定向发射技术。

差转站的成功建成，给全矿职工带来了多彩的业余文化生活，为职工政治学习、关心国家大事、观看新闻、时事评论提供了丰富的精神食粮。同时，对周边的梧坪村、白土村等的文化建设，也有极大的带动作用。

每当夜幕降临，职工业余生活不再局限于扑克、下象棋、谈《山海经》，而是围坐在大礼堂的 20 英寸电视机前饶有兴趣地观看电视节目。后来电视机进入了家庭，看电视就方便了。

39. 群英谱曲　流金岁月

宝剑锋从磨砺出，梅花香自苦寒来。1969 年 12 月，从衡阳矿冶工程学院来了一批大学毕业生，共计 30 人，全部被分配到一线当工人，他们中的每一个都将自己融入工人中，向工人阶级学习，向工人阶级看齐，接受工人阶级的再教育。劳动锻炼一年后，二连破碎工祝少林、二连锅炉工沈金铭、二连锅炉工裴大杰、四连汽车电工金振英（女）、四连汽车修理工周忠祥、四连汽车修理工吴镇西、五连轨道工张国长、五连采矿工李国平、六连装岩机工王大贵、六连采矿工聂跃亭、六连剥离工李崇昊、七连物探工任振山、杨家岭转运站扒矿工李学良等人被评为 1970 年度五好职工。受表彰率达到 43%，这既是组织上对他们的鼓励，又是对他们工作的肯定。

聂跃亭，河南人，他把大部分业余时间用于学习业务知识，投身到工人中，接受他们的帮助，始终保持旺盛的热情，把他们中闪闪发光的事例写成稿件投给矿广播站，收到很好的效果，兼任连队宣传员。他生病吃不下饭，喝上一二两稀饭，照常上班，带病战斗。1978 年，聂跃亭被江西省二机局授予先进生产者荣誉称号，成为他们那一批人中的杰出代表。

李崇昊，湖北人，生产中不怕苦、不怕累，出色完成任务，爱护公物，勤俭节约，利旧用废，还将国家发给他的劳保用品节约后上交。全连干部战士对这个没有一点大学生架子的年轻人，十分喜欢。

李学良，山东人，毕业分配到修水铀矿五连当采矿工，1970 年 8 月调动到杨家岭转运站当扒矿工，他比老工人陈世祯早几天调转运站工作，他到转运站后提前给陈世祯搭好床铺架。有一次，转运站汇集职工颂扬祖国社会主义建设成就的文章，转运站领导要他统一修改一下，他修改稿件忙到半夜，第二天照样六点前起床上班。国庆二十一周年前夕站里要出墙报专刊，他去永修县城涂家铺镇采购宣传用品，来回沿着铁路线步行，不畏艰辛。

这批朝气蓬勃的青年人中，有位名叫李国平的人，先分配到一连三排当采矿工，后到五连当采矿工，一年的挖矿、推矿车工作，脱去了学生味，悠然一名土生土长的工人。全班一致选举他为五好职工，连指导员袁守宽在他的五好职工登记表基层单位审批意见栏里写了这样的文字：*李同志原为衡阳矿冶学院学生，于 1969 年 12 月来我矿劳动锻炼。*也许在这位老干部心中，这位学生是要离开的，在一线时间是短暂的。可是，李国平恰恰相反，他从此留在了修水铀矿采矿第一线，他从采矿工到生产组长，再到生产班班长。随着洞下 103 矿点的结束，他随大部队转战到大椿矿区，在那里建功立业。幕阜山下，二十年磨一剑，他成为核心技术骨干。八十年代中期，组织上安排袁守宽到九江市离职休养，这位在修水铀矿培养过李国平的人没有想到，几年后李国平从大椿工区主任岗位上升任矿总工程师，又过了几年，李国平担任了矿长，成为一矿之长。袁守宽很欣慰，自己看好的年轻人，没有辜负时代对他的期望，没有辜负组织上对他的培养。的确，李国平也没有辜负这位老革命的殷切希望，他是这批 30 人中唯一在修水铀矿工作到退休的人，为铀矿事业贡献了一生。李国平，湖北汉阳人，现生活在江西南昌新建县核工业安置区，安享晚年。

姚云燮、李正翠夫妇也是这一批人中的优秀代表，他们在修水铀矿工作了近二十年，兢兢业业，做出了积极的贡献，八十年代后期调江西省矿冶局从事生产管理工作。他俩一生都从事核工业。退休后，在南昌生活。

群英谱：

1969 年 9 月，江西省修水县召开了全县“积极分子代表大会”，修水铀矿夏义海、陆邦精、熊远德、王会明、冷清淼、李宗宝、余香妹（女）、桑任广、宋建山、郑启良、雷理干、刘名堂、缪瑞祥、邓国珍、王清平、陈兴树、陈成生、罗正相、徐秀芝（女）等人作为先进个人代表，匡俊忠、江立弟、郑仁坤、傅廷爵、李荼生等人作为先进集体代表，光荣出席了这次盛会，展现了工人阶级大无畏的革命精神，展现了工人阶级劳动最光荣的风采，受到全县人民的赞扬。

1970 年，二机部召开“积极分子代表大会”，雷理干、郑启良、陆邦精、徐祥芬（女）等四人作为先进个人代表，章赐清、陈尧水等两人作为先进集体，到首都北京出席了这次大会。同时，国防科委也召开了“积极分子代表大会”，雷理干、郑启良作为先进个人代表，章赐请作为先进集体代表出席了会议。

雷理干，福建宁德人，苗族，贫农出身，1958 年 3 月入伍，1963 年 7 月入党，在部队荣立三等功四次、五好战士两次。1964 年 3 月退役来修水铀矿工作，时任三连工业浴室职工，1969 年出席二机部十二局积极分子代表大会、二机部积极分子代表大会、修水县积极分子代表大会，1970 年出席江西省积极分子代表大会，1971 年出席二机部积极分子代表大会、国防科委积极分子代表大会，修水县树雷理干为工业战线一面红旗。

郑启良，福建莆田人，汉族，1959 年 3 月入伍，1962 年 12 月入党，在部队被评为五好战士一次。1964 年 3 月退役来修水铀矿工作，时任二连一排三班党小组长，1964 年 3 月退役来修水铀矿工作，1969 年出席二机部十二局积极分子代表大会、修水县积极分子代表大会，1971 年出席二机部积极分子代表大会、国防科委积极分子代表大会。

陆邦精，福建古田人，汉族，贫农出身，1959 年 3 月入伍，1961 年 2 月入党，在部队荣立三等功一次，被评为五好战士一次。1964 年 3 月退役来修水铀矿工作，时任六连采矿班班长，1969 年出席二机部十二局积极分子代表大会、修水县积极分子代表大会，1971 年出席二机部积极

分子代表大会。

五好家属徐祥芬，贵州赫章人，水冶车间职工杨庆芳的妻子，家属委员会主任，积极带领家属走集体化道路。

四连八班主要事迹及主要代表人物：

四连八班职工人数 11 人，其中党员 3 人，团员 5 人，积极分子 1 人，五好职工 4 人。

四连八班班长王清平带领全班吃大苦耐大劳，工作上以身作则，起模范带头作用，全班劲往一处使。1970 年在保证“101”产品外运班超额完成运输的基础上，还大修汽车两台，为国家节约 5 000 元。增产节支方面成绩显著，修汽车半轴套筒两极，节约费用 250 余元，发扬了为国家节约每一分钱的“穷棒子”精神，并保障运汽柴油、运硫酸、运氨水等车辆的日常维修工作。自主革新一项大的技术发明——变速箱拆装省力架，提高了工效，使成本降低，使用轻便，实用性强，很受欢迎。王清平任劳任怨、脚踏实地地工作。王清平，湖北黄梅人，1969 年出席二机部十二局积极分子代表大会，两次进京受到表彰。1970 年 9 月到韶山参观，他自掏腰包给全班每人买了一本《韶山升起红太阳》的书，大力宣传毛泽东思想，受到工友们一致好评。

四连八班副班长、党小组长章赐清，福建霞浦人，贫农出身，1958 年 3 月入伍，1962 年 3 月入党，在部队荣立三等功一次，被评为五好战士两次。1964 年 3 月退役来修水铀矿工作，时任四连八班副班长、党小组长，1971 年出席二机部积极分子代表大会、国防科委积极分子代表大会。

章赐清经常带病坚持工作，工作第一。有一次，章赐清肛门脱落，他咬紧牙关，硬是用后脚跟顶进去，待工作任务完成了才去医院就医。章赐清关心他人比关心自己还多，他在修水县人民医院住院治病期间，对一同住院的病友给予无微不至的关怀。他为了照顾患病的修水民兵独立团修路民工黄良江，整晚陪护，他给下半身瘫痪的修水县建筑公司老工人脱满是污秽的脏裤子并清洗干净，为给某公社一名病友抓齐草药，他带病五次上山采来所需草药，他到哪里就把好事做到哪里。

八班共产党员吴真咏不顾肝痛，挥动十二磅大锤斩铆钉，大汗淋漓，却不休息。他为了完成繁重的维修任务，使外运车辆多拉一车“101”产品，为国防多做贡献，牺牲小家利益为大家。老家的房子被大风吹坏，原计划请好探亲假要回去修房子，可眼下外运任务繁重，他推迟回家，彰显了一名共产党员国家利益高于一切的宗旨意识。八班在榜样的带领下，成为钢铁战斗集体，困难面前无畏惧。

先进集体代表陈尧水，三连指导员，浙江慈溪人，贫农出身，1951 年入伍，1955 年入党，1956 年出席浙江省功臣模范大会，1960 年被评为先进工作者。1964 年 4 月来修水铀矿工作，任保卫干事，行政 20 级。他到机修车间（军事化建制时的三连）担任政治工作负责人后，深入基层班组，扎实工作。三连有职工 142 人，党员 71 人，占职工人数的 50%，积极分子 2 人，五好职工 52 人。三连领导班子被群众赞誉为“火车头”，他们与工人同劳动、同学习、同战斗，是一个战斗集体。时任副连长的严国尧，是 1964 年的退伍兵，能吃苦，耐大劳，身先士卒，冲锋在前，群众称他为“好副官”。

先进人物，来到北京，来到首都，来到毛主席身边，来到领袖居住的地方，无上荣光，沉浸在无比幸福之中。他们纷纷来到天安门广场，站在金水桥边，仰望天安门城楼，向着毛泽东主席巨幅画像行礼。他们留影纪念，买纪念品及毛主席语录本带回去送工友们作纪念。

铀矿战线，高高飘扬的旗帜。陈兴树，湖南长沙县人。1958 年 3 月入伍，在广东省军区汽车四团一连任汽车驾驶员，第二年入党、当班长，服役六年开了六年车。1963 年 10 月，他退伍分配到原郴县铀矿开车，任翻斗车二班班长。1965 年 5 月调修水铀矿开车，在这家铀矿一直干到退休。

陈兴树起初开了几年平板生活车，其余时间开翻斗车拉矿石、基建

石料等生产物资。他在开平板车时有两件事至今还被人们传颂：

1968 年 11 月间，陈兴树在修理车厢板时，不慎被木头砸伤脚趾。当时他鲜血直流，脚部肿得像馒头，痛得他三天三夜没有睡着觉。当时他爱人正有孕在身，医生叫他休息两个月。可是，他想到的是工作正等他去干。仅仅休息一周，他就忍着疼痛拖着鞋、拐着脚坚持上班了。1969 年元旦过后，矿里要到南昌拉一批蔬菜回来。但是，公路上有一座桥坏了，汽车不通。想到矿里职工家属吃不上菜，他心里不好受。于是，他主动请求去完成任务。他克服重重困难，从位于深山密林的铜鼓绕道驶往南昌，绕过了几十个悬崖峭壁，其中有多处是落石高发区。他精力集中，谨慎驾驶。特别是重车返回更难走，他又是想办法克服困难。连续行驶了二十多个小时，行驶了七百多公里，终于胜利完成了任务。

陈兴树坚持原则、铁面无私是出了名的。一些熟人曾多次请求他带运私人物资，都被他拒绝了。无情未必真豪杰，当别人有困难时，他就主动出手相助。有一次在下班的路上，他发现一位中年人背着一个危急病人，他立即停车问明情况后把病人送到修水县人民医院，接诊的医生说再晚来两个小时病人就没命了。

1982 年，陈兴树在运送水冶车间改造工程中以每天拉运 12 车、超额 50%的实际行动，带领全班完成任务。1984 年 3 月，他在抢运垒坝矿石任务中，创造月运输量 497 车的最高纪录。在榜样的作用下，全班每月完成的砂石量超过计划两倍。

陈兴树在执行运输任务中，常常碰到有货却找不到搬运工的情况，怎么办呢？他就既当驾驶员又当搬运工，抢重活干，争着挑重担。有一次去县城拉黄豆，他一个人就装了二十八包黄豆，每包一百八十斤。

1984 年下半年，组织上派陈兴树参加修水县板山电视差转台的施工运输，该处地形险要，条件艰苦，板山广播电视差转台是江西几个高山骨干台之一。他一个人干两个人的活，既当驾驶员又当搬运工，受到地方上干部职工的高度赞誉。

从六十年代起，陈兴树多次被评为五好职工、先进生产者。三次获得九江市“优秀共产党员”称号，被核工业部授予“劳动模范”称号，被江西省人民政府授予“江西省省级有突出贡献工人”称号。

八十年代中期，在北京劳模表彰大会上，核工业部蒋心雄部长紧握着陈兴树那双满是老茧的大手赞誉道：“你是全国铀矿战线一面高高飘扬的旗帜，几十年如一日，了不起啊！”

陈兴树没有惊天动地的伟业，他所做之事，都是平常事。人人能做，个个可为。可是，他一辈子如此，乐此不疲。他在寂寞中勇于坚守，平淡中孕育出伟大的奉献精神。正如毛泽东主席说过的一句话，一个人做点好事并不难，难的是一辈子做好事，而不做坏事。陈兴树和江西铀矿战线的很多人，就是这样的人，长期做好事，当好人。

刘名堂，江西兴国人，1951 年入伍，在部队服役七年，1958 年退役后在湖南省第三建筑公司工作，1959 年调衡阳水冶厂工作，1961 年调南昌矿山机械厂，1962 年南昌矿山机械厂下马后调上饶铀矿工作，修水铀矿重建后调来工作，直到退休，出席修水职代会。柴油机工刘名堂，每年节约柴油不少于一百公斤，把已经坏了丢弃的喷油嘴拾起来，重新加工用到生产上，而且效能与新的喷油嘴一样，为国家节约了开支。他经常带病上班，医生开了病假条，他也不休息，而且经常坚持一天上两个班，星期天都不休息，本来一个班两个人上，而他经常一个人上一个班。与周围同志关系融洽，乐于助人。他几次下班回家发现隔壁邻居莫桂华患病，就深更半夜跑到医院叫来医生给他出诊。有一次，刘名堂请假回赣南老家探亲，路过南昌时碰到一位同路的老太太回家有困难，老人不会讲普通话，刘名堂一听好像是自己家乡人，就热情地上去嘘寒问暖，给老太太提行李、买车票、办理住宿，给她端来洗脸洗脚水，买饭给她吃，并一直把她平安送到家。事后老人家的家人打听到刘名堂的通信地址，给单位写了感谢信，大家才知道他关心人的事迹。

宋建山，河南滑县人，1956 年 3 月入伍，是新中国成立后第一批义务兵，1959 年转业到上饶铀矿，在水冶厂做压滤工作，积累了丰富经验。他调到修水铀矿成为水冶生产的骨干，提出了许多合理化建议。三班倒时，有些工作有利于白班完成，他就提出改进意见，将安排在夜班做的工作调整到白天，提高了效率。出料方面，他提出最佳出料时间，受到上级的肯定和推广，他还十分善于合理安排生产。

上海老师傅：仲金洪，翻砂工；王金泉，钳工；杨焕昌，木模工；陈孝永，钳工；韩家山，车工；凌金荣，电工；周仁均，钳工；李广智，化学分析工；冯长生，技工。来自中国重工业最大城市上海的这些老师傅，都是在五十年代末放弃大城市优厚的条件，献身国防，参加国家核工业重点建设，哪里有需要就到哪里去，都是多次调动工作地点。他们共同的特点是：技艺精湛，身怀绝技，技术上有一套，善于解决生产中的急难事，踏踏实实，都是各自领域的先进生产者，在他们身上体现出大国工匠精神。

黄盘根，江苏无锡人，1935 年 8 月出生，1955 年 3 月参军入伍，1959 年入党，历任战士、副班长、副排长、排长、副连长、代连长，在部队服役期间受连嘉奖四次、团通令嘉奖一次，立三等功两次，立二等功一次。1964 年 3 月从福州军区步兵第 92 师转业到修水铀矿工作，先后任保卫科干事、基建队队长、保卫组副组长、原一连（采矿车间）连长、五七农场副厂长、武装部干事、一车间（水冶车间）副主任、基建科副科长、科长，工作兢兢业业，大胆管理。1986 年 9 月退休，1994 年 2 月病逝，享年 59 岁。

梅老女，江西进贤人，1959 年 3 月入伍，1964 年退伍来修水铀矿工作，当钳工。多次被评为五好职工、先进生产者。他大抓民兵训练，当一名合格教练，负责任，指导民兵规范动作，从实战出发，严格要求，是一名优秀教官。七十年代初，调大椿工区，担任维修班班长，勇挑重担，大胆管理，努力工作。

涂三芳，江西进贤人，1959 年 3 月入伍，在部队服役期间多次被评为“五好”战士，荣立三等功一次，退伍到修水铀矿后，领导问他啥兵种，他大声回答道：“报告领导，步兵！”领导说：“步兵，上山头，采矿。”他上山头，第一天就超额完成挖坑任务，土箕担了七十多担。涂三芳是修水铀矿的老先进，作为工人代表出席过二机部在贵州省召开的生产工作会议，修水铀矿由副总工程师张世海带队，还有一名中层干部代表，张世海带着他们从长沙坐飞机到贵阳，再坐汽车到开阳铀矿。涂三芳第一次坐飞机，又是出席这么重要的会议，倾听了刘部长的报告，这一切给他留下深刻的印象。涂三芳在早期采矿车间担任一班班长，军事化的最初时候他担任一连一班班长，后来一连分拆为四个连时，他又调到五连担任一班班长。涂三芳长期担任一班班长，群众运动高峰时期干部下放劳动，第一任党委书记王治平就在他班里，有一位副矿长也曾下放在一班劳动，遇到这些年龄比自己大又是原来的矿主要领导，出于人性的善良，涂三芳都会格外照顾，避免安排过重的体力活给他们做，从言行上减少对他们精神上造成新的伤害。也有人说涂三芳所在的一班，是块风水宝地，大学毕业生、退伍军人有几个都到他班里来劳动锻炼，这些人事业搞得风生水起。其中，丁恒山在劳动期间同涂三芳睡在一个房间，上班时涂三芳向丁恒山传授经验，下班后休息时间，丁恒山帮助涂三芳学习文化知识。七十年代后期起丁恒山先后担任修水铀矿政治处主任、党委副书记、书记；六十年代末有一名退伍军人和一位大学毕业生先后来到涂三芳所在的一班劳动锻炼，这两人后来都走上了矿级领导岗位，还有两位在他班里劳动锻炼过的同志后来担任中层以上干部。为此，许多人都说：涂三芳了不起，当过党委书记、副矿长的班长，从他班里走出去了三位矿级领导。涂三芳在 1 号金属矿区的老山头、南北两个采场、洞下 103 矿点、大椿矿区井下坑道及露天南北采场，前后奋战了近三十年，成为众多名副其实的老矿工中的一员。

唐守财，辽宁人，中共党员，上饶铀矿建矿大队的管工班长，1959 年 10 月 25 日，光荣出席全国群英会。他是首批参加上饶铀矿的建设者之一，为上饶铀矿建设付出了艰辛的劳动。他人高块头大，干起活来一个顶仨，直径 100 毫米、长 2 米的铸铁管，他扛一根，抱一根，人称“小老虎”。他带领工人把一根根铸铁管运进山沟尾矿工地，进行安装，并自制绞丝机、弯管机等工具，突破了不锈钢的翻边、冷弯、切割等技术难关，克服了安装施工中的困难，出色地完成了安装 1 542 米尾矿等任务，被誉为铀矿冶战线上的“实干红旗”。唐守财还是见义勇为的英雄。1960 年 8 月的一天，上饶铀矿一杀人嫌疑人躲在房里，扬言“谁进来就砸死谁”。他自告奋勇，披上棉被从窗口跳入房内，拦腰抱住嫌疑人、为活捉嫌疑人、搞清案情立了一功。

李祖根，江苏常熟人，1940 年出生，1960 年入党，1958 年入伍，1964 年从“南京路上好八连”退伍到上饶铀矿当工人。他不仅发扬“好八连”的传统，学雷锋、做好事，而且刻苦学习文化，钻研技术，很快成为一名合格的水冶操作工人，并出色地完成了各项生产任务。1965 年他出席了江西省先进代表大会。他在完成本职工作的同时，开动脑筋，向技术人员、有经验的工人、干部求教，不耻下问，大胆进行水冶方面的小改小革。他提出并参与完成的“矿浆冲动不锈钢螺旋筛”的科技成果，节省了能源，方便了生产，提高了生产工效，于 1978 年获得江西省科学大会奖。《人民日报》曾以《昨日的好战士，今日的好工人》、《江西日报》曾以《好八连的种子开新花》为标题，做过长篇专题报道，他成为江西铀矿乃至全国铀矿战线的一面光辉的旗帜。他曾出席了中国共产党第十、第十一次代表大会，蝉联两届后补中央委员。1982 年补选为江西省委委员，后调江西省总工会任副主席，1983 年被授予全国劳动模范荣誉称号。

陆连水，山东宁阳人，回族，1935 年 5 月出生，1954 年参加工作，1959 年首批进入上饶铀矿参加铀矿冶建设。他长期担任生产区执勤，警惕性高，责任心强。凡是他执勤的时候，任何个人休想在他眼皮底下拿走一点财物。1985 年 1 月 30 日他在护厂巡逻时，发现有人在三类库附近偷盗，他不顾个人安危，奋力上前，在与犯罪分子的搏斗中，不幸被击中头部而牺牲，他为了保护国家财产不受损失而献出了自己宝贵的生命。1985 年 5 月 17 日，江西省人民政府批准其为革命烈士。

闵耀中，上海川沙人，1935 年 9 月出生，1962 年加入中国共产党。他 1960 年于莫斯科加里宁有色金属和黄金学院冶金专业毕业，即分配到上饶铀矿从事铀的生产工艺工作，历任矿水冶厂值班长、中心实验室副主任、生产科长、副矿长兼总工程师等职。1983 年他调江西矿冶局任局长、党组书记，1984 年调核工业部工作。他在上饶铀矿工作二十多年，对业务技术刻苦钻研，即使在“文化大革命”期间，他依然关心生产、钻研业务。1975 年他担任矿领导职务后，主管过生产、计划、设计、施工安装等工作。为了发展生产、改革工艺、提高各项技术经济指标，作出了一定的贡献。1978 年他作为江西铀矿系统科技先进单位代表光荣出席了全国科学技术大会，他和同事们完成的“我国第一批矿浆吸附铀水冶厂流程的验证和改进”科技成果，获全国科学技术大会奖。1986 年 1 月 20 日，党和国家领导人胡耀邦等在中南海怀仁堂亲切接见了核工业部姜圣阶等十位专家，他是其中之一。曾在上饶铀矿水冶厂工作五年，后调修水铀矿的老工人蔡昌鸣回忆道，他 1960 年 3 月进上饶铀矿水冶厂当了一名技术工人，不久闵耀中从苏联留学回来，在水冶厂任技术员，半年不到就升任值班长，李仙州是水冶技术员，这两人都是技术能手，解决生产问题的能力特别强，给他留下了深刻的印象。

吴月英，江西遂川人，女，1936 年出生，1961 年加入中国共产党。她 1955 年毕业于南昌卫生学校，1961 年调抚州铀矿医院，历任总护士长、副院长等职。她事业心强，到矿工作后，从未动用过探亲假、事业假，出勤率居全院之首。她身体不太好，但工作需要时，抱病坚持上岗，甚至曾晕倒在病房。她担任领导职务后，经常工作在第一线，每逢抢救危重病人，亲临现场，主动承担难度较大的护理工作，她业务过硬，热心搞好传、帮、带，帮助新同志提高业务水平。她多次被评为矿先进工作者、劳动模范，1965 年起两次被评为省局劳模，三次被评为江西省劳模，

三次被授予江西省“三八红旗手”荣誉称号，一次被评为核工业部劳模，三次荣获全国“三八红旗手”荣誉称号。

惠朝义，1926 年出生在江苏省仪征县一个贫苦农民家庭，1943 年参加新四军，在淮海战役、渡江战役和抗美援朝战争中荣立四次四等功、两次三等功，1961 年调到抚州铀矿工作，始终保持革命战争时期那么一股劲，那么一种革命热情，那么一种拼命精神，大干社会主义，年年被评为矿先进生产者，多次被评为矿优秀共产党员，先后十次出席过省、地、部、局先进大会，是部局著名老模范。1965 年，他被省人民委员会授予“五好”职工荣誉称号，年过半百，他依旧革命热情高昂。1977 年，他的单车运输任务是三万三千六百吨公里，实际完成九万四千吨公里，群众称他为“走在时间前面的人”。他不顾年纪大，又患有胸膜炎，不要组织照顾，拒绝调动工作，他说：“能活一分钟，就要在前线战斗六十秒。”他继续坚守生产岗位，大干苦干，他精心爱护车辆，坚持安全生产，千方百计节约汽油，年年超额完成运输任务。1977 年矿里运输任务紧张，他经常一连几天不进家门，吃在食堂，睡在驾驶室，一年完成两年的工作量。1982 年他的小儿子不幸因车祸去世，白发人送黑发人，他强忍老年丧子之痛料理完丧事，当天回到班里跑运输。几十年来，惠朝义从未发生过重大事故，安全行车达 60 万公里。他公私分明，从未因私用过一次车，“愿为公字跑万里，不为私字跑半寸”是他的座右铭。他去地方支援，从未接受任何集体和个人赠送的物品，熟悉他的群众赞誉他：惠师傅真是一心为公的好榜样。1993 年 8 月，惠朝义因患肺结核病，医治无效去世，享年 67 岁。

在抚州铀矿，工人们时常看到党委书记韩礼和穿着长筒水鞋和工作服，头戴安全帽，肩膀上斜挎着军用水壶下到井下推矿车，他干字当先，一身正气，起到模范带头作用。生活方面，作为党的高级干部，韩礼和从来不搞特殊化，始终保持普通一兵的身份。他在食堂吃饭，排队打饭，将自己的身段放平，成为工人同志的贴心人。

韩礼和于 1963 年至 1968 年在抚州铀矿任职期间，勤奋工作，常在一线指挥生产，经常到井下参加劳动。在他的带领下，领导干部轮流下基层蹲点、参加劳动，融洽了干群关系，保持了战争年代干部和群众密切相连的良好传统。他组织开展“工业学大庆”，组织大会战，锻炼了队伍；他尊重知识，爱护工程技术干部；运用以点带面的领导方法，组织模范人物进行巡回讲演，有效地调动了干部、工人的社会主义建设的积极性，掀起了生产高潮。石马山东部、横涧露天和井下、岗上鹦上部第一批上马的四个矿点，历经五年多的时间，均于 1965 年底建成投产。之后，机修厂、预选厂、湖港矿点等，也于 1966 至 1967 年相继建成。

韩礼和，1921 年 12 月出生于江苏盱眙一个贫苦农民家庭。早年接受革命思想熏陶，1939 年投身反帝救亡活动，同年 12 月加入中国共产党。抗日战争时期在安徽、江苏等地任乡党支部书记、乡长，区委书记，县农会会长、民运部长、县委组织部部长等职务。解放战争时期，响应党开辟东北根据地的号召，党组织派他到东北工作，先后任县委组织部部长，县委副书记、农会会长，地委土改工作团团长、书记，县委书记，随军南下江西后历任江西省永新县委书记、广丰县委书记。1952 年后，他先后任江西纺织厂党委书记兼厂长、江西省工业厅厅长、江西省重工业厅厅长、新余钢铁公司党委第二书记兼经理（后任党委书记）、新余市委书记；1963 年，任抚州铀矿党委书记；1970 年 4 月，任二机部广东仁化铀矿党委书记兼革委会主任；1971 年 9 月，任中国人民解放军基建工程兵 203 师党委副书记、副政委；1975 年 8 月，任江西省二机局革委会主任（后任局长）、局党委书记；1979 年 12 月，任江西省国防工业办公室主任兼党组书记、纪检组长；1983 年 3 月，任江西省机械厅厅长兼党组书记。

抚州铀矿建井队是一支钢铁战斗队，1965 年 7 月 8 日，该队在沙洲拆浮桥时有四名工人被洪水冲走，因公壮烈牺牲。该队 1961 年组建，至 1977 年先后共施工七个生产竖井和通风井，年年超额完成国家计划，1970 年 9 月创部系统竖井月进尺六十七点一米的最高纪录，多次被评为矿、

局先进单位，全队职工五百零七人，是一支艰苦奋斗、能打硬仗的好队伍。被江西省二机局授予“艰苦奋斗、能打硬仗的建井队”荣誉称号。

吴吉祥，崇义铀矿建矿著名功臣之一。早在湖南省郴县铀矿工作期间，吴吉祥率领的架子工突击队在抢建工程中以主人翁的态度大搞技术革新，使工效提高数倍，成为当时全国铀矿冶系统学习的榜样。吴吉祥，山东菏泽人，1948 年在东北参加革命工作，1956 年光荣加入中国共产党，1959 年当选全国劳动模范，受到周恩来总理亲切接见。他脚踏实地，勤奋努力，困难面前从不低头，有一股拼命的革命精神。从一名优秀工人成长为基层干部，最后又走到崇义铀矿主要领导岗位，为铀矿事业贡献了毕生精力。

遇到困难怎么办？是等待，还是主动想办法，努力克服困难，去解决问题呢？在这些具有主人翁思想的第一代铀矿人心中，有着明确的答案，修水铀矿的孙修德在现场处理两件突发事故就是再好不过的说明。破碎班，35 米皮带轮的皮带接口处被拉出两米长，孙修德立即着手剪掉这被拉坏的部分，拿出备用皮带重新接起来，等到机修车间技术工人来换，就要停车，就要影响生产。班长刘范南去车间开会回来后，得知这个情况，很高兴，赞扬了孙修德。还有一次，孙修德在老虎口上零点班，机器出了故障，螺帽口丝纹乱了，电话打到生产科调度室，调度室找总工程师张世海请示，立即派人去找钳工周仁均。这边，孙修德找来一根锯条，仔细按照螺纹走向顺了一下螺纹，把故障排除了，机器恢复了正常运行。事后张世海问周仁均，工人自己就解决，你怎么看这个问题。周仁均伸出大拇指，赞誉道：“了不起，这是五级钳工的活，没有一点水平和精细的工夫解决不了这个问题。”第二天天亮了，上白班的人来了以后，孙修德特别做了交代，生产照常进行。周仁均师傅选择了一个最佳时机，将新件换了上去。张世海来到现场特别指出：工人有主人翁精神，在困难面前，不低头，不妥协，想方设法维护生产正常进行，要大力歌颂工人阶级主人翁精神。矿广播站及时做了新闻报道，宣传了孙修德的先进事迹，号召大家向他学习。

修水铀矿于 1965 年举办了一期司机培训班，这是该矿历史上第一期培训班。选拔优秀青年，经过层层考核，经二机部十二局批准选拔了 40 名学员，人员主要来自水冶厂精简后的富余人员，分 4 个班，每个班 10 名学员，1 个班两名教练。李应耕、陈兴树、朱长举、刘佩训、郑占法、钱祖庆、陈洪金、梁文轩等 8 人担任教练，王守义、王明生担任理论教员。这一期学员中，除来自机关的通信员宋接富，其余 39 人都是“五百兵”中成员，综合素质较高。这一期学员的毕业率也很高，38 人如期毕业，1 人中途参军入伍，1 人考试未通过，半年后补考合格。这一批培养出来的汽车司机是修水铀矿外运的生力军。

七十年代以后，修水铀矿又陆续办了 1973 年第二期、1978 年第三期、1980 年第四期驾驶员训练班。第二期为学员最多一期，在给修水铀矿自己补充运输力量的同时，也为兄弟单位培养急需的驾驶员，为修水地方企业及本系统崇义铀矿代为培养司机。随着外运结束，大椿矿区生产逐步全面展开，七十年代末的第三期驾驶员培训，只有两个班，两台教练车，两名教练师傅。第四期规模最小，只有一台车，两名教练师傅，十余名学员。在教练师傅的群体中，从第一期担任教练员起，到第二期连续担任两届教练员的有朱长举、李应耕、刘佩信、郑占法四人，其中李应耕是唯一连续担任四届教练员的人，他精湛的驾驶技术，在同行业中被传为佳话。

择一事，终其一生。李应耕，福建莆田人，生于 1939 年 8 月，家境贫寒，兄妹九人，排行老四，从小就帮大人做事，十分勤劳。于 1959 年 3 月参军，后在部队学开车，是团部司机排的驾驶员，他开过多型大卡车，开越野卡车拉火炮、拉战备物资，1962 年紧急战备时，他在多次夜间行驶演习中，摸索出不开灯驾驶的技巧，出色地完成了任务，多次被评为红旗车驾驶员。在修水铀矿二十多年的驾驶生涯中，从未出过大小交通事故。在一次机械故障引起火灾时，李应耕临危不惧，脱下身上的衣服扑灭了大火，使车辆未受到损失，为此，他受到全矿通报表扬。

尾声

在激情燃烧的岁月里，青春的火焰熊熊燃起，照亮了每个人前行的道路。那是一条通往强国富民的金光大道，这条康庄大道上，充满着艰辛和荆棘，勇士们毫不畏惧，勇往直前，因为他们是有理想、有信念、有抱负、有追求的毛泽东思想抚育的一代革命人。

上饶铀矿于 1962 年 11 月建成投产，成为新中国建成的第一座铀矿采冶联合企业。1972 年 5 月和 9 月完成了水冶厂的扩建和 65 号矿点的建设，并投入生产；同时对老水冶厂进行了大量的技术改造，1972 年和 1973 年分别创造水冶厂年处理量和产品产量的最高纪录。上饶铀矿是我国功勋铀矿之一，名扬四海。

修水铀矿于 1965 年 4 月重建投产，是全国铀矿战线的典型企业，以见效快、成本低、品质优质、产量高等特点成为业界的佼佼者。随后，修水铀矿对矿山和水冶厂亦进行了大量的技术改进，1971 年创年采矿石量和 1972 年创水冶年处理量、产品产量的最高纪录。修水铀矿创造了多项行业纪录，被誉为镶嵌在神州大地上的一颗夜明珠，闪烁着耀眼的光芒。

抚州铀矿有着中国铀都之美称，是国家第一批建设的铀矿，于 1965 年底建成投产，拿出第一批“101”产品。放射性预选厂于 1965 年动工兴建，并进入了紧张的施工阶段，于 1968 年 1 月建成并投入生产；至 1975 年底又建成第二批 9 个矿点和水冶厂，实现了采选冶的全面生产。抚州铀矿是全国铀矿的巨无霸，引领行业的发展方向。1981 年 10 月，经国务院批准对外开放。

1969 年开始筹建的崇义铀矿，随即进入紧张的施工阶段。1971 年 3 月，矿山露天工程开工建设。1972 年 1 月，水冶厂工程动工兴建，1981 年 5 月开始试车。1976 年 6 月，基本建成矿山井下开工部分。1982 年 11 月进行采矿、水冶联合试生产，后经过核工业部验收合格，投入正式生产。崇义铀矿走科技兴矿之路，是我国首次进行 10 000 吨级地表工业生产堆浸试验的铀矿。1989 年，全矿按照堆浸工艺进行技术改造，铀矿石全部实行堆浸处理，成为中国核工业系统第一个全堆浸生产的铀矿企业。1990 年 7 月，崇义铀矿“万吨级铀矿石地表堆浸”工程获得国家科技进步奖一等奖。

1970 年开始筹建的南昌矿冶机械制造厂，由湖南衡阳矿山机械修造厂援建，仅用一年零四个月就建成投产，是一个具有铸造、锻造、铆焊、金加工能力的军民综合型企业，为矿山机械设备维护运行提供全方位服务，也为地方建设做出了积极贡献。

尤其难能可贵的是，在八十年代初中期，幕阜山下的修水铀矿继续攀登新的高峰，实现了第二次腾飞，铸造成一座现代化中型采冶联合体企业，成为样板工程，书写了中国铀矿辉煌的新篇章。1984 年 12 月 15 日，江西矿冶局企业整顿验收团到修水铀矿，对该矿企业整顿工作、水冶厂改建工程和大椿矿点基建收尾工程竣工进行了全面验收。企业整顿评为“一类企业”，水冶厂及大椿矿山两项工程建设均为合格，其中水冶厂改建工程被核工业部授予优质工程奖。

七十年代初期，全国铀矿冶军事工业已经形成了从矿山勘探到采选冶配套设施齐全的铀矿冶生产体系和大中小相结合的工业布局。为和平利用原子能做出了积极贡献。八十年代以来，核电站的开发建设不断造福人民，铀矿冶系统同样是功不可没，再立新功。

干惊天动地事，做隐姓埋名人。他们，每个人都是主人翁，都是共和国的梁柱础石；他们，在大山里，在恶劣的条件下，只争朝夕，忘我工作，顽强拼搏，生命不息奋斗不止，为国防事业打下了坚实基础，为我国原子弹研制、为一次次核试验源源不断提供原料，为核动力潜艇提供原料，为核电站提供原料，他们是共和国的无名英雄。他们，为了铸造大国重器，殚精竭虑，呕心沥血；他们，鞠躬尽瘁，彪炳史册。

1988 年，曾在五十年代中后期及六十年代初中期参与领导原子能事业、时任中华人民共和国军事委员会主席、中共中央军事委员会主席的邓小平同志曾指出：

六十年代以来中国没有原子弹、氢弹，没有卫星发射，中国就不能叫有重要影响的大国，就没有现在这样的国际地位。这些东西反映出一个民族的能力，也是一个民族、一个国家兴旺发达的标志。

时光荏苒，岁月如梭。尽管邓小平同志的讲话过去了三十多年，但在今天世界格局错综复杂的情况下，依然有着深刻的现实意义。

1996 年 7 月 29 日，新华社奉命发布中国政府声明：

1996 年 7 月 29 日，中国进行了一次核试验。中华人民共和国政府郑重宣布：从 1996 年 7 月 30 日起，中国开始暂停核试验。中国做出这一重要决定既是为了响应无核国家的要求，也是为了推动核裁军采取的一项实际行动。

声明再次重申，中国在任何时候都不首先使用核武器。从 1964 年 10 月 16 日第一次核试验起，经过三十多年努力，中国现已经建立起一支精干有效的核自卫力量。

电波传向地球的每个角落，这使世界上拥有正义感的人们充分相信中国人民完全有能力维护世界和平，中国人民永远是世界和平的忠实捍卫者。

1999 年 9 月 18 日，时任中共中央总书记、国家主席、中央军委主席的江泽民同志在表彰为研制“两弹一星”作出贡献的科技专家大会上发表重要讲话，将“两弹一星”精神概括为“热爱祖国、无私奉献、自力更生、艰苦奋斗，大力协同、勇于攀登”二十四字，这是中华民族在社会主义建设时期积累的精神财富，是中华民族实现伟大复兴的动力源泉。

总之，第一代铀矿创业者，实现了人民领袖毛泽东主席亲自绘制的宏伟蓝图，创造了中国奇迹，为“两弹一星”精神极大增加了亮度，巩固了中国的大国地位。改革开放展开了新的时代画卷，铀矿人也做到了与时俱进。在以习近平同志为核心的党中央正确领导下，铀矿人继承前辈光荣革命传统和顽强的战斗作风，保军转民，适应国家总体战略发展需要，再创新的辉煌，为中国的原子能事业再立新功！

后 记

《核铀国魂——揭开中国铀矿采冶神秘面纱》一书终于与读者见面了，这是我八年努力的结晶。

我是在湘鄂赣交会处修水大山里的一座核铀矿长大的，铀矿对于大多数人来说都是陌生的。铀矿是传奇的，也是秘密的，不被外界所知晓。铀矿是生产原子弹所需要的原料，要先开采出符合标准的矿石，然后进行水冶提炼，制造出半成品后再送走，到下一个工厂进行深加工。二十世纪六十年代中期，江西兴国籍老红军、中国核工业卓越领导者、二机部原部长刘伟在我们修水铀矿说过这样一段话：“没有铀矿石，整个原子能事业的一切都完了。粮食是宝中之宝，铀矿是核武器中的宝中之宝。”由此可见，铀矿有多么重要。

早期的修水铀矿条件极差。没有住房，大人小孩全部住在农村老乡家；没有自来水，生产及生活用水都要到小河或溪流里去挑。后来建设了家属区，取名“工人村”，沿着一座大山从山下建到山顶，都是一排排的矮平房。那些平房极为简陋，墙体下半截是单砖，只有八十公分高，单砖上面用竹子做墙体，再敷上石灰和红土拌匀的混合物，房顶上的瓦片是单片瓦。这种房子透风性极高，冬天冷，夏天热，它有个很有时代感的名字，叫“干打垒”。下大雨时家家户户要在室内用脸盆、脚盆接从房顶漏下来的雨水，有时候遇到刮大风下大雨，屋外倾盆大雨，屋内水流成河，床上被子、蚊帐都被雨水淋湿。记得有一次，父亲出差，母亲一个人忙不过来，隔壁的刘炳丁叔叔来帮忙，全家人都很感动。更糟糕的是，一遇到风雨交加，竹子墙体上的混泥土受潮后就会成块成块脱落，竹子裸露在外，到了天晴基建科的泥水匠就会逐户维修，再用石灰和红土搅拌敷上去。这种墙体一点也不牢固，过后遇到大雨还会脱落，泥水匠们就这样循环往复地忙活着。那时候，建矿的原则是先生产后生活。大人小孩都没有怨言，很自觉地不说落后及负面的话。

过了几年，生产形势好起来了，家属区得到了极大的改善，十来户人家可以共用一个自来水龙头。墙体全部改成了单砖，瓦片都换成三层的。职工医院的规模也大了起来，购进了 X 光透视机，简单的手术都可以进行了，惠及了职工及家属，也惠及了附近的公社社员；1973 年秋季成立了职工子弟学校，有了中学部，适龄学生再也不用步行几十里路到马坳镇上中学了；家属区还建设了灯光球场，观看篮球比赛是我们那时候的最爱；俱乐部、图书室、大礼堂等文化设施充实了铀矿人的精神生活；夏天，冰棒房做的冰棒名扬四方；职工食堂的大馒头给多少人留下了深刻印象！

地方上为了支援铀矿的建设，还专门设立了银行、邮局、粮站、商店、食品站等配套服务单位，有了这些，生活质量大大提高。

我是第一代铀矿工人子弟，高中时我当班长、团支部委员。学校兴办校办工厂的时候，我曾到机修车间和汽修车间的车工房实习过。那个时候，父亲告诉我：我们这座铀矿是生产原子弹所用的原料。那一刻，我对第一代铀矿工人的敬仰之情油然而生。

后来参军退役后，我回到父亲所在的铀矿，成为第二代建设者，这是我成长的地方。我在修水铀矿工作了十年，除三年脱产到省城南昌读书外，都在生产一线奋斗。我参加过老水冶厂拆除及尾矿坝工程建设，运过矿石，当过车间负责人，做过劳资文书，多次参加重大项目的调研和攻关，担任过全矿青年工人基本国情基本路线教育培训班的班主任兼教员，还给全矿中层以上干部讲授马克思主义哲学。

露天电影，是我们那里的一大特色，方圆几十里的人都会来观看，到处都是人，用人山人海来形容很是恰当。电影放映前会播放宣传科制作的幻灯片，表扬好人好事，树新风扬正气，我多次榜上有名，矿广播站也多次播出赞扬我的稿件。面对褒奖，我不骄傲，继续向前辈学习。

修水铀矿创建早，为第一颗原子弹试爆成功提供了部分原料，是我国铀矿示范矿山，功勋矿山，也是成本最低的一座矿山，创造了多项中国第一的纪录。

蓦然回首，六十多年过去了。当年风华正茂的第一代创业者，很多人已故去；活着的都是九十岁上下的人，耄耋之年，他们对当年奋斗历程记忆犹新，他们中的一些人找到我，希望我用文字记录下来那段峥嵘岁月。作家圈的朋友不断鼓励我，说我最具备条件去探索这座宝藏的秘密。

于是，八年前，我开始了这部书的采访、收集资料及写作。立足修水铀矿，从江西铀矿群出发，面向全国的铀矿，去揭开中国铀矿神秘面纱，还原第一代铀矿先驱的奉献精神，这就是我的初心。这期间我发表了反映修水铀矿典型人物的《冷叔不冷》《老兵傅伯的深圳情》《闪光的日子》《祖国永在心中》《消逝不了的山坳——幕阜山中神秘消失的矿井》《邻家的志愿军叔叔》《平凡中淬炼成钢》等作品，深受读者欢迎和喜爱；其中《冷叔不冷》收录至《2018 中国散文排行榜》一书，《闪光的日子》获得《解放军报》第七届长征文艺奖，《邻家的志愿军叔叔》获得《解放军报》第九届长征文艺奖，这对我写好这部书，是极大的鼓舞和鞭策。

我采访了第一代建设者五百多人次，采访中我被那火红年代里人的精神风貌所震撼，被一个个故事所感动。许多接受我采访的人都主动提供资料，帮助寻找采访对象。还有的老同志拿出当年的日记本给我，甚至好多老同志相约一起接受我的提问，共同回忆往昔战天斗地的场面，也有人找出当年父辈的资料及书籍送给我供我写作时参考；很多作家朋友帮助我，关心这部书的出版。这期间又遇到了三年新冠疫情，给写作带来了不少困难。这些困难与第一代铀矿创业者当年遇到的艰难险阻相比，真是小巫见大巫。我在多地档案馆还查找了大量珍贵的历史资料，这对真实、精准地再现当年原貌起到至关重要的作用。我还到 1 号金属矿区、大椿矿区、洞下矿点等当年前辈奋战过的战场，去追寻他们的足迹。

书中有毛泽东主席、周恩来总理等老一辈无产阶级革命家对中国核工业的领导和布局，有核工业卓越领导人刘伟、苏华等人深入一线矿山的场景，也有开国上将宋任穷、许世友及中将皮定均等人与铀矿结下的不解之缘，还有原江西省委书记白栋材关心铀矿建设的故事等，都为这部书增添了丰富多彩的内容。

芳林新叶催旧叶，流水前波让后波。一代人有一代人的芳华。但是我们永远不能也不会忘记老一辈建设者在奋斗征程中所建立的丰功伟绩。2025 年是中国核工业建立 70 周年，回望先驱者的卓越功勋，从中汲取奋进的力量，红色血脉代代相传。中国核工业走过了一条波澜壮阔之路，核工业是强国之基，是立国之本。我清醒地认识到，讲好中国铀矿的故事，揭开其神秘面纱，展现壮丽的画卷，弘扬第一代铀矿工人的无私奉献精神，是当代文学工作者的使命和担当。

希望读者喜欢这部书。

杨勤良

参考资料

[1]《当代中国》丛书编辑部. 中国当代核工业［M］. 北京：中国社会科学出版社，1987.

[2] 中国核工业总公司. 毛泽东与中国原子能：纪念毛泽东诞辰 100 周年［M］. 北京：原子能出版社，1993.

[3] 王鉴. 核科学技术丛书：中国铀矿开采［M］. 北京：原子能出版社，1997.

[4] 苏华. 奋斗，为了新中国：苏华回忆录［M］. 北京：原子能出版社，2004.

[5] 王启堂. 永不褪色的记忆［M］. 南昌：江西人民出版社，2009.

[6] 闵耀中. 我的人生抉择［M］. 北京：原子能出版社，2012.

衷心感谢接受采访、提供资料及帮助者：

陈福堂　胡才金　熊巨才　刘学群　郭松涛　彭奇智　桑任广　姚运燮
文典三　李国平　袁伯祥　周靓成　黄　鹰　孙友明　徐霖身　江立弟
连长赞　秦承俊　朱永余　张生亮　朱长举　易罗生　俞方培　冷清友
邹永友　刘金波　梁洁芳　何爱云　周兰英　严根宝　瞿承铭　王先谋
林　洁　章阿尔　孙修德　孙加余　李洪文　陈兴树　胡庆龙　谢恒本
万德海　卫正刚　李长芳　杨白清　蔡昌鸣　郑细国　陈祖游　张炳桃
蔡文金　宋光浩　柯传昌　聂炳德　聂跃亭　胡正益　林道杰　黄代宽
万金保　林金龙　刘挥训　欧阳纪玳　周茂余　林善在　范鸿容　范少燕
汪家伙　裘名取　张顺恩　赖起带　卢同模　曾观盛　喻圣初　吴让高
莫家兴　肖贵山　陆邦精　熊邦坤　郑占法　涂三芳　刘居太　冉启西
刘翠环　管学富　谭玉梅　杨焕昌　董元跃　魏根泉　黄国发　丁正周
何昌帝　吴守汉　丁添升　赖秀英　史湘兰　李泽芳　吴祥秀　段家凤
张兰香　李秀英（安徽）　李凤娇　冷浦莲　严性兰　孙龙根　詹荼花
刘桃珍　赵志鸿　胡江闽　朱远航　黄富彬　刘　荣　陆开成　王桂华
杨运生　邹淑华　王立亚　衷跃昌　莫小英　王艳珍　王小燕　陈春霞
何梦娇　茅　林　邵贤玉　丁华珍　王晓玲　梅春梅　索　萍　白桂芝
李秀英（福建）　董　群　蔡涵英　郭　琴　谭美玲　袁春凤　刘　奎
周忠海　欧阳慧　孙文淮　韦烈彪　傅柏林　曾尚云　周海建　晏国保
万美琴　万　俊　熊　燕　张玉莲　王秋花　陈思维　刘慧茹　樊友英
刘小平　余于信　黄定宝　余爱民　吴金华　甘艳芳　姚　欢　余　军
陈宜新　杨　勇（江苏）　傅朝玄　戴嵩青　朱祁风　傅克林　陈小军
曾瑞玲　唐　辉　李卫星　熊伟民　蔡方明　肖建平　伏玉清　金水萍
孙国安　王大山　吴如意　侯　敏　滕家芳　熊　星　陈仕宏　惠南山
叶万锋　谢平安　王　成　何　艳　曾毓观　罗　勇　冷光荣

董保存　朱向前　谢石南　周西篱　詹谷丰　孙宗堂　许　涛　李云龙（深圳）
相南翔　李炳银　旷　昕　邹宇航　卢家明　李云龙（北京）　郭志刚（军科）
刘业勇　班永吉　丁晓原　李春雷　马　峻（湖南）　曾镇南　韩　光
秦相启　邵卫平　苏显佳

深切缅怀接受采访及提供资料后逝世的第一代铀矿创业者，告慰其在天之灵：

何爱云　周兰英　张生亮　吴守汉　陈兴树　喻圣初　赖起带　朱长举
黄代宽　聂跃亭　刘学群　熊巨才　冉启西　张顺恩　管学富　熊邦坤